문학과 논술, 어떻게 할 것인가

이 도서의 국립중앙도서관 출판시도서목록(CIP)은
e—CIP 홈페이지(http://www.nl.go.kr/cip.php)에서 이용하실 수 있습니다.
(CIP제어번호 : CIP2008002353)

우한용
임경순
최인자
김성진
김혜영
박윤우
남민우
양정실
류수열
유영희

문학과 논술,
어떻게 할 것인가

The Project of Literature and
Argumentative Writing- Theory and Practice

푸른사상

■ 머리말
논술의 이론과 실천이 만나는 자리

    <문학과문학교육연구소>에서는 단행본 시리즈로 문학의 수용과 창작이 독자의 내면에서 통합된다는 점을 들어 '문학 독서교육', '문학 창작교육'의 문제를 논하였다. 이 책은 그 세 번째 저작으로 문학의 실용성과 현실성을 고려하여 '문학 논술' 문제를 다루려고 한다.

    교육에는 혁명이 있을 수 없다. 점진적인 개선이 있을 뿐이다. 교육은 문화를 창조하는 창조적 기능과 문화를 유지하는 보수적 기능이 유기적인 연계를 지니며 전개된다. 언어를 구사하는 인간의 존재조건이 일시에, 혁명적으로 달라지지는 않는다. 논술이라는 것도 인간의 언어 운용 방식의 하나로 이해할 필요가 있다. 논술로 온 나라가 뒤끓고 있는 것 같아도 결국 논술은 전통적인 글쓰기의 맥락, 그 끝에 닿아 있는 하나의 과업일 뿐이다.

    논술이 교육의 장에서 현실적 과제로 부각되어 있는 것은 사실이다. 그렇다면 논술에 대한 학술 차원의 종합적인 검토가 있어야 마땅하고, 이를 바탕으로 교육 현장에서 논술을 운용하는 데 필요한 이론과 방법을 모색해야 하는 것이 순서 바른 일이다. 그러나 현실적으로 제기되는 문제에 대응하고 해결책을 모색하기도 전에 교육은 진행되었고, 더구나 논술이 입시에 활용되는 맥락에서 논술에 대한 성찰적 검토를 할 겨를이 없었다.

우리는 논술과 연관된 허언낭설을 배제하고 논술에 대한 이론적 검토를 해야 한다는 데에 인식을 같이하게 되었고, 학교 현장에서 논술을 어떻게 운영해야 하는지 그 방법을 탐구할 필요가 있다는 데에 뜻을 같이하게 되었다. 그리하여 논술이 접근하기 쉬워야 한다는 점에서, 그리고 글쓰기의 기본적인 바탕에서 이루어져야 한다는 점에서 '문학에서 출발하는 논술'을 상정하게 되었다.

세간에는 문학과 논술이 전혀 별개 영역인 것처럼 갈라놓는 편견이 널리 퍼져 있다. 이는 논술을 특별한 영역으로 규정하고 이를 독점하고자 하는 의도를 가진 이들이 퍼뜨린 편향된 사고의 결과이기도 하다. 문학을 평범하게 이해하자면 인간이 살아가는 양상을 언어로 형상화한 것이다. 그렇기 때문에 논리뿐만 아니라 인간의 정서와 감성이 반영되고, 아울러 윤리적인 판단과 실천의 의지가 개입된다. 따라서 인간사 논의를 하는 데 가장 광범하고 기초가 되는 언어 운용의 실상을 문학에서 발견하게 되는 것이다. 논술에 문학을 끌어들이는 것은 지극히 자연스런 일이다.

이 책의 1부에서는 문학을 바탕으로 논술의 방향을 설정하는 문제를 중점적으로 다루었다. 문학 논술을 도모하는 근원적인 논리와 그 실천의 방향을 논의하였고, 아울러 문학과 논술의 접점 가운데 하나가 서사적 사고력이라 상정하고 서사적 사고력과 논술의 관계를 짚어 보았다. 또한 문학 논술이 수행되는 현실태를 반성적으로 검토하고 그 가능성을 탐구하는 글을 실었다.

논술 일반은 물론 문학 논술의 경우도 아직은 이론이 정립되지 않은 상태이다. 2부에서는 문학과 논술의 이론을 탐색하는 데 주력했다. 문학이 수행되는 대표적인 양태는 역시 독서이다. 문학 독서의 특징을 밝히고 문학 독서가 논술과 어떤 연관을 지니는가 하는 점을 탐색하였다. 또한 문학의 특성 가운데 하나는 인지적 과업이 정서적 언어로 형상화된다는 점에서 문학의 논리와 논술의 관계를 인지적 과업으로 상정하고 이의 논리를 밝혀 보았다. 논술에 필요한 사고력의 문제를 검토한 것은 이러한 맥락에서이다.

학교 현장에서 논술의 문제를 고심하고 문제를 해결하기 위해 헌신하는 분들에게는 이론은 물론이거니와 실천의 논리와 방법이 더욱 절실하게 다가오는 문제이다. 3부에서는 문학 논술을 수행하는 과정에서 두드러지는 구체적인 실천의 문제를 검토하였다. 문학을 활용한 논술 고사를 비판적으로 검토하여 확실한 실천 가능성을 모색하였다. 문학을 활용한 논술 문항을 어떻게 구성할 것인가 하는 실제적인 문제를 전략 차원에서 살펴보았으며, 아울러 문학 논술의 교수-학습 과정과 방법에 대한 논의도 포함하였다. 이러한 고려는 이 책이 현장에서 실용성을 지니게 하기 위한 배려이다.

국어교육의 현장에서 헌신하는 수류헌(隨柳軒) 이창득(李昌得) 사장은, 우리가 논술에 대한 이론적 논의와 실천적 모색이 필요하다는 의견을 제안했을 때 적극적으로 옹호해 주었다. 그 결과 문학과 문학교육연구소에서는 '문학과 논술, 어떻게 할 것인가'라는 주제를 가지고 발표대회를 열고 심층적인 토론을 가질 수 있었다. 당시 토론 내용은 이 책에 실리는 글의 갈피에 녹아들어가 있다.

학술발표대회 결과를 수정 보완하여 논술 교육의 이론적 토대를 마련하고 논술의 새로운 지평을 열기 위해 『문학과 논술, 어떻게 할 것인가』를 상재한다. 교육과 학문 활동에 바쁜 중에도 충실한 원고를 발표하고 수정 보완해 준 학자들의 노고에 감사한다. 그리고 토론에 참여하여 참신한 의견을 내주고 비판해준 토론자들의 공이 크다는 점은 다시 한 번 강조해 두고자 한다.

우리가 만든 이 책이 논술계의 이론적 기초를 마련하는 데 기여하기를 기대한다. 또한 논술의 실천에 헌신하는 선생님들의 참고문헌이 되어 교육에 실질적인 도움이 되기를 바라는 마음 간절하다. 논술을 직접 담당하는 선생님들이야말로 논술의 이론과 실천이 만나는 장이고, 논술의 새로운 영토를 개척할 수 있는 에너지원이다. 선생님들의 노고가 풍부한 결실을 맺기 바란다.

아울러, 국어국문학과 국어교육의 다양한 영역의 책을 정력적으로 출간하여 학계에 공헌하는 한봉숙 사장의 배려에 고마움을 표한다.

2008. 6.
문학과문학교육연구소 소장 **구인환**

차례

차례

문학과 논술,
어떻게 할 것인가

문학과 논술, 그리고 삶

우한용 (서울대학교 국어교육학과 교수, 소설가)

문학과 논술, 그리고 삶

Ⅰ. 논술이 왜 문제가 되는가

돌이켜 보면, 10년 넘겨 '논술(論述)'이라는 것을 두고 여러 방향의 모색이 있어왔다. 논술이라는 용어도 그렇게 선명한 의미를 지니는 것이 아니다. 우리 교육문화 가운데 생겨난 독특한 용어로 다른 나라의 용어와 정확히 일치하는 것은 없는 듯하다. 영어권에서 논술은 우리가 수필이라고 번역하는 '에세이(essay)'를 말한다. '진술(statement)'이나 '서술(enunciation)'이라는 전문용어는 선호하지 않는 것 같다. 그런데도 논술이 문제로 부각되는 이유는 한국 특유의 입시문화와 연관되기 때문이다.

논술과 연관된 논의의 핵심은 늘 대학 입시와 관련되는 장에서 부각되었다. 방향을 종잡을 수 없이 변하는 입시정책 속에서 논술의 성격을 제대로 규정할 여가조차 없었다. 대학에서 논술 시험을 부과하는가 여부에 따라 대학의 급이 결정되는 듯한 인상을 주기도 했다. 비슷한 수준의 대학에서는 논술을 부과하면 지원자가 격감하기도 했다.

어떤 교육 내용도 입시와 연관되면 점수화를 필수 조건으로 한다. 응시자의 수가 몇 천명씩 되는 입시에서 논술 답안을 채점하는 일은 대단히 어려운 과제로 부각되었다. 객관성과 타당성을 확보한 채점이 되는가 하는 문제를 제기하면서 논술의 반영 비율이 오르내리기도 했다.

대학에서는 대학마다 학생의 '실력'을 정확히 측정하려고 온갖 노력을 다한다. 대학에 와서 수학(修學)하는 데 준비가 충분히 된 사람을 뽑고 싶은 것이다. 그런데 '수능'이라든지 '내신' 등이 대학 수학 준비도를 재는 데 한계가 있는 것은 누구나 아는 일이다. 특기 또한 마찬가지이다. 뽑을 인원은 한정되어 있고 같은 점수를 받은 학생들이 어느 층에 몰려 있을 때 대학으로서는 방법이 없다. 대학 입시의 당락을 결정하는 점수가 소수점을 넘나드는 경우, 수치 해석의 의미를 다시 생각하지 않을 수 없게 된다.

이렇게 되다보니 학교마다 다른 잣대를 이용하고 싶은 것이고, 논술을 이용한 학력〔大學 修學 準備度〕측정에 매력을 느끼지 않을 수 없다. 그래서 논술의 비중을 높이려 했던 것이고, 논술의 변별력을 높이기 위해 외국어 지문을 도입하려는 시도를 하기도 했고, '전공 논술'을 도입하려는 시도를 하기도 했다. 그럴 때마다 교육부에서는 '불가'를 선언하곤 했다. 그러다가 논술에 대한 지침을 내리는 무리를 범하기도 했다.

'쉬운 논술'에서 벗어나기 시작한 것은 채점의 객관성과 타당성 때문이었다. 교육내용 가운데는 점수를 매길 수 있는 것과 정도의 구분이 겨우 가능한 영역이 있다. 논술은 정확한 점수를 매기기 어려운 영역이다. 잘 쓴 논술을 상정할 경우, 각기 다른 장점을 가지고 있기 때문에 동등한 점수를 줄 수 있는 경우가 허다하다. 그러나 하나의 척도를 요하는 경우, 이러한 허용이 어렵게 된다. 김소월의 시와 한용운의 시를 점수화하기 어려운 것처럼 각각 다른 장점이 뚜렷한 두 글을 하나의 척도로 평가하여 점수를 매기는 것은 목적과 의도에서 어긋난다.

그런 가운데 서울대학교에서 '통합 논술'을 제안했을 때 역시 교육부에서 '불가'를 선언했고, 서울대학교 안에서는 영역의 통합이 아니라 사고와 발상의 통합을 지향한다는 방향을 설명하기도 하였다. 그런데 바깥에서는 아직도 그 실체가 명확치 않다는 비판을 하는 경우도 있다. 우리나라 입시의 방향을 좌우하는 서울대학교의 논술에 대해 알고 싶어 하고, 비판하고, 비난하고 등등 논의가 분분하다.

대학입시의 정책 방향에 따라 중·고등학교 교육이 달라지는 게 우리 현실이다. 대학 입시에서 논술을 어떻게 다루는가 하는 데 따라 중·고등학교 교육이 달라진다. 그런데 학교에서 논술을 가르칠 힘이 없다고 하기 때문에 논술이 '사교육'으로 밀려나가 교육현실을 왜곡한다는 비난이 빗발친다. 학교에서는 논술을 가르칠 준비가 안 되어 있다고 하고, 대학 입시에서는 논술의 비중을 높이겠다고 하는 와중(渦中)에 우리들의 고민이 있다.

어느 때고 그렇지만 현장학교의 "교육과정 운영의 정상화"는 교육의 지상명제이다. 현실은 '정상화'에서는 한참 멀리 벗어나 있는 듯하다. 중학교에서 공부해야 할 과제와 길러야 할 능력이 고등학교로 떠밀려온다. 고등학교 교육과정상 과업과 능력이 대학으로 전이되어 온다. 중·고등학교를 사이에 두고 그 앞뒤로 교육과정 운영의 파행은 국가적 과제로 부각되어 있다.

논술로 교육과정 운영의 정상화를 도모하자는 뜻은 아니다. 논술이 의미있는 교육 내용이고 교육 방법이라면 이를 학교교육에서 정상적으로 수용해야 한다. 그러면 어떻게 할 것인가 하는 문제가 우리들이 다루어야 할 과제이다. 여기서는 한정된 범위의 이야기만 하기로 한다. 논술이 고전과 연관된 맥락을 설명하고 문학과 논술이 어떻게 맺어지며, 그 실천을 위해 어떻게 해야 하는가 하는 점을 이야기하고자 한다.

II. 논술에 고전을 도입한 사례

벌써 10년 전의 일이다. 1997년 연말, 서울 지역 대학의 입시 담당자들은 대학에서 논술 문제를 고전(古典) 중심으로 출제하자는 결의를 하였다. 논술에 임하는 학생들이나 논술을 지도하는 선생님들로서는 너무 갑작스런 결정이라 걱정을 하기도 하였다. 그러나 당시 각 학교에서 출제된 논술 예시문제들은 전반적으로 의미있는 결정이라는 평가를 받은 것으로 알려져 있다. 이는 어떻게 보면 매우 당연한 일을 확인하는 절차를 거친 것이라고 생각할 수도 있다. 또한 논술을 지도하는 데에 동원하던 편법이 통하지 않는다는 점을 재확인하는 절차이기도 하였다.

근간 논술에 대한 관심이 높아지고, 학교에서는 나름대로 대비를 하느라고 고심하는 것이 사실이다. 그러나 논술의 원리가 얼마나 정연히 추구되었는가 하는 데는 의문이 있고, 더구나 학교 현장에 서 논술이 얼마나 잘 교육되고 있는가 하는 데는 반성이 필요하기 도 하다.

한 때, 논술이 '시사적인 문제'로 흐르는 경향이었다. 논술의 기본 성격이 범교과적이기 때문에 어느 한 교과에서 다룰 수 없다고 했다. 대학이야 학문 각 영역의 전문가들이 있기 때문에 범교과적 문제, 혹은 통합형 문제를 출제하기 비교적 용이한 편이다. 그러나 중·고등학교는 사정이 그러하지 못하다. 고등학교의 사정을 고려한다면 논술에서 일상생활 가운데서 소재를 구하는 것이 바람직하다는 주장이 타당성을 지닐 수도 있다. 시사적인 문제, 일상적인 문제는 변별력이 없다는 주장도 있어서 다른 방향을 모색하게 했다.

그러나 논술의 성격이 범교과적이라는 점은, 전공이 따로 없는 현실적인 문제를 다루어야 한다는 뜻이 아니다. 오히려 논술은 다양한 교과의 기초를 바탕으로 하여 근원적인 물음이 소재가 되어야 한다고 보아야 한다. 인간 삶을 지탱해 나가는 기본 원리를 중심으로 논술을 다루어 나가야 논술의 교육적 효과를 거둘 수 있기 때문이다. 그러한 점에서 고전을 중심으로 논술을 다루려는 시도는 적절성이 다소 보장된다.

고전 가운데는 인류의 정신적 유산에 해당하는 각종의 저술이 모두 포함된다. 고전이라는 말 자체가 그러하지만, 고전은 어렵다는 인상이 짙다. 더구나 통합논술이니 하는 상황에서 인문영역과 자연과학, 사회과학 영역의 고전을 모두 섭렵(涉獵)하라고 요구할 수도 없다. 고전이 어렵지 않다, 고등학교 수준에서 읽으면 충분하다, 그런 이야기를 할 수도 있다. 그러면 학생들은 책 읽을 시간이 없다고 한다. 둘 다 수긍이 가는 문제이다.

고전 가운데 어렵지 않고, 읽는 데 시간을 과도하게 할애(割愛)하지 않아도 되는 것은 역시 문학이라고 생각된다. 한국문학의 경우를 예로 들어, 논술과 연관성을 짚어보기로 한다. 특히 소설에 집중하고자 하는 이유는 인간 삶의 총체적인 양상을 종합적으로 잘 보여주는 장르가 소설이고, 그 속성상 논술과 연관이 쉽게 짚어지기 때문이다.

Ⅲ. 논술의 기본 성격은 무엇인가

논술 앞에 어떤 관형어가 붙더라도, 입시논술에서 그 성격을 어떻게 규정하더라도 기본적인 성격은 있게 마련이다.

논술은 문제를 발견하고, 발견한 문제를 구체화하여 해결하기 위한 주장을 내세우고 주장의 근거를 모색하는 과정을 언어로 서술한 글이다. 이는 전통적으로 교양인들이 글을 쓰는 과정에서 자연스럽게 수행되던 글의 한 양식이었다. 서양의 경우 수사학의 한 분야로, 동양의 경우는 역사 서술이나 세객(說客)들의 변설에서 논술의 기본 형태를 볼 수 있거니와 이는 교육의 중요한 항목으로 자리잡아 왔다. 그러나 현대에서는 논술이 문자언어를 통한 논리의 구축이라는 협소한 범위로 자리가 좁아들게 되었다. 그러한 점에서 논술의 본래 기능이 회복될 필요가 있고 여기서 고전을 논술로 이끌어들이는 문제를 고려해야 하는 당위성이 부여된다.

'논술 능력'은 인간이 언어를 사용하여 사태를 의미화하고 해결의 방법을 모색하는 실천적 능력이다. 이는 언어능력 일반과 연관되는 것이지만, 주로 언어와 사실세계 사이에 개재하는 논리를 파악하고 다시 언어화하는 능력으로 구성되는 능력이다. 의미를 재구성하는 능력, 사고력 등으로 규정되는 작문능력은 논술의 실천적 능력에 비한다면 언어중심주의에 치우친 글쓰기의 규정이라고 할 수 있다. 논술을 언어중심적 글쓰기로 규정하는 방법은 벗어나야 한다. 논술은 언어를 통한 자기실현의 한 방법으로 수행되어 왔기 때문이다.

그리고 논술이 오랜 시간을 거치는 동안 교육의 대상이 되어 온 이유 가운데 하나는 논술이 자아실현이라든지 인격의 완성 등과 같은 목적에 연관되는 '인문학적 실천'이라는 의미를 지니기 때문이었다. 논술은 자아의 인식과 삶의 실천, 그리고 이념의 모색이라는 인간사 모든 영역을 포괄할 수 있는 것이기 때문에, 논술의 영역을 지나치게 협소화한다든지 아니면 언어적 재능이나 논리적 사고의 양식만으로 논술을 이해하는 것은 바람직하지 않다. 논술은 글을 통해 삶을 엮어 나가는 역동적인 인간행동으로 이해해야 한다. 이는 문학적 고전이 줄곧 추구해 온 주제이기도 하다.

논술의 기본 성격은 언어사(言語事) 전반과 일상사(日常事) 전반을 교직하는 가운데 규정되어야 한다. 그리고 언어의 범위를 글로 규정하는 것은 논술의 현상을 설명하는데 적합할지 몰라도 논술의 성격을 규정하는 데는 그리 적절치 않아 보인다. 논술 능력은 말과 글을 동시에 포괄하는 언어행위 가운데 드러난다. 논제를 정하고 하는 토론이나 토의에서 혹은 강의나 강연에서도 논술적인 언어능력은 발휘될 수 있다. 논리적인 문제 해결 과정과 결과를 글로 쓰는 일로 논술의 범위를 한정하는 것은 논술을 절차상으로 규정하는 것일 뿐이다. 논술의 이념이나 논리는 언어수행의 양상에 따라 규정되지만은 않는다.

언어사는 언어의 기능으로 논의될 수 있는 성질의 것인데, 언어의 기능은 언어를 다루는 이들의 이념에 따라, 시대적 요청에 따라 달리 규정될 수 있을 것이다. 그러나 언어를 사용하는 주체의 행동과 연관지어 언어기능을 설명하는 경우, 의미의 공유, 의견의 조정, 이념의 실천이라는 세 차원에서 수행된다. 논술의 경우, 주장을 내세우면서 이를 논리적으로 설득하여 의미를 공유하고, 의견을 조정하며, 이념을 실천하는 언어수행의 통합적인 양상으로 규정할 수 있는 것이다. 언어의 이러한 기능이 글쓰기라는 양식 안에서 통합되는 것은 물론이다. 그리고 그 통합의 주체가 글쓰는 사람이며, 통합의 원동력이 글쓰는 사람의 사고력이라는 점은 쉽게 이해가 간다. 이는 논술을 언어적으로 규정하는 데서 더 나아가 논술이 주체의 언어적 실천이라는 점이 분명해지는 국면이다. 논술이 설득력을 지녀야 한다면 그 이유가 여기 있는 것이다.

논술의 개념을 좁게 잡는 경우 다음과 같이 규정된다. "논술은 주어진 과제를 논리적 과정을 통해 해결하고 그 결과를 언어로 서술하는 글쓰기이다." 이러한 규정에서 논술의 성격을 이해하기 위해서는 논술의 매체인 언어가 문제되고, 구체적으로는 문자언어를 통해 논리를 편다는 것이 무엇인가 하는 점이 문제된다. 논술에서 사용되는 언어는 문자언어이기 때문이다. 월터 옹의 『문자문화와 구술문화』에 따르면 문자언어는 주로 논리성을 바탕으로 수행되는 인공적인 언어라고 한다. 문자언어가 인공적이라는 것은 '쓰기'가 언어수행의 특이한 형태로 수행된다는 점과 연관된다. 말로 수행하는 언어는 무의식에 뿌리를 둔 정신의 신체적 발현이다. 그러나 글로 쓸 경우는, 문자라는 기술을 동원하게 되고, 그것이 인간의 의식을 변화시킨다는 점에서 말로 하는 언어수행과는 다른 면모를 보인다. 글쓰기는 문자언어라는 형식을 통해 논리를 구축하고 세계를 의미화하는 일이다. 이는 넓은 의미의 문학이 수행하는 기능과 다를 바가 별로 없다.

글을 읽고 쓸 수 있는 능력을 이른바 문식성(文識性) 혹은 문해성(文解性)이라고 하는데, 이는 삶의 조건으로 받아들여지고 있다. 뿐만 아니라 언어의 문제 즉 글읽기 글쓰기의 문제를 사회이념 차원의 문제로 이끌어 올리는 데에 공헌한 개념이다. 이러한 개념을 아는 것보다는 문해성의 기능이 삶의 현장에서 어떻게 구현되는가 하는 데에 대한 인식이 분명해야 한다. 논술은 학생들이 자신의 사고와 판단을 글로 씀으로써 자신이 살고 있는 세계를 파악하고 남과 유대감을 확인하며 미래를 전망하는 주체적인 행동이다. 따라서 기능적인 측면보다는 통합적인 능력이 요구되는 글쓰기가 논술이라고 보아야 한다.

교육과정에서는 표현과 연관하여 예상독자의 요구를 정확히 파악하고, 필자 중심으로 된 내용을 독자 중심의 내용으로 전환하는 일의 중요성을 강조하고 있다. 그러나 글의 일반적 원리를 생각해 본다면 이는 지나치게 교육적인 의도를 반영한 결과 글의 본질을 훼손하고 있다는 비판을 면키 어렵다. 글은 일상언어의 모밭에서 건져올린 언어를 주체가 자아의 사고용기(思考容器)를 통과시키는 과정에서 주체적으로 변형하면서 재구성하는 것이다. 독자를 예상하고 글을 써야 한다든지 글을 쓸 때 독자를 예상하라든지 하는 요구는 글쓰기에 대한 도야(陶冶)의 이념에 과도히 경사된 결과이다. 글을 읽을 대상이 분명히 제한되어 있지 않을 뿐만 아니라, 과제논술의 경우 출제의도를 정확히 파악하는 정도에 머문다면 몰라도 출제위원을 고려한 글쓰기는 사실 상상하기 어렵다.

글쓰기는 원론적으로 본다면 세계를 파악하는 방식이고 자신이 파악한 세계를 운용하는 방법이지 표현의 절차적 지식이나 기법과 연관되는 사항은 차라리 부수적이다. 글 일반에서도 그렇지만 논술에서 표현은 주체의 언어적 결단과 실천의 의지를 보여준다는 점이 고려되어야 한다. 글쓰기를 의사소통의 소극적인 수단으로 생각할 것이 아니라 삶의 한 과정을 모색하는 일로 보아야 한다. 이러한 양상이 가장 잘 구현된 양식이 문학일 것이고, 문학의 고전적 가치도 여기에 있다고 보아야 한다.

Ⅳ. 문학과 논술은 어떻게 맺어지는가

문학은 인간이 살아가는 과정에서 도출될 수 있는 문제들을 폭넓게 다룬다. 그러나 문제를 해결하는 과정이라기보다는 문제를 구체적으로 제기하고 그 제기된 문제를 언어로 형상화하는 데에 문학의 본령이 있다. 그러나 문학 일반으로 논의하는 것은 좀 막연한 감이 있다. 여기서는 사람이 살아가는 데에 문제가 될 수 있는 사항 전반을 포괄적으로 다루는 소설을 예로 들어 설명해 보고자 한다.

첫째, 논술의 주제는 문학에서 추구하는 삶의 총체성과 연관된다.

문학은 인간이 관계적인 존재, 다른 존재와 연관된 존재라고 파악한다. 우리 일상 삶은 생활환경과 유기적으로 연관되어 있다. 생활환경은 자연적, 물리적, 인문적 환경 전반을 가리킨다. 다만 그러한 연관성을 깨닫지 못하거나 망각하고 살아갈 따름이다. 일상생활 가운데 이렇게 상실된 관계개념을 회복하는 일이 문학의 과업이라면 이 또한 논술의 주제와 자연스럽게 연관된다.

따라서 논술은 일상생활 가운데 자연스럽게 정착되어야 한다. 논술이야말로 공부하는 것과 삶이 일치되기 가장 적절한 영역이다. 우선 글을 쓰자면 적극적인 자세로 달려들어야 한다. 어떤 문제를 놓고 생각함에 있어서 나와는 관계가 없는 일이라든지, 남들이 알아서 처리할 일이라든지, 그런 것 몰라도 살아가는 데 아무 지장이 없다든지 하는 소극적인 자세로는 논술에 접근하기 어렵다. 어떠한 문제를 설정할 수 있다면 그 문제가 왜 나와 관계가 되고, 또 우리와는 어떤 관계가 있고, 문제의 연원이 무엇이며 앞으로 어떻게 전개될 것인가를 적극적으로 생각하는 능동적인 자세라야 논술에 다가갈 수 있다.

둘째, 문학은 주인공들의 갈등과 논쟁의 마당이다.

문학에서 다루는 갈등은 그것을 언어로 서술할 때 자연스럽게 논쟁의 형태를 띠게 된다. 누가 정당한가, 정당함을 주장하는 논거는 무엇인가, 논리의 정당함과 현실의 패배는 무슨 의미인가 하는 등등의 문제는 소설의 주제로 자주 등장한다. 문학은 논쟁 자체를 다루기도 하고 논쟁의 과정을 거쳐 다다르고자 하는 이상을 그리기도 한다. 어떤 학자는 소설이 논증 혹은 논쟁의 양식이라는 점을 강조하기도 하는데, 소설의 주제는 주로 갈등과 연관되기 때문이다.

논술은 삶을 엮어 나가는 데서 빚어지는 문제를 글로 풀어보는 공부이다. 그렇다면 논술은 삶의 모든 영역에 걸쳐 빚어지는 문제를 포괄하는 것이라고 해야 한다. 그러나 매사에 중심과 주변이 있듯이 논술은 주로 문제 해결의 사고능력과 연관된다고 보아야 할 것이다.

논술에서 문제를 해결하는 데에 동원하는 사고는 사실적 사고, 조직적 사고, 논리적 사고, 입체적 사고, 창의적 사고 등을 들 수 있다. 이는 논리적 사고와 창의적 사고라고 압축할 수 있다. 글의 모든 영역은 논리성과 창의성으로 포괄된다. 사실의 논리에 맞는 글이라야 하고 조직적이고 입체적인 사고가 되려면 논리성을 갖추어야 한다. 또한 상상력을 바탕으로 하는 창의성이 뒷받침돼야 하는데 창의성은 주체적인 판단을 바탕으로 한다. 이러한 사고를 종합적이고 구체적으로 형상화하는 가운데 문제를 제기하고 풀어가는 것이 논술이라면 논술은 천성적으로 문학과 맞물려 있다고 할 수 있다.

셋째, 문학은 통념을 깨고 새롭게 생각하는 발상의 전환을 형상화한다.

마찬가지로 논술은 새로운 시각을 요한다. 그런데 현실은 그렇지 못하여, 학생들의 글을 읽다 보면 '애늙은이'들이 너무 많다는 데에 놀라지 않을 수 없다. 몸이 늙었다는 것이 아니라 생각이 낡았다는 뜻이다. 봄이라는 제재로 쓴 글이면 개나리 진달래 또 나물 캐는 아가씨들이 주저없이 등장하는 것이 그 예이다. 교육이라는 제재에는 '국가백년대계'라든지, 농업에 관한 제재라면 '농자천하지대본'이라는 숙어를 들고 나오는 경우와 흡사하다. 이러한 상투어로 무장한 이들이라면 신선한 감각의 언어를 구사할 수 없고, 사고의 유연성을 지닐 수 없다. 사월에 대한 글을 쓰라는 데에 '사월은 잔인한

달'이라는 엘리어트의 「황무지」에 나오는 시구절을 인용한 사례가 70%나 되었다는 어느 보고서를 접하고 놀라움을 금할 수 없었던 적이 있는데, 이는 학생들의 경우에도 별반 다르지 않은 것으로 보인다. 이러한 고식적 사고는 영상매체 시대, 다매체 시대의 특징이기도 하다. 학생들의 체험이 텔레비전의 브라운관에 갇혀 있는 것을 보게 되는데, 텔레비전에 비치지 않은 사실은 사실이 아니라는 생각이 들 지경으로 사고가 기울어 있는데 이는 환상이거나 착각이다.

통념(通念)을 깨고 대상을 새로운 눈으로 바라볼 수 있도록 해 주는 것이 문학이다. 문학은 낡은 감각을 되살려 주며, 상실한 대상의 구체성을 회복해 주는 것이다. 마찬가지로 논술도 대상의 의미를 새롭게 해석하는 데서 독자성을 드러낸다. 앞에서 말한 바와 마찬가지로 글은 대상과 새로운 관계를 맺는 일이고, 대상의 의미를 새롭게 해석하는 일이다. 대상을 새로운 시각으로 남다르게 본다고 해서 현실적으로 납득할 수 없는 환상의 세계에 몰입하라는 뜻은 아니다. 환상은 세상을 제대로 파악하는 데에 장애가 되기도 하고, 그 자체가 하나의 낡은 통념으로 되어 있는 환상 또한 널부러져 있는 것이다. 문제는 통념의 낡은 조개껍데기〔貝殼〕를 어떻게 벗어날 것인가 하는 데에 있다. 문학이 그렇듯이 논술은 껍데기를 벗어나 새로운 세계를 그리는 데서 출발하는 언어적 작업이다.

넷째, 문학은 다양한 가치 체계의 정당성에 대해 물음을 제기한다.

문학은 근본적으로 인간의 가치를 다룬다. 일상적인 삶은 기존의 가치 체계를 바탕으로 이루어진다. 이때 대개는 심각한 의문을 제기하지 않고 수용하게 된다. 그것이 극단화되면 의식이 자동화되어

가치체계가 억압으로 작용하는 것을 깨닫지 못한다. 여기서 문학은 낡은 사고의 틀을 벗어나는 노력을 쏟아 붓는다.

사고의 낡은 틀을 벗어나기 위해서는 다소간 귀찮은 과정을 거치지 않으면 안 된다. 이제까지 그렇게 생각했고 남들도 그렇게 생각하는 것을 따라 행하여 아무 지장이 없었는데 문제를 다른 시각으로 바라본다는 것은 가외의 노력을 쏟는 듯한 느낌이 없지 않을 것이다. 그러나 새로운 눈으로 바라보지 않으면 자신의 진면목과 세상의 뒤편은 보이지 않는다. 그런 뜻에서 새로운 사고는 윤리성을 띤다고도 할 수 있다. 그러나 모든 신선한 사고의 본질은 다시 생각하기, 되짚어 생각하기이다. 노예가 노예를 벗어나기 위해서는, 같은 인간으로 태어나서 꼭 이렇게 살아야 하는 이유가 무엇인가 하는 생각을 하지 않으면 안 되었던 것이다. 그런 생각을 하지 않는 한 현재의 상황이 아무리 폭압적이라고 해도 탈피할 길이 트이지 않는다. 글쓰기가 의사소통의 과정이라고 하는 까닭도 여기 있는 것이다. 나의 주관적인 의사를 남에게 전달함으로써 남이 이제까지 하던 생각을 그만두거나 생각을 바꾸거나 혹은 행동을 고치는 데에 목적이 있는 것이다. 이는 자신을 향해서도 마찬가지이다. 이처럼 문학과 논술은 가치의 체계를 형상화하면서 동시에 이를 의문으로 제기한다.

V. 문학에서 논술 문제를 어떻게 발견하는가

앞에서 말한 바와 마찬가지로, 문학은 우리의 삶을 문제상황으로 전환하여 문제를 명료화하고 그 해결책을 모색하는 과정을 형상화한다. 문제는 문학작품에서 논술과 연관되는 문제를 어떻게 발견하고, 그 문제를 어떻게 해결하는가 하는 데에 있다. 그리고 교육 차원에서는 문제를 발견하는 방법을 깨닫고 해결하는 통로를 가르치는 데에 있다.

문학의 주제는 다양하게 구분해 볼 수 있다. 학문의 영역에 따라 인문, 사회, 자연, 예술 등으로 문학의 주제 영역을 구분할 수도 있다. 그리고 이들 영역을 좀더 세분하여 인간의 존재 조건, 삶과 죽음의 문제, 사회를 구성하는 원리와 사회에서 빚어지는 갈등, 자연에 대한 인간의 자세와 윤리, 과학의 사회적 기능, 예술과 과학의 조화 등 다양한 주제를 추출할 수 있다. 이들은 인간이 살아가는 문제와 연관되는 주제들인데, 주체를 중심으로 보자면, 그 범위를 자기인식, 현실 비판, 이념실천 등으로 갈라 볼 수 있다.

1. 자기인식 - 자기 자신에 대한 깨달음

인간의 인간다움은 "나는 누구인가" 하는 질문을 던지는 데서 비롯된다. 인간 이외의 다른 존재는 자아에 대한 의문을 제기하지 않는다. 그들은 존재론적인 한계를 지니고 태어난다. 주어진 조건을 개선하지 못하고 부여된 여건대로만 살아간다. 인간만이 자신의 삶의 세계를 만들어낼 수 있다. 그러한 점에서 인간이 '나는 누구인가' 하는 질문을 할 줄 안다는 것은 대단히 의미 깊은 일이다. 그러한 질문을 바탕으로 해서 인간은 자신의 삶의 영토를 창조할 수 있는 것이다.

나는 누구인가 하는 질문은 인간의 성장 문제, 자아 각성의 계기와 그에 따르는 진통, 나와 남의 관계, 선과 악의 문제, 인간 존재에 대한 의미를 부여하는 방식의 문제 등 다양하게 전개될 수 있는 주제이다. 그리고 우리 사회는 어떤 사회인가, 우리나라는 어떤 나라인가 하는 문제로 확대될 수 있는 성질을 지니고 있기도 하다. 문제를 이렇게 확대할 경우 자아인식과 연관이 없는 소설은 없다고 할 정도로 논의가 확장된다. 소설 주인공의 자아인식을 다룬 작품을 대상으로 문제를 만들어 볼 수 있다. 여기서 우리는 문학작품 그 자체의 의미를 추구한다거나 가치를 따지는 것이 아니라 논술과 연관된 논의를 하고 있다는 점을 분명히 할 필요가 있다. 문학의 이해는 감수성 차원의 수용을 전제하지만, 논술은 감수성보다는 논리를 앞세우게 되기 때문이다.

문학에서 자아인식을 다루는 경우, 공감의 미학으로 작품에 접근할 필요가 있다. 이는 주인공의 문제를 나의 문제로 전환해 보는 방식인데, 미학상으로는 감정이입(感情移入) 혹은 동감이라는 방식으로 설명되는 문제이다. 즉 내가 이 작품의 이 주인공이 처한 처지에 있다면 나는 어떤 결정을 할 것인가, 어떤 결정을 한다면 그러한 결정이 타당한 근거는 무엇인가, 나의 그러한 결정에 이의를 제기하는 사람이 있다면 어떻게 설득할 것인가 하는 방식으로 작품에 접근하는 것이 감정이입의 방법에 해당한다. 이는 문학을 감상하는 가장 적극적인 방법이 되기도 한다.

이광수의 「무정(無情)」은 이형식이라는 젊은이의 자아인식을 중심으로 이야기가 전개된다. 자아인식의 문제를 구체화하는 데에 가장 수월하게 이용할 수 있는 것이 사랑의 문제이다. 특히 삼각관계로 불리는 사랑은, 그 깊이가 어떠하든 관계없이, 첨예한 갈등의 장면이 되지 않을 수 없다. 이형식은 구식여성 박영채와 신여성 김선형 사이에서 갈등하게 된다. 박영채 쪽에는 의리가, 김선형 쪽에는 자유로운 사랑의 실천이 연계되어 있다. 그 상황에서 이형식은 결혼 대상으로 김선형을 선택한다. 이러한 상황에서 논술적인 측면으로 눈을 돌린다면, 우선 이형식이 고민한 문제로 돌아가서, 내가 그러한 처지에 놓인다면 나는 어느 편을 선택했을 것인가 물어볼 필요가 있다. 그런 다음에 그러한 선택의 필연성은 무엇인가 생각해 보고, 그러한 판단의 근거를 몇 항목이나 들 수 있는가 구체적으로 점검하는 단계를 밟게 된다. 판단의 근거를 대기가 쉽지 않다면, 생각을 달리하여 다른 사람이라면 어떤 평가를 할 것인가 하는 점을 생각해 보는 것이 순서이다. 이는 반론에 대한 답변을 마련하는 일이다. 끝으로는 내 입장에서, 즉 작품 바깥에 있는 독자로서 이형식의 행동을 어떻게 평가할 것인가, 그러한 평가의 근거는 작품 속의 어디에서 찾을 수 있는가 하는 방식으로 물음을 던짐으로서 소설의 이해를 논술로 전환할 수 있다.

이와 유사한 문제제기를 김동인의 「배따라기」나 이상(李箱)의 「날개」라든지, 강신재의 「젊은 느티나무」 등 다양한 작품에서 해볼 수 있을 것이다.

여기서 유의할 점은 작품 전체가 이러한 단일한 문제만을 제시하지는 않는다는 사실이다. 장편소설은 복잡하게 엮어진 이야기 가운데 어느 가닥을 중심으로 하는가하는 데 따라, 어느 국면에 시각을 두는가 하는 데 따라, 얼마든지 문제를 달리 제기할 수 있기 때문이다. 염상섭의 「삼대(三代)」 같은 경우 '두 친구'라는 제목이 붙어 있는 제1장 첫 장면에서, '세대 차이'를 물음으로 제기할 수도 있고,

'사당과 금고' 문제로 고민하는 덕기의 처지를 물음으로 제기할 수도 있다. 문학작품을 아주 넓게 풀어놓고 바라볼 필요가 있다. 그래야 다양한 문제가 제출될 수 있다.

2. 현실 비판 — 현실은 이상을 향하는 발판

소설이 인간의 삶을 총체적으로 그리고자 한다는 것은 고전적인 명제가 되어 있다. 특히 리얼리즘 소설에서는 이 총체성이 미학의 핵심으로 부각된다. 총체성이란 어느 사회의 삶의 구체적인 모습과 사회 분위기는 물론 당대 사람들의 열망, 나아가서 당대의 역사가 흘러가는 방향성까지를 짚어내는 데서 의미를 지닌다. 당대 삶의 구체적인 모양새는 보여주고 있는데 역사가 어느 방향으로 나아가는지 하는 점을 도외시한 결과 리얼리즘의 미달로 평가되는 작품이 박태원의 「천변풍경」 같은 예이다. 그런가 하면 조명희의 「낙동강」 같은 경우는 이념, 역사가 나아가야 하는 방향의 모색이 앞서고 삶의 구체성이 형상화되지 못했다는 점에서 리얼리즘의 높은 성취라고 하기 어렵다.

논술을 위한 소설독서를 두고 원론적인 논의를 길게 하는 것은 부질없는 일이다. 다만 여기서 그러한 논의를 하는 까닭은 현실에 대한 비판이 단지 비판만이 아니라, 삶의 총체상을 그리는 한 과정으로서 의미를 지닌다는 점을 지적하고 싶어서이다. 현실의 불합리와 부조리를 주로 밝히는 차원에 머물러 있는 리얼리즘을 비판적 리얼리즘이라고 하는데, 이러한 계열의 작품에서는 현실의 왜곡된 양상을 그리는 데에 주력하게 된다.

채만식 「탁류(濁流)」는 염상섭의 「삼대(三代)」와 함께 우리 근대소설사의 커다란 봉우리 가운데 하나로 평가되는 작품이다. 식민지 치하에서 점점 몰락해가는 집안 정주사 일가를 중심으로 이야기가 전개된다. 정주사의 맏딸 초봉이는 집안의 생계를 걱정하면서, 부모의 뜻을 좇아 은행원 고태수와 결혼한다. 고태수가 은행에서 벌인 횡령과 난잡한 여자관계로 파탄에 이르고, 고태수의 하수인 장형보, 전에 근무하던 약국 주인 박제호 등에게 차례로 몸을 망치는 가운데 결국은 살인죄인이 되는 초봉의 처절한 타락 과정을 그리고 있다. 놀라운 것은 거기 등장인물 가운데 우리가 본받을 만한 인물이 하나도 없다는 점이다. 인격적인 자기성장을 허용하지 않는 사회를 역으로 보여주는 작품이라 할 수 있다.

이 소설을 읽고 던질 수 있는 질문은 다음과 같은 것들이다. 이 소설에는 철저히 타락하는 인물들을 그리고 있는데, 이렇게 망가진 인생이 사회를 가득 채우는 원인이 어디에 있는가? 사회가 망가진 원인을 규명할 만한 인물이 설정되지 않는 것은 무슨 까닭인가? 초봉이는 처음부터 끝까지 연속되는 불행 가운데 살아가는데, 그런 불행을 당해야 하는 까닭이 무엇인가? 남승재 같은 인물이 계봉에게서 사회가 돌아가는 이치를 설명 듣고 감탄하는데, 그렇게 인식이 낮은 원인은 무엇인가? 이러한 질문을 통해 작가는 당대 사회를 어떻게 그리고 있는가 하는 점을 읽어낼 수 있게 된다. 이러한 질문이 더욱 구체화될 수 있어야 한다. 그러자면 현재 우리들이 살고 있는 사회에는 그러한 문제점이 없는가를 찾아보고, 그 원인이 어디 있는지 생각해 보아야 한다. 여기서 소설의 사회비판 기능을 논술의 문제로 전환할 수 있게 된다.

격동하는 시대일수록 인간의 원형적인 행동양태가 잘 드러나는 법이다. 6·25가 터지고 적치하에 들어간 서울에서 살아가는 인간 군상을 그린 작품 가운데 염상섭의 「취우」는 압권에 해당한다. 취우(驟雨)라는 말은 사납게 몰아치는 소나기를 뜻한다. 그러나 하루 종일 그렇게 기세 사납게 내리는 소나기는 없다. 어떤 소나기도 한나절이면 끝난다. 이 내용은 노자(老子)의 『도덕경(道德經)』에 나온다. 전쟁이 터져도 한나절 오다 말 소나기쯤으로 생각하는 인물들을 그리고 있는 것이 「취우」라는 소설이다. 이 소설은 사회의 부조리를 고발한다거나 악인들의 악행을 그리고 있지는 않다. 다만 중산층의 살아가는 방식이 얼마나 완고하고, 돈을 지키기에 모든 것을 바친다는 점을 드러내는 데에 시각이 집중되어 있다. 이러한 이야기를 통해 작가는 이념을 높이 외치는 이들의 삶이 허위일 수도 있다는 점을 보여준다. 이러한 양상도 사회비판의 한 양식으로 이해할 수 있다. 그러한 점에서 이 작품은 사회비판의 간접적 방법을 문제로 제기하고 답을 모색할 수 있는 소재가 된다.

3. 이념의 실천 – 이상을 구현하는 삶

인간이 유토피아의 꿈을 가질 수 있는 것은 '상상력' 때문이다. 이는 문학이 역사나 현실을 문제 삼는 다른 영역과 다른 점이다. 인간의 미래 혹은 유토피아를 꿈꿀 수 있는 능력은 장르에 따라 달리 나타난다. 시는 객관적 근거 없이도 미래를 예언자처럼 노래할 수 있다. 그러나 소설은 아무래도 객관적 자료가 있어야 미래의 방향을 조금 내다볼 수 있다. 인간이 모색하는 이상이 조금 비치기 위해서도 시간의 축을 따라 기나긴 이야기를 전개하는 것이 보통이다. 그렇다고 해도 유토피아에 도달한 모습을 그릴 수는 없다. 꿈의 완성을 그린다면 이는 현실과는 너무 거리가 있는 일이라서 실감을 느끼지 못한다. 그러니까 인간의 꿈을 실현하기 위해 분투하는 모습을 그리는 데서 이야기가 끝나게 마련이다. 한마디로 소설에서는 좌절한 꿈을 그린다고 할 수 있다.

그렇기 때문에 작가들에게 삶의 이상을 제시하라고 한다든지, 우리가 본받아 행할 수 있는 행동의 지침을 보여달라고 한다면 이는 우직한 독자의 요구에 지나지 않는다. 그러니까 작가가 보여주는 이상 추구의 방식도 독자에게는 미흡할 수밖에 없다. 따라서 논술을 지향하는 이들에게는 주인공들이 추구하는 이상이 왜 좌절하는지를 따져보게 된다. 그리고 아직 작가가 하지 못한 이상 추구의 구체적 방법을 제시해 보라는 요구를 할 수도 있다. 이는 독자의 창조적인 상상력을 바탕으로 해서라야 가능한 영역이다.

우리가 이상으로 바라는 삶의 양상 가운데 구성원들이 낙출없이 같이 참여하여 이루어낼 수 있는 공동체가 있다면 아마 그보다 더 바람직한 일은 없을 것이다. 이기영의 「고향」에서는 그러한 공동체를 모색하고 있는 모습을 볼 수 있다. 우리 땅이 일본제국주의의 식민지로 전락한 가운데, 근대화는 강압적으로 진행된다. 각종의 근대적 제도가 만들어지고, 눈치 빠른 이들만 그러한 제도를 이용하고 그렇지 못한 소작인들의 경우는 오히려 삶의 근거를 상실하고 방황하게 된다. 이러한 상황에서 이전 전통사회에서 모색하던 두레를 공동체의 이념적 바탕으로 하여 유토피아를 형성하고자 하는 노력이 구체화된다. 이와 관련된 다양한 문제를 논술로 전환할 수 있다.

그러나 이념의 실천이 꼭 긍정적인 방향으로만 수행되는 것은 아니다. 이념의 질곡에서 벗어나고자 하는 젊은이의 좌절을 다루고 있는 최인훈의 「광장(廣場)」이 그러한 예에 해당할 것이다. 개인의 은밀한 삶만이 보장되는 밀실만 있고 공동의 광장이 없는 남한에 실망한 이명준은 북으로 넘어간다. 그러나 북은 공동의 이념으로 표상되는 광장만 있고 개인의 밀실이 보장되질 않는다. 다시 남쪽으로 내려왔다가 전쟁 포로가 된 이명준은 중립국을 선택하여 가는 도중 실종된다. 이 실종은 자살로 읽힐 수도 있다. 그렇다면 유토피아의 꿈이 좌절된 모습만을 보여준 것이라고 할 수 있다.

이러한 소설들을 읽으면서 우리는 다음과 같은 질문을 던질 수 있다. 인간은 이상과 현실 속에서 어떻게 고민하는가? 그 고민을 해결하는 방법은 무엇인가? 그러한 방법을 실천하여 성공한 예가 있던가? 있다면 구체적인 방법은 무엇이었던가? 없다면 인간에게 이상을 실현할 수 있는 길은 막혀 있는가? 작가는 왜 유토피아의 완성을 그리지 않는가? 이는 당시의 시대 여건과는 어떤 관계가 있는가? 개인과 사회의 관계는 어떻게 설정되는가? 이런 질문에 성급하게 답을 구하는 것은 무리이다. 다만 소설 속의 꿈을 현실로 옮겨 놓고 그 가능성을 타진해 볼 필요가 있다. 논술은 소설적 상상력을 발휘하기보다는 현실적 해결을 요구하기 때문이다.

4. 문제의 종합적 인식 — 통합, 통섭(通攝)

문학 가운데 통합적 속성을 가장 짙게 띠는 소설, 특히 리얼리즘 소설들은 삶의 총체성을 그리는 것이 목적으로 되어 있다. 그러나 현실은 이미 포스트모던 시대에 도달했고, 그러한 조류 또한 뒷전으로 밀리면서 새로운 방향을 모색하고 있다. 문제는 어떤 계통의 작품을 두고 어떤 발상을 해야 한다는 공식이 없다는 데 있다. 공식이 있다면, 우리는 약간의 노력으로 그 공식에 따라 문제를 해결하는 사례를 수집하는 것으로 일이 끝날 수도 있다. 그러나 논술에는 공식이 없다. 오히려 공식을 따라 살아가고자 하는 정신의 경직성을 스스로 반성하고 자주적으로 판단하고 주관에 따라 문제를 해결하도록 모색하는 데에 논술의 근본적인 의도가 있다.

그렇다면 '우리는 문학의 고전을 어떻게 대할 것인가' 하는 점이 문제가 된다. 우선 하고많은 삶의 양상 가운데 작품은 하나의 사례에 불과하다는 점을 고려할 필요가 있다. 따라서 작품을 통해 문제를 제공받는 것이지 답을 얻는 것이 아니라는 점은 늘 명심할 사항이다. 그리고 고전이 제공하는 문제에 독자가 해결책을 모색해 본다는 것은 작품을 해석하여 그 의미를 충전하는 것이라는 점을 명심할 필요가 있다.

소설을 잘 읽기 위해서는 소설에 몰입하면서 동시에 소설을 떠나는 방법을 동시에 구사할 필요가 있다. 동화(同化)와 거리두기를 동시에 수행하는 방법으로 접근하되 종합적인 안목을 동원하는 자발적 노력이 논술에서 무엇보다 소중한 것이다.

VI. 문학과 더불어 논술로 가기

문학은 이성과 감성의 통합을 추구한다. 또한 과거와 미래를 현재의 상상력의 도가니 속에서 녹여낸다. 사물에 대한 감각을 신선하게 하고 잃어버린 꿈을 되살려 준다. 그런가 하면 문학작품은 민족언어의 정수(精髓)를 갈무리하는 저장고이다. 이러한 문학은 바람직한 삶을 모색하고 실천하는 정신활동의 현장이다. 따라서 옳고 그름, 가치 있고 없음, 가능과 불가능 등 제반 문제가 문학과 연관된다. 그런데 문학은 끊임없이 문제를 자각화한다. 그러한 점에서 문학과 논술은 쌍둥이 관계에 있다고 할 수 있다.

1. 문학과 논술 ─ 둘 다 생애의 과업이다

문학은 의식있는 삶을 살고자 하는 이들에게는 평생 추구할 과업이다. 마찬가지로 우리는 평생을 논술 속에서 산다. 삶의 구체상을 확인하는 문제, 어떻게 살 것인가 하는 문제는 문학과 논술이 공동으로 제공하는 화두이다. 이러한 문제의식을 가지지 않고도 삶은 살아진다. 그러나 삶의 가치를 고려할 때는 반드시 문제를 상정하지 않을 수 없다.

아무 문제도 없는 삶을 살아간다는 것은 허구일지도 모른다. 삶의 과정은 그 자체가 문제 상황의 지속이기 때문이다. 이러한 문제를 자각적으로 조직화하고 형상화하는 것이 문학이다. 일상 속에서는 문제를 문제로 인식하지 못하고 지내는 경우가 대부분이다. 일상의 무감각을 자각화하고 정신이 쉼없는 작업을 지속할 수 있도록 하는 것이 문학이라면, 문학 속에서 문제를 발견하고 생활로 연관 지을 필요가 있다.

그러한 점에서 생활 속에서 이루어지는 논술에 주목하라는 점을 환기하고 싶다. 우리는 매일 접하는 각종 매체를 통해 전해지는 정보를 두고 자신의 의견을 표명하는 경우가 있다. 의견을 말할 때는 겉으로 드러내지는 않지만 자신의 판단이 있게 마련이다. 자신의 판단을 가지고 의견을 표명하는 것은 일단 논술의 기초적 형태라고 할 수 있고, 따라서 일상생활 가운데서도 유형, 무형의 논술을 실행하고 있는 것이다. 그러니만큼 논술이 고된 훈련을 받아야만 그 능력이 길러지는 것이라는 억압에서 일단 풀려날 필요가 있다. 자연스럽게 자신이 수행하고 있는 논술의 기회를 넓히고 적극적으로 참여하는 자세를 가지는 일이 중요하다. 이러한 과정을 문학으로 옮겨 수행한다면 논술은 자연스럽게 삶의 영역으로 수렴되어 들어올 수 있다. 그리고 문학의 경우 글로 된 문학만으로 한정할 필요는 없다. 이른바 소설적 발상이라든지 시적 상상력이 말로 수행되는 것도 문학으로 보아야 할 것이다. 문학과 논술은 말로 구현하든 글로 써서 표현하든 삶의 가치를 추구하는 방법론이라는 공통점을 지니고 있는 것이다.

2. 문제를 발견하는 시각으로 문학작품을 읽어가는 자세를 견지해야 한다.

이는 비판적인 사고와 연관되는 사항이다. 비판적 사고라고 하면 무엇이 잘못되었다고 평가하는 부정적인 사고를 연상하기 쉬운데 이는 오해이다. 아주 쉽게 말하자면 문제 발견의 시각은 이야깃거리를 가지고 있다는 뜻이다. 남들이 무심하게 보아 넘기는 사태나 현상 속에서 이야깃거리를 찾아내고 그것이 나의 삶과 어떤 연관을 가지는가 하는 방향으로 사고를 조정해 나가는 일이 문제의식이고 비판적 사고의 기본 형태이다. 거기에다가 남들은 왜 저런 생각을 하고, 그런 행동을 하는가, 그 결과는 어떤 영향을 미칠 것인가 등을 생각하는 태도가 필요하다. 문제를 가지고 산다는 것 자체가 가치있는 일이라는 신념도 필요하다. 그런데 우리 주변의 모든 문제를 자신의 문제로 환원할 필요는 없다. 문제의 가치를 생각하여 중요한 것만 사고의 제목으로 삼으면 된다. 문젯거리가 되기는 하지만 가치의 면에서 그다지 중요하지 않은 경우는 그대로 넘어가도 무방하다.

그런데 문학은 삶에 매우 중요한 문제들은 요약적으로 그리고 구체적으로 제시한다는 점에서, 자신을 문제 상황으로 끊임없이 이끌어 넣음으로 해서 문제의식을 자각화하는 정신적 장치라고 할 수 있다.

3. 연계적 사고의 중요성을 강조해 두고자 한다.

세상의 모든 사물은 홀로 존재하는 것이 아니라 다른 사물과 연관되어 존재한다. 개인을 보더라도 집안에서는 아무개의 아들이거나 딸이고, 직장에서는 그 직장의 한 구성원이며, 어느 선거구의 유권자인 것이다. 다른 사물의 경우도 마찬가지라서 큰 구도를 어떻게 그리는가 하는 데에 따라 부분의 의미는 결정된다. 이렇게 연관된 사물의 실상을 제대로 파악하는 것이 연관적 사고인 것이다. 그리고 다른 사람의 시각으로 사물을 보는 것 또한 매우 중요한 의미를 지니는데, 관점을 전환해 볼 수 있는 계기가 되기 때문이다. 남들은 이 문제를 어떻게 보았는가, 해결을 위해 어떤 과정을 거쳤는가, 앞으로 어떤 문제가 있을 것인가 하는 점들을 나의 경우로 바꿔 놓고 생각해 보는 버릇이 중요하다. 결국 관심은 문제를 나의 것으로 전환하는 데서 비롯되는 것이고, 문제가 가치를 가지게 되는 것도 그 지점에서이다.

문학에서는 남다른 문제의식을 가지고 출발한다. 그리고 그 문제를 다른 존재, 즉 자연과 사회 그리고 다른 인간의 문제와 연계지어 제출한다. 그러니까 문학작품을 읽는 것 자체가 스스로를 문제 가운데 두는 셈이 된다. 또한 작품에 대한 자신의 의견을 제시하는 일은 문제 해결에 함께 참여하는 일이 되고, 따라서 논술적 사고에 자신이 주체적으로 입문하는 일이 된다.

4. 문학에서 얻는 언어의 힘은 정신의 힘이다.

시인이나 작가들은 민족 언어를 갈고 다듬는 사람들이다. 그들의 작품 속에는 영롱하게 빛나는 어휘들이 보석함에 들어 있는 보석처럼 감추어져 있다. 보석같은 언어라는 것은 정확성과 감수성이 동시에 잘 드러나는 언어를 뜻한다. 과학적인 언어는 정확성을 지향하고 시적인 언어는 애매성을 바탕으로 의미의 폭을 추구한다. 언어활동은 이 양극에 동시에 걸쳐 있다.

논술은 일차적으로 정확한 언어를 요한다. 언어를 정확하게 사용하는 훈련이 지속적으로 이루어져야 한다. 적재적소에 낱말을 골라 쓸 줄 알아야 하며, 정확한 문장을 쓰는 훈련이 필요하다. 논리의 기본은 언어를 정확하게 사용하는 데서 출발한다. 우선 맞춤법과 띄어쓰기에 유의하기 바란다. 우리 맞춤법이 지나치게 어렵다는 것은 핑계에 지나지 않는다. 주변에다가 사전을 두고 늘 찾아본다든지, 맞춤법을 설명한 자료를 비치해 두고 참고하는 성의와 관심이 있으면 문제될 일이 아니다. 그리고 정확한 어휘의 구사와 아울러 어감의 미묘한 차이까지도 구별하여 쓰려는 노력이 있어야 한다. 어감의 미묘한 차이를 변별하여 감수성 차원의 문체적 의미까지를 정확하게 사용하고자 하는 것이 작가들이다. 그러한 점에서 어휘력의 확장을 위해서는 다양한 문학작품에 접하는 것이 첩경(捷徑)이다.

5. 논술은 계획을 세우고 실천해야 목표에 도달한다.

글쓰기 일반이 그러하듯이 "논술은 써 본 사람이라야 잘 쓸 수 있다."는 점을 강조해 두고자 한다. 논술은 이론보다는 경험이 더 중요한 영역이다. 피아노의 음계를 알고 악보를 읽을 수 있다고 해서 연습 없이도 연주를 잘 할 수 있는 것은 아니다. 논술의 경우도 마찬가지이다. 논술의 구성 형식을 안다고 해서 곧바로 글이 써지는 것은 아니다. 또한 수사적인 표현 방식을 안다고 해서 표현력이 발휘되는 것도 아니다. 문학에서는 쉬임없이 쓰는 자만이 능력을 발휘할 수 있다. 이는 논술에 관한 한 피할 수 없는 조건이다.

평범한 말로, 논술에 왕도는 없다. 문학작품을 통해 논술적인 화두를 스스로 마련하고 화두를 풀기 위해 부단히 사고하고, 이를 화제로 남들과 이야기를 나눌 필요가 있다. 문제의 요점을 적어 두고 해결 방법을 모색해 보는 것도 논술 수련을 위해 좋은 방법이다.

그리고 발상을 전환할 필요가 있는데, 이질적인 문제를 연계 짓는 발상법이 문학에서 얼마나 유용하게 쓰이는가 하는 점을 생각해 보는 것도 좋은 방법이다. 예컨대 조세희의 『난장이가 쏘아올린 작은 공』에 나오는 「뫼비우스의 띠」에서는 수학교사의 이야기 가운데 도시화로 인해 변두리로 쫓겨난 인생이 이야기되고 있다. 수학교사와 뿌리뽑힌 자들을 연결하고 거기서 문제를 제기하며 의미를 부여하는 것이 소설적 상상력이다.

Ⅶ. 문학으로 논술이 생활 속으로 다가오도록

고전적인 가치를 지니는 모든 작품은 당대의 창의적 사고를 현상화한 결과물이다. 세계를 창의적으로, 자신의 관점으로 바라보고 문제를 제기한 이들이 고전 작가들이다. 우리는 문학적 고전에서 창의적 사고의 범례를 발견하게 된다.

창의적 사고는 역설이나 아이러니를 만들어 내는 단순한 기교 차원의 문제가 아니다. 최소한 삶의 자세와 연관되는 것이어서 그 중요성이 가볍게 취급될 수 없다. 삶을 어떻게 영위할 것인가 하는 방향을 모색한다는 것은 이전에 남들이 살아온 과정을 되풀이하지 않겠다는 뜻이다. 그리고 신선한 감각으로, 타성에서 벗어난 논리로 자신의 삶을 일구어 내겠다는 의지가 있어야 새로운 사고는 가능하다.

새로운 사고가 경박성(輕薄性) 일변도로 나가지 않는 까닭은 경박성은 그 자체가 타성적인 요소를 지니고 있기 때문이다. 코미디는 일반적으로 관습을 중시한다. 관습은 반복의 요소를 바탕으로 한다. 자신의 뜻에 따라 새로운 길을 개척해 나가다가 실패하는 경우, 우리는 그 삶을 두고 비극적 처절함을 느낀다. 그리고 거기서 자신은 물론 바라보는 사람도 비극적 승화를 체험한다. 그러나 남이 다니던 길을 되풀이하여 가다가 자빠지는 경우, 그 실패는 웃음을 자아낸다. 흉내내기는 남에게 웃음을 주면서 자신은 비참한 구렁으로 빠지게 된다. 창의적 사고를 하지 못하는 인간의 비극이 여기 있다. 현대적인 고전은 대부분 창의적으로 살지 못하는 인간의 비극을 주제로 삼고 있다.

창의적 사고를 통해서만 일상에 매몰되는 삶을 의미있는 삶, 의식적인 삶, 자기 결단의 삶으로 이끌어 올릴 수 있는 것이다. 그렇다면 창의적 사고를 글로 쓰는 논술의 의미가 무엇인지는 충분히 짐작할 수 있을 것이다. 그리고 창의적 사고의 전범인 문학이 논술과 어떻게 연관되는가 하는 점은 스스로 자명해진다.

창의성은 자발성과 밀접하게 연계되어 있다. 문학을 남이 시켜서 하는 경우가 없는 것은 이 때문이다. 그러한 점에서 문학의 고전에서 출발하는 논술은 자율적으로 이루어지는 것이 바람직하다. 학생 스스로 문제를 발견하고 그 문제를 해결하는 과정에서 글을 쓰게 하기 위해서는 학생들 사이에 논술을 쓰고 평가할 수 있는 '논술모임'의 운영을 고려할 수도 있을 것이다. 이는 문학의 이해공동체 혹은 해석공동체를 마련하는 일이 되기도 한다.

논술은 기술이 아니라 정신의 언어적 발현이고 인간의 언어적 활동의 한 국면이다. 따라서 그 자체가 생활로 전환되어야 한다. 그러한 점에서 자신의 문제를 말과 글로 표현하는 논술은 문학에서 출발할 필요가 있다. 논술은 삶을 문제적인 것으로 보고 문제를 찾아 말과 글을 통해 문제를 해결해 나가는 삶의 실천이기 때문이다. 문학 또한 그런 일을 본무로 삼는다.

VIII. 학교 현장의 현실적인 문제들

학교에서 이루어지는 생활과 입시의 관계를 어떻게 설정할 것인가 하는 문제를 두고, 우리 교육사회가 함께 모색할 필요가 있다. 책읽기를 강조하면서 책 읽을 시간이 없다는 것은 학교 바깥 사회에서 통용되는 세속적인 발언이다. 학교에서 학생들이 스스로 책을 읽을 시간을 부여할 수 없는가? 학교에서 학생들이 책 읽을 시간을 부여하는 방법을 모색을 해 보아야 한다. 교사가 가르치는 것만이 교육의 전부는 아니다. 학생 스스로 책을 읽고 문제를 발견하며, 그 해결을 위해 고심하는 시간의 경험이 소중한 것이다.

그러기 위해서는 평가의 방법을 다시 생각해 보아야 한다. "사천만이 좋아하는 객관식"이란 말이 유행한 적이 있다. '객관식, 사지선다형'이 교육을 망친다는 주장이 있다는 것을 우리는 안다. 그래서 수행평가를 해야 하고, 서술형으로 평가 방법을 전환해야 한다는 이야기들을 한다. 그러나 유령처럼 군림하는 "객관성과 타당성"의 권위에 압도되어 서술형 평가를 제대로 하지 못한다. 용감한 선생님들의 실천이 있어야만 객관식의 유령을 몰아낼 수 있다.

학교의 모든 선생님들이 "논술교사"라는 인식이 있어야 한다. 논술은 교과목이 아니다. 교과목이 성립하기 위해서는 내용범주가 실체로 드러나야 한다. 논술의 실체는 삶의 모든 영역을 포괄하는 글쓰기이다. 언어, 수학, 과학, 사회 예능, 체육 모든 분야의 지식과 수행영역은 글로 서술된다. 논술교사가 따로 있을 수 없다. 현재로서는 부담이 될 수 있지만, 선생님들 자신이 해당 교과의 전문가로서 글을 쓰는 힘을 갖추어야 한다. 선생님들이 글을 써야 학생들이 글을 쓰게 되는 것은 잠재적 교육과정의 원칙이다.

학교에서는 논술을 위한 협의체를 구성하여 운영하는 것이 효과적이다. 국어 선생님이 글쓰기를 할 줄 안다고 해서, 운동생리학(運動生理學)을 전공한 체육선생님이 가르칠 학습 내용을 글로 쓰기는 거의 무망이다. 통합교과의 성격을 아무리 강조해도 내용을 모르면 발상이 되지를 않는다. 창의성이란 어떤 영역에서 오랜 연마 끝에, 그리고 거듭되는 숙고 끝에 나타나는 남다른 생각일 뿐이다. 시인은 꽃씨 속에 꽃잎이 하늘거리는 것을 느낌으로 포착하고 그런 글을 쓴다. 그러나 생물학자는 꽃씨 속에 들어 있는 유전자가 어떻게 작용하여 꽃잎으로 피어나는가를 수식과 객관적 언어로 설명할 수 있어야 글을 쓴다. 학교에서 '논술 위원회' 혹은 '논술 협의회' 등을 만들어 운영하면 성과를 기대할 수 있을 것이다.

사교육 시장의 논술을 교육적으로 어떻게 보아야 할 것인가? 현실로는 인정할 수밖에 없다는 현실론이 있다. 그러나 언제까지나 현실론에 머물 수 없다는 데 문제의 절박성이 있다. 논술아카데미라는 고급스런 이름의 학원들이 있다. 그러다가 중학생 논술, 초등 논술 이렇게 나가다가는 논술 태교(論述胎敎)가 성업을 하지 않을까 하는 우스운 생각이 들기도 한다. 이러한 현실을 벗어나는 방법은 학교에서 논술을 수행하도록 해야 한다는 결론에 이르게 된다. 논술 교과를 설정하려고 성급하게 나설 것이 아니라 각 교과에서 어떻게 논술의 원리를 이용한 학습과 평가가 이루어질 수 있는지를 모색해야 한다.

믿음과 이해가 맞물고 돌아간다는 것이 해석학의 원리 가운데 하나이다. 마찬가지로 교육의 장에서는 학생에 대한 사랑과 교육적 실천이 맞물려 있다. 학교에서 가르치는 선생님들은 선생님들 자신의 삶이 포함되어 있는 학생들의 삶을 사랑한다. 그 삶이 왜곡되어 있다면 그것을 바로잡는 데에 용감한 실천이 필요하다. 실천이 결여된 사랑은 관념이거나 자기기만이다. 교육적 애정은 실천을 통해 구체화되기 때문이다. 결국 문학을 통한 것이든 다른 통로를 통한 것이든 논술은 교육적 애정과 실천의 장에 핵심 사항이 틀림없다.

제1부
문학과 논술의 방향 설정

문학 논술 교육의 이념과 실천

임경순 (한국외국어대학교 교육대학원 교수)

문학 논술 교육의 이념과 실천

Ⅰ. 머리말

지금 온 나라가 '독서'와 '논술'로 들썩이고 있다. 독서를 두고 교육기관, 학자, 교사 간에 의견이 오가더니, 이제 그 불똥이 논술로 튀었다. 특히 대학 입시에서 논술 반영 비율을 강화하자 이에 따라 각급 학교에서는 논술에 대한 대응에 골몰하고 있는 실정이다. 서울대학교를 위시해서 교원교육기관에서는 교사를 대상으로 논술 연수가 한창이고, 급기야 교육부에서는 교원양성 기관에 '논리 및 논술에 관한' 과목을 의무적으로 설치 및 수강토록 하였다.[1]

공교육 차원에서 논술 교육에 대한 심도 있는 논의와 이를 바탕으로 한 교육과정 반영을 탄탄히 했어야 했음에도 불구하고 일련의 사태들은 다분히 대증적인 처방에 가깝다. 현실을 뒤따라가는 공교육계의 현실을 극명하게 보여주는 또 다른 예이다.

---

1) 교육부는 교원양성기관에 당초 2008년부터 교과교육 영역에서 '교과교육론'과 '논리 및 논술에 관한 과목'을 필수로 한 8학점 이상을 이수토록 하게 하였지만, 그 시행 시기를 2009학년도로 연기하였다.

교육부 방침에 따르면 이제 논술은 국어교육만의 문제가 아니라 전 교과적인 문제가 되었다. 전 교과에서 교육과정으로 의무화했기 때문이다.

그러나 현실에 비해 학문적인 뒷받침은 만족스럽지 못한 편이다. 국어국문학에서는 문장론 차원을 벗어나지 못하고 있고, 철학에서는 논리 차원을 벗어나지 못하고 있으며, 국어교육에서는 글쓰기 차원을 벗어나지 못하고 있기 때문이다.[2]

문학 차원에서 볼 때 더욱 문제인 것은 논술에 대한 무관심 내지 문학과 논술의 상관성에 대한 부정적 의식이다. 문학은 언어의 형상적 세계에 속하고, 논술은 논리적인 세계에 속하기 때문에 이 둘 간은 건널 수 없는 간극이 있는 듯하다. 더구나 문학은 문학만의 특성이 있는바, 그것은 서정적, 서사적, 묘사적, 미적인 특성 등으로 요약되는바 이는 논리적인 것과는 다른 특성임에는 틀림없는 듯하다.

마땅히 문학만이 지닌 특성들을 연구하고, 문학 작품을 생산하고 수용하는 사회적·교육적 기반을 조성하고 활성화하는 일은 매우 중요한 임무에 속한다.

그러나 문학하는 일은 문학 작품을 창작하는 일뿐 아니라 문학을 감상, 비평, 연구하는 일 등이 다양하게 관련된다고 볼 때, 언어의 논리적·설명적 운용과 무관할 수는 없는 것이다.[3]

교육적 혹은 인간적인 차원에서 볼 때 형상적 기호 운용 능력과

---

2) 국어교육 분야에서는 논술 및 논증교육에 대한 박사논문이 쓰였고, 단행본도 출간되었다.
3) 이런 점에서 비평교육에 대한 인식을 새롭게 할 필요가 있다. 비평이론의 학문적 기반에 힘입어 문학비평에서 문화비평으로 지평을 확대할 필요가 있다.

논리적 기호 운용 능력은 인간의 커뮤니케이션 능력을 구성하는 양대 축이다. 이런 점에서 후자만을 강조하는, 철학을 위시한 설명적 학문들은 반쪽짜리일 수밖에 없지만, 문학과 문학비평에서는 양자를 아우르고 있다는 점에서 그 중요성은 더해진다.

이에 이 글에서는 문학(현상)을 논술 교육에서 볼 때 그 가능성과 생산성 그리고 당위성이 높다는 것을 전제로 삼아 논술, 문학 논술, 문학 논술 교육이 무엇을 의미하는지를 살펴보고자 한다. 또한 기존 문학 논술의 유형을 비판적으로 검토함으로써, 문학 논술 교육을 실천하기 위한 방향은 모색하고, 그 구체적인 실천 전략과 방법 등을 살펴봄으로써 문학 논술 교육의 실천과 이론화에 기여하고자 한다.

II. 문학 논술과 문학 논술 교육의 개념

문학 논술과 문학 논술 교육의 개념을 말하기에 앞서 논술이 무엇인지를 논의할 필요가 있다. 논술이 무엇인지를 여러 논자들이 밝히려고 시도하였다. 그러나 일반화된 정의를 찾기가 쉽지 않다. 몇몇 논자에 따르면 논술이란 '비판적 읽기와 창의적 문제 해결하기를 기반으로 한 논리적 글쓰기',[4] '자율적 판단의 주체로서의 논술자가 주어진 텍스트에 관하여 자신의 세계관, 가치관 등을 반영하는 견해를 논리적으로 설득력 있게 제시하는 것',[5] '어떤 문제나 쟁점에 대한 논증을 통한 글쓰기'[6]라고 정의된다.

---

4) 김영정, 「통합교과형 논술의 특징」, 『철학과 현실』 제69호, 철학문화연구소, 2006, P.155.
5) 김광수, 「철학과 논술」, 『철학과 현실』 69호, 철학문화연구소, 2006, P.129.

여기에서 논술의 정의와 관련된 핵심 단어로 논리, 논증, 글쓰기, 설득 등을 지적할 수 있다. 논리, 논증, 글쓰기, 설득이라는 용어는 익숙해져서 매우 자명한 것처럼 여겨질 수 있다. 이를 테면, 논리적 글쓰기를 '설득력있고 조리있게 자신의 주장을 펼치는 글쓰기' 정도로 이해하고 넘어갈 수도 있다. 그러나 막상 논리, 논증이 무엇이고, 글쓰기가 무엇을 의미하는지를 따지는 일은 쉽지 않다. 논리학, 논증이론을 보면 때로는 복잡하고 때로는 단순한 논의 속에 빠지지 않을 수 없고, 그리하여 이를 교육에 적용하는 일은 참으로 난감하지 않을 수 없다. 복잡다단한 현상을 단순, 명료한 형태로 보여주고자 했던 형식논리학은 글쓰기에 참여하는 주체, 소통 맥락과 언어가 지닌 다양한 차원들을 무시하였다는 비판을 면키 어렵다. 따라서 이를 비판적으로 검토하지 않고 논술 교육에 그대로 적용할 수는 없는 일이다.

이 글에서는 논술을 '어떤 문제에 대한 이념적 실천 행위이자 주체들의 소통행위로서의 설득적 글쓰기'라 규정한다.[7] '어떤 문제'라 함은 글쓴이가 삶에서 봉착하면서 갖게 되는 문제의식의 산물로서 해결해야 할 일체의 대상을 말한다. '이념적 실천행위'라 함은 논술이 가치중립적인 차원에서 이루어지는 것이 아니라 주체의 이념 실천과 관련되며, '주체들과의 소통행위'라 함은 그것은 (텍스트 내적 소통 현상을 포함한)글쓰는 주체와 글읽는 독자와의 대화적, 화용적, 수사적, 사회문화적, 의사소통적 행위와 밀접하다는 것을

6) 박정일, 「논술과 토론의 개념」, 『철학과 현실』 70호, 철학문화연구소, 2006, P.139.
7) 논술을 논리가 아닌 담론으로 바라보는 견해는 다음 참조. 고길섶, 『논술행 기차를 바꿔타자』, 문화과학사, 1994.

의미한다. '설득적 글쓰기'라 함은 글쓰기의 목적이 설득에 있음을 말한다. 즉 글을 쓰는 목적 행위는 표현적 담론, 시적 담론, 지시적 담론, 설득적 담론으로 구현되는바, 논술의 목적이 설득에 있음을 의미하고, 그러한 목적을 위한 글쓰기가 설득적 글쓰기임을 나타낸다.[8]

따라서 이 글에서 문학 논술이라 함은 '일체의 문학 관련 문제들과 연관된 이념적 실천 행위이자 주체들의 소통행위로서의 설득적 글쓰기'를 말하며, 문학 논술 교육이란 '그러한 논술 행위를 둘러싼 가르치는 자와 배우는 자 사이에서 이루어지는 상호 작용의 과정과 결과'를 일컫는다.

Ⅲ. 문학 논술 교육의 이념

교육적 관점에서 보자면, 논술 교육을 통해서 도달하고자 하는 이념에 대하여 숙고하는 일은 대단히 중요한 일이자 우선 과제이기도 하다. 그것은 모든 교육 행위를 규정하고 견인하는 역할을 한다는 점에서 교육의 과정에 지대한 영향을 주기 때문이다. 그럼에도 불구하고 이에 대한 논의는 찾아보기 어려운 실정이다. 이는 논술

---

8) 논술을 논증적 글쓰기로 보면, 논술은 논증적 속성을 지니고 있음은 부정하기 어렵다. 논증적인 글(argumentative essay)은 넓게 잡아 어떤 주장이 담긴 길거나 짧은 글을 모두 포괄하는 개념이며, 따라서 논증적인 글이란 주장과 그에 대한 근거를 서술한 글이라는 의미로 사용된다. 이 개념은 논술을 텍스트의 구조나 형식에 초점을 둔 것으로 담론 사용의 소통론적 관점을 소홀히 한다고 볼 수 있다. 특히 논술을 논리에 따라 쓴 글, 논리적 모순이 없는 글로 한정하는 결과를 초래하기도 한다. 이 글에서는 이러한 한계점을 인식하고 논술이 논증적 속성을 가지고 있기는 하지만, 설득이라는 담론 목적과 관련한 일체의 담론 행위를 강조하고자 한다. 여기에 문학과 논술의 접점을 모색할 수 있는 가능성이 있을 것이라 판단한다.

교육이 어느 방향으로 나아가야 할지에 대한 숙고가 부족함으로써 제자리를 찾지 못하고 있음을 의미한다.

이념은 학교급별, 제도권별, 비제도권별 등에 따라 달라질 수 있다. 그러나 여기에서는 교육을 통해 궁극적으로 도달해야 할 보편적인 지향태를 염두에 두고자 한다.

일반적으로 교육이 지향하고자 하는 바는 시민 정신과 공공 생활을 증진시키는 과정이 되어야 하며 자아실현과 결부되어야 한다. 교육은 기본적으로 자아와 세계의 공존과 조화, 그리고 자아의 무한한 가능성의 실현을 지향한다는 것과 관련되어 있다. 물론 지향태로서의 이념을 성취하는 과정은 매우 다양할 수 있다. 이점에서 문학은 대단히 유사한 측면이 있다. 문학의 근본적인 존재 이유 가운데 하나가 자유로운 정신의 구현에 있음을 상기할 때,[9] 문학은 기본적으로 있을 법한 가능한 세계를 다양한 담론으로 담아냄으로써 이러한 이상에 기여한다. 또한 문학 행위야말로 대화, 반성, 심미, 가치, 실천(활동), 창조적인 것들과 관련됨으로써, 그러한 능력을 지닌 인간을 길러내는 데 교육의 이념이 놓여 있다고 볼 수 있다.[10]

논증적 담론의 맥락에서 본다면, 교육은 또한 다른 사람의 목소리를 이해하고, 갈등 상황에서 비판적이고, 창의적인 해결을 제시할 수 있는 목소리를 표상할 줄 아는 시민을 길러내는 일이다. 이 시민들은 "그들 자신이 경제적, 정치적, 문화적 갈등을 해결하는 데 참여하는, 그리고 정당하고 평화로운 방식으로 그들의 가정 생활과

---

9) 김현, 『한국문학의 위상』, 문학과지성사, 1977.
10) 여기에 대한 자세한 논의는 김대행 외, 『문학교육원론』, 서울대출판부, 2001 참조.

상호 의존적인 시민적－공적 생활을 형성하고 질서를 부여하는 데 참여하는, 그런 사회에서 읽고 말하고 쓰고 추론"[11]하는 사람들이다.

문학과 논술의 언어적 특징이 어떤 것이든지 간에, 그 행위의 목적은 궁극적으로 잘 살아가는(well-being, eudaimonia) 인간을 형성하기 위한 기획과 실천의 일환이라 할 수 있다.[12] 이점에 대하여 J. 화이트는 심도 있게 논의한 바 있다. 그는 교육의 목적을 인간의 삶과 연결시키면서, 교육은 결국 모든 학습자들이 잘 살 수 있도록 도와주는 데에 있다고 보고 있다.[13]

이를 문학 논술과 관련하여 구체화한다면, 문학 논술 교육의 이념은 '문학과 관련한 일체의 문제 상황에서 새로운 설득적 의미를 생산하고 공동체의 선을 위해 반성과 대화를 주된 전략으로 삼아 자신의 목소리를 표상할 줄 아는 능력을 갖도록 하는 데 있다'고 할 수 있으며, 문학 논술 교육은 그런 능력을 지닌 인간을 길러내는 일과 관련된 일체의 의도적, 계획적, 실천적, 윤리적 교육 행위라 할 수 있다. '문학과 관련한 일체의 문제 상황'이라 함은 문학과 결부된 해결해야 할 문제들을 포괄하는 넓은 개념으로 쓴다. 가령, 문학 작품의 인물이나 갈등을 비평적으로 이해하기 등과 관련된 문제뿐 아니라 문학의 생산, 유통, 수용 등 일체의 과정에서 제기될

---

11) J. Crosswhite, 오형엽 역, 『이성의 수사학:글쓰기와 논증의 매력』, 고려대출판부, 2001, P.378.
12) 이는 아리스토텔레스가 일찍이 『니코마코스 윤리학』에서 모든 사물이 목표로 삼는 것은 선 즉 행복 혹은 복지(eudaimonia)라 한 바 있다.
13) John White, *Education and the Good Life*, 이지헌 · 김희봉 역, 『교육목적론』, 학지사, 2002. 화이트는 좋은 삶을 밝히면서 자율성, 이타성 등의 이념과 관련하여 논의하고 있는데, 개인이 어떤 식으로든지 다른 사람들과 어울려 살 수밖에 없다고 볼 때 인간이 잘 산다고 하는 것은 자율성, 이타성 등과 결부되지 않을 수 없다. 그러나 이 두 가지가 좋은 삶의 필요 충분 조건은 될 수 없다.

수 있는 모든 사회·문화적 문제들이 포괄된다. '새로운 설득적 의미를 생산하기 위해 반성과 대화 전략'을 사용한다는 것은 문학 논술의 핵심이 독자를 설득하기 위한 새로운 의미 생산에 있음을 밝히고, 그것을 위한 주요 전략으로 대화와 반성 전략이 동원된다는 것을 함의한다. '공동체의 선을 위한'다는 것은 문학 논술 행위가 공동체가 지향하는 긍정적인 의미즉 인간이 잘 사는 일과 관련된 이념과 결부되어야 하며, '자신의 목소리를 표상할 줄 아는 설득적 능력'이라 함은 차별이나 개인적 사회적 제약에 따른 담론 행위의 제한을 벗어나, 세계에 자신의 물질적 흔적이 담긴 주체적인 목소리를 낼 수 있는 능력을 의미한다.

IV. 문학 논술의 유형과 문학 논술 교육의 실천 방향

1. 문학 논술의 유형

문학 관련 논술의 유형은 크게 세 방향으로 나뉠 수 있다. 첫째는 문학 작품을 둘러싼 해석, 비평, 이론 등과 관련한 논술이다. 이는 철학논술, 역사논술 등과 비교되는 '문학 논술'로서, 문학이라는 학문 내부에서 이루어지는 학문(교과)형 논술이라 할 수 있다. 둘째는 문학과 관련된 사회문화적인 문제를 다루는 논술이다. 이는 문학 텍스트를 통해서 제기될 수 있는 다양한 문제들을 다루는 '문학을 통한 논술'이라 할 수 있다. 셋째는 문학이 다른 학문 영역들과 더불어 어떤 통합적인 문제 해결을 위한 자료로 활용되는 논술로서 '문학을 포함한 통합 논술'이라 하겠다.

문학 논술(La dissertation littéraire)[14]로 명명되는 논술 문제 유형을

들면 다음과 같다.

주제1 - 소설의 주인공·『위험한 관계』의 주인공은 누구인가?

주제2 - 소설과 이야기·『불안정한 인간과 문학』에서, 앙드레 말로에 의해 1977년에 표현된 의견을 논평해 보자. "소설가의 재능은 이야기로 귀착될 수 없는 소설의 부분이 있다."

주제3 - 희극과 비극·"희극은 부조리의 예감이기에 비극보다 더욱 절망적인 것 같다. 희극은 해결책을 제공하지 않는다." 논평하라. 그리고 경우에 따라서 이오네스코의 이 단언에 대해 토의하라.(「연극의 경험」, 『논평과 반론』, 1966)

주제4 - 시인으로서의 어려움·'결석 시인'에게서 빌린 이 시구는, 어떤 점에서 『노란 사랑』에서의 코르비에르의 시를 정의내릴 수 있을까? "정말 나다. 나는 거기에 있다-그러나 삭제된 부분처럼."

주제5 - 시학적 언어·"피렌체는 도시이고 꽃이며 여자이다. 동시에 그것은 도시-꽃이고, 도시-여자이고, 소녀-꽃이다. 이렇게 보이는 이상한 물건은 강의 유동성과 금같이 부드럽고 강렬한 열정을 소유하고, 끝으로 점잖게 자신을 포기하며, 무음 e의 지속적인 쇠약에 따라서 조심성 가득한 그것의 절정을 무한정으로 연장한다.

---

14) J. Pappe & D. Roche, La dissertation littéraire, 권종분 역, 『문학논술』, 동문선, 2001. 나머지를 추가로 제시하면 다음과 같다.

주제6 - 자서전·외향적 인물에 정성을 쏟은, 그리고 『계시받은 사람들』이라는 제목으로 1852년에 모았던 초상화 수집품에서 제라르 드 네르발은 이렇게 쓴다. (중략) 네르발의 눈에 비추어, 언급된 작품 유형들의 '관심'에 대한 판단을 구체적인 실례를 들어 논평, 토의하라.

주제7 - 작품의 '이해'·"누구를 위해 소설을 쓰는가? 누구를 위해 시를 쓰는가? 일부 다른 소설을 읽는 사람들을 위해서, 일부 다른 시를 읽는 사람들을 위해서이다. (하략)" 이 이탈로 칼비노의 말이 당신에게 어떤 생각을 들게 하는가?(『기계 문학』, Le Seuil, 1984)

주제8 - 『크롬웰』의 「서문」·"낭만주의자들은 모두 서문을 쓴다…. 『헌법 옹호자』는 사면과 함께 언젠가 그들을 놀렸다…." A. 뒤마(1931)의 연극인 『앙토니』의 한 등장 인물이 말한다. 1827년 빅토르 위고에 의해 간행된 『크롬웰』의 「서문」은 무엇을 의미하는가?

(하략)" 사르트르의 이 분석은 여러분들에게 만족스럽게 시학적 언어를 정의하는 것 같은가?

이상의 예를 보면, 문학 논술은 작품 분석, 해석, 논평, 작가, 장르 등 문학 관련 문제들을 해결할 것을 요구하고 있다. 이 경우는 문학학에서 다루는 이해와 감상 등과 관련되는 논술이므로 주로 문학 교실에서 이루어진다. 그러나 일선 학교의 국어 시간을 보면 문학 논술 교육이 본격적으로 이루어지고 있지 않은 실정이다. 국어 시간의 경우 문학 논술과 가장 관련있는 글쓰기는 비평적 글쓰기인데, 이러한 글쓰기가 제대로 이루지고 있지 않은 현실이다. 이는 심화 선택 과목인 '문학' 과목 시간에도 예외는 아니다. 심화 선택과목인 '문학' 과목은 중등 교육과 고등 교육을 연결하는 과목임에도 불구하고, 심도있는 교육이 이루어지고 있지 않다. 따라서 문학에 깊이 있는 탐구를 원하는 학생들이나 대학에서 문학을 전공하고자 하는 학생들에게 심도 있는 학습을 제공하고 있지 못하다. 대학 입시 상황을 보면, 문학 논술을 찾기가 어렵다. 그것은 대학이 정부의 규제에 따라 특정한 전문 영역의 수학 능력을 평가하기 보다는 계열별로 공통적인 수학 능력을 평가하기 때문이다. 그러나 문학이 인문학에 커다란 영역을 차지하고 있음을 부인할 수 없다면, 대학에서 이 방면에 전공을 택하는 학생들을 대상으로 하는 선발 시험에서는 심도 있는 문학 논술 시험을 반드시 고려해야 한다고 본다.

'문학을 통한 논술'은 문학 텍스트나 문학학(문학교과) 차원에서 이루어지는 문학 논술과는 달리 문학을 통해 다양한 사회문화적인 문제를 다루는 논술이다.

가) 단일 문학 텍스트형

① 다음 글은 어느 소설의 한 장면을 옮겨 놓은 것이다. 이 글은 '복서'의 죽음을 둘러싼 이야기를 통해 인간 사회에서 일어날 수 있는 여러 가지 문제들을 암시하고 있다. 어떤 문제들이 이 글에 암시되어 있는지 글의 내용에 근거하여 밝히고, '복서'의 죽음에 대해 어떻게 생각하는지 각자의 견해를 논술하라.(서울대 '98)
　　* 「동물농장」(오웰)

② 다음은 베르톨트 브레히트의 희곡 「갈릴레이의 생애」에서 뽑은 글이다. 이 글을 읽고 논제에 답하시오.
　　* 「갈릴레이의 생애」(브레히트)
논제 : 제시문에 나타난 사제와 갈릴레이의 견해를 밝히고, 이러한 견해가 현대 사회에서 어떤 의미를 지니는가에 대해 자신의 생각을 논술하시오.(고려대 '99)

나) 복수 문학 텍스트형

　　다음 세 이야기 속의 주인공에게서 공통적으로 나타나는 역할의 특징을 분석하고, 그 사회적 기능과 의미를 다양한 측면에서 1800자 안팎으로 논술하시오.(연세대 '99)
　　* 「심청가」, 「영웅전」(플루타르크), 「비계덩어리」(모파상)

　　가)의 ①, ②는 단일 문학 텍스트가 제시된 논술 유형이다. ①은 「동물농장」이라는 단일 문학 텍스트를 제시하고 거기에 등장하는 단일 인물을 통해 추론할 수 있는 사회적인 문제점들을 밝히고, 거기에 대한 자신의 의견을 묻는 문제이다. ②는 「갈릴레이의 희곡」이라는 단일 문학 작품을 제시하면서, 거기에 등장하는 단일 인물이 아니라 복수 인물들의 견해를 현대 사회와 연관지어 그 의미를 논술하는 유형이다. 나)는 복수 문학 텍스트가 제시된 논술 유형이다. 단일 문학 텍스트보다는 여러 텍스트를 제시하고 그것들의 공통적인 특징을 분석하고 이를 사회적인 차원과 연결지어 논술하는 유형이다. 단일텍스트와는 달리 텍스트 간의 관계를 파악하고 그것들로부터 공통적인 의미를 사회적 의미로 확대해 나가는 유형이다.

이상의 예를 볼 때, 문학 작품의 해석에 기반하여 인간 사회의 문제점, 사회적 기능과 의미, 현대 사회의 의미와의 연관성을 밝힐 것을 요구하고 있다. 따라서 이 유형의 논술은 문학의 해석뿐 아니라 그것을 여러 사회문제와 연결시키는 확산적 사고를 요하는 유형이라 할 수 있다. 그러나 이 유형이 문학의 학문 범주에서 이루어지는 '문학 논술'보다는 좀더 많은 출제 비중을 차지하고 있기는 하지만, 전체 논술에서 보면 그리 큰 비중을 차지하는 것은 아니다. 그것은 대학들이 통합교과형 논술을 지향하기 때문에 특정 학문에 치우친 자료 제시를 기피하고 있기 때문일 것이다.

다음으로 '문학을 포함한 통합 논술' 유형을 들 수 있다. 이 유형에서는 문학 작품뿐 아니라 문학관련 설명텍스트(이론, 비평, 에세이 등 포함)을 포함한 다양한 학문 영역에서 자료를 제시하여 이를 바탕으로 통합적인 깊이 있는 사고와 창의력을 요구하고 있다. 최근 주요 대학들이 내놓은 입시 논술은 특정 교과 관련 지식을 묻기보다는 인문, 사회, 자연과학적 지식을 토대로 주어진 문제를 비판적이고 창의적으로 해결해 나갈 것을 요구하고 있다.

통합 논술을 지향한다고 하는 주요 대학에서 실시한 최근 사례를 본다.

가) 문학 배제 통합 논술형

지식정보화 시대에 우리 사회 각 영역은 어떤 속도로 변화해야 하는가?[15]

<제시문 가>는 우리 사회 각 영역, 특히 기업, 가족, 정부의 변화를 진단하고 있다. <제시문 나>는 어느 학자가 미국 사회 내 해당 영역의 변화 속도를 수치화하고 이를 분석한 것으로서, 가장 빨리 변화하는 영역의 속도를 시속 100마일로 설정하고 있다.

※ 주어진 논제에 대한 글을 쓸 때 다음의 조건을 만족시킬 것.
1. <제시문 가>의 내용을 <제시문 나>의 내용에 비추어 논하라. 그 과정에 미국 사회와 우리 사회의 변화 속도를 비교하라.
2. 예화 1, 2, 3을 사회의 변화 속도와 연관지어 그 의미를 파악하라.
3. 세 개의 예화 가운데 하나를 택하고 그 입장에 서서 기업, 가족, 정부의 변화 속도를 예측하고 그 이유를 밝히라.

나) 문학작품을 포함한 통합 논술형

나 자신이 아닌 다른 존재의 느낌과 생각을 과연 이해할 수 있는 가? 아래 제시문들을 비교 분석하여 어떤 어려움들이 있는지 설명하고, 그러한 어려움이 극복될 수 있는지 사회현실의 예를 들어 논하시오.[16]

---

15) 2007 서울대 정시.
16) 2007 연세대 정시.

(가) 『장자(莊子)』 추수(秋水)편

(나) 토마스 네이글, 『박쥐의 입장에서 느낀다는 것은 어떠한 것인가?』

(다) 김유정, 『동백꽃』

(라) 폴 처칠랜드, 『물질과 의식』

다) 문학(예술)론을 포함한 통합 논술형

다음 네 개의 제시문은 하나의 공통된 주제와 관련된 글이다. 그 주제를 말하고, 제시문 간의 연관 관계를 설명하시오. 그리고 그 주제에 관한 자신의 생각을 논술하시오.[17]

(1) 정약용, 『악론(樂論)』

(2) 이형식, 『프루스트의 예술론』

(3) 미카엘 하우스켈러, 『예술이란 무엇인가?』; 진룽 외 편집, 『예술경제란 무엇인가?』

(4) 넬슨 굿맨, 『예술의 언어들』

가)를 보면 사회와 관련된 설명 텍스트를 제시함으로써 아예 문학을 다루고 있지 않고 있다. 뿐만 아니라 이 논제는 주로 사회 문제와 관련된 자료를 다룸으로써 여타의 학문 영역 자료를 배제함으로써 통합 논술이라는 본래의 취지를 무색하게 하고 있다. 나)를 보면 제시된 자료가 철학이나 자연과학 관련 자료와 함께 문학 작품도 다루고 있다는 점에서 문학 작품을 포함한 통합 논술이라 할 수 있다. 문학 텍스트는 정보를 직접적으로 제시하는 설명텍스트와는 달리 다양한 문학적 장치를 통한 형상화를 통해 제시한다. 따라서 작품을 통해 형상화된 세계에서 의미를 찾아야 하기 때문에 설명텍

---

17) 2007 고려대 정시.

스트와는 다른 담론 양상과 추론 과정을 거치게 된다. 그러므로 설명텍스트와 형상텍스트를 다양하게 제시문으로 제시하는 것은 바람직한 방향이라 판단된다. 다)는 주어진 제시문들이 '예술의 효용'이라는 공통된 주제를 다루고 있다. 예술의 다양한 기능과 효용을 밝힌 글과 이를 비판하는 글을 제시문으로 주고 그것들을 분석하고 자신의 견해를 밝히는 논제이다. 문학을 예술 차원에서 보면 이 제시문들은 문학과 관련되어 있다고 볼 수 있다. 그런 점에서 이 논술은 문학(예술)론을 포함한 통합 논술형이라 할 수 있다. 문학(예술)론을 포함하고 있다는 점에서 문학을 배제한 통합 논술과는 다른 유형이기는 하지만, 문학론을 직접적으로 다루고 있지 않다거나, 주제나 자료가 예술 쪽에만 한정되어 있다는 점에서 통합 논술의 근본 취지에는 어긋나는 측면이 있다. 따라서 문학론을 다룬 자료를 제시하고, 그것을 포함한 다양한 학문 영역에서 자료를 제시함으로써 통합 논술의 취지를 살려야 한다.

2. 문학 논술 교육의 실천 방향

먼저, 논술 행위를 맥락이 결여된 편협한 기술 차원에서 보는 인식을 탈피하는 일이다. 흔히 철자법, 구두점, 문법, 정형화된 구조 따위를 논술의 기술로서 가르치고 배운다. 그런데 이것들은 결코 논술의 전체적인 맥락과 결부되지 않을 뿐 아니라, 대화적이며 반성적인 논술 행위와도 독립된 채 다루어진다.[18] 여기에서 잘 된 논

---

18) 전통적인 문법 연구는 랑그를 연구 대상으로 삼아 구체적인 맥락에서 이루어지는 개인의 담론을 무시하고 있다. 이는 오늘날에도 적용되는 말인데, 이러한 인식이 글쓰기 등에 과도하게 적용됨으로써 파생되는 오류는 피할 수 없다.

술은 곧 문법적인 오류나 형식 논리 상 오류가 없는 것이며, 글쓰기에 대한 피드백은 잘못된 철자법, 문법, 형식 논리 등의 오류를 교정받는 것이 중심이 된다. 그 결과 맥락이나 소통 등과 유리된 요소가 교수학습의 주 내용이 된다. 그러나 논술 행위가 거시적으로 시대의 맥락과 지향 속에서 이루어지고, 미시적으로 논술 행위에 연루된 제반 맥락적 요인들과의 관계 속에서 이루어지는 행위라는 점을 인식한다면 논술이 단지 그러한 차원에서 행해지는 것이 아님은 분명하다.[19]

또한 논술은 논술 주체의 목소리라는 점과 동시에 사회문화적인 산물이라는 점을 인식할 필요가 있다. 논술이 명시적이거나 암시적인 독자들에 반응하는 개인 활동의 산물이기도 하지만, 논술은 공동체 구성원들과 그들의 담론과의 상호작용 속에서 창출되는 산물이기도 하다. 따라서 논술을 담론의 구성이라는 관점에서 접근할 때, 개인을 구성의 주체로 접근한다거나 소집단, 공동체, 사회를 구성의 주체로 접근하는 관점을 동시에 고려해야 한다.[20]

---

19) 이는 논술(글쓰기)이 어느 학문을 막론하고 교육받은 사람이라면 누구나 당연히 할 수 있는 일로 보거나, 역으로 교육받은 사람이라면 논술 교육을 누구나 할 수 있는 일로 여기는 관념과 연결된다. 그리하여 논술(글쓰기)을 전문적으로 학습하게 되는 기회를 박탈하거나, 논술 지도를 단편적인 부분을 지적하는 일로 축소하게 된다. 국내의 대학교육에서 논술을 단지 교양 과정의 일부로 다루고 전공 과정에서는 다루고 있지 않은 것은 이러한 인식을 반영한 것이다. 더구나 사범대학이나 교대에서 조차도 글쓰기 교육이 제대로 되고 있는지 점검할 필요가 있다. 외국의 경우 가령 MIT대학에서 볼 수 있듯이 전공과 글쓰기 지도가 유기적으로 연결되어 이루어지고 있는 것을 보면 타산지석으로 삼을 만하다. MIT대학의 글쓰기 교육 현황은 다음 참조. 정희모, 「MIT대학 글쓰기 교육 시스템에 관한 연구」, 『독서연구』 제11호, 한국독서학회, 2004.6.

20) 개인을 구성의 주체로 보고 그들의 인지 과정에 관심을 갖고 연구를 진행하는 논의는 인지구성주의, 인지-발달 구성주의, 개인 구성 이론, 세계 만들기 등의 연구 경향으로 분류할 수 있다. 사회 구성주의는 의미 구성 주체로 소집단을 강

인지 발달에 따른 논술 지도를 고려할 때, 많은 경우 그것은 학습자들의 정형화된 인지 발달 정도에 따라 실시되어야 한다고 생각한다. 그러나 이러한 생각은 일면 타당한 견해로 보일 수 있지만, 매우 불합리한 생각일 수 있다. 그것은 광범위한 조사를 토대로 한 학습자들의 글쓰기 능력에 대한 객관적인 자료를 갖고 있지 못하기 때문이기도 하지만, 무엇보다 학습자를 고정된 발달 단계로 제한된 주체로 파악함으로써 그들이 갖고 있는 가능성과 다양성을 무시할 가능성이 크다는 데에 있다. 따라서 학습자가 타자들의 도움을 통해 발전 가능한 상태에 도달할 수 있다고 보는 것이 온당하다.[21] 그러므로 정해진 발달에 따른 정형화된 논술 교육을 제공하기보다는 학습자들의 가능성과 다양성을 고려한 논술 경험을 제공하는 것이 타당하다고 판단한다.

논술 교육은 문학 독서와의 연계, 토론 등을 포함한 보다 광범위한 교육 내용으로 구성되어야 한다. 언어 발달뿐 아니라 사고력 발달은 각 영역들을 통합적으로 지도할 때 보다 효과적으로 달성할 수 있다.[22] 구어 능력과 문식력 간의 상관성에 대한 논란에도 불구하고 독서 능력과 글쓰기 능력의 상관성이 높다고 보는 것이 일반적이다.[23] 이에 따라 문학 독서와 글쓰기 교육의 통합 방안을 구체

조하거나 공동체, 사회, 국가와 같은 더 큰 추상적 사회집단을 강조하기도 한다. 특히 담화공동체에 대한 연구는 자신들의 담화 성격은 집단 자체에 의해 규정된다고 가정한다. 자세한 내용은 다음 참조. N.N.Spivey, *Constructivist Metaphor*, 신헌재 외 역, 『구성주의와 읽기 · 쓰기』, 박이정, 2004, pp.32~56 참조.

21) 비고츠키가 말하는 ZOPD(근접발달영역) 개념은 이러한 생각을 뒷받침해 준다.

22) 이렇듯 언어의 통합 학습을 강조하고 있는 대표적인 움직임을 총체언어(whole language) 교육 운동에 찾아 볼 수 있다.

23) 가령 J. Fitzgerald는 이야기 읽기가 이야기 쓰기에 영향을 줄 수 있기 때문에, 좋은 문학 작품에 대한 폭넓은 독서는 유익한 것이며, 이야기를 읽고서 그 반응을

적으로 모색해 왔다. 따라서 문학 독서와 결부된 논술 지도 방안을 적극적으로 고려해야 한다. 많은 경우 문학교육의 내용을 '문학교육 =문학읽기(독서, 이해)'로 등식화하고 있는 것이 통념이다. 그러나 문학이 독서의 대상으로만 존재하는 것이 아닐 뿐 아니라, 이러한 관점은 문학을 매우 협소하게 바라봄으로써 그 결과 문학에 대한 잘못된 관념을 사람들에게 심어주고 있다. 문학은 표현과 이해 활동의 전국면에 총체적으로 존재하는 것이다. 근래에 창작이 정식으로 중등학교 교육과정에 명시됨으로써,24) 창작에 대한 관심이 증가하게 되었다. 따라서 문학교육을 문학읽기 즉 수용 차원에서 바라보는 관점에서 문학 창작 즉 생산 차원까지도 포괄하는 관점으로 나아간 것은 매우 바람직한 일이다.

그러나 문학은 또한 구어로서도 존재하고 있음을 인식해야 한다. 문학적인 구술행위가 모두 문학과 관련된 활동이라는 점에서 구어적인 문학까지를 포괄해야 온전하게 문학을 바라보는 것이며, 문학교육이 바로 설 수 있는 것이다. 따라서 문학 논술 교육은 이러한 문학의 총체적인 존재 양상들과의 연관성을 고려해야 한다.

또한 토론과 같은 구어 활동이 글쓰기 능력 향상에 기여한다는 연

표현할 수 있는 다양한 글쓰기 경험을 갖는 것은 학생들의 글 해석 능력을 풍부하게 한다고 주장한 바 있다. Jill Fitzgerald, "Reading and Writing Stories", *Reading/Writing Connections:Learning from Research*, International Reading Association, 1992, p.90. 또한 S. Krashen은 쓰기 능력은 읽기를 통해 습득된다고 주장한다. James D. Williams, *Preparing to Teach Writing-Research, Theory, and Practice*, Lawrence Erlbaum Associates, Inc., 1998, p.112.

24) 창작교육이 초중등뿐 아니라 대학 차원에서 어려움을 겪는 이유 가운데 하나는 창작의 논리(이론)화와 관련되어 있다. 학문 차원에서 창작 이론이 정립되어 있지 않은 것이 현실이다. 그러나 문학 독서 문제와 더불어 창작 문제를 교육에서 배제한다면, 반쪽짜리 교육이 되고 만다.

구 보고에 비추어 볼 때, 구어 활동과 문어 활동이 유기적으로 연결될 수 있도록 하며, 특히 문학이 지닌 풍부한 교육적 가능성과 교수학습에 동원되는 언어 활동의 총체적인 국면들과 결합될 수 있도록 해야 할 것이다.

문학 논술에서는 다양한 목적과 양식에 따른 담론들도 다루도록 한다. 여기에는 담론 사용의 목적과 양식 즉 '표출적 담론(expressive discourse), 설득적 담론(persuasive discourse), 시적 담론(literary discourse), 지시적 담론(referential discourse)'[25] 등이 모두 포함된다. 논술이 설득적 담론에 속하지만, 설득을 목적으로 하는 담론에 논술만 있는 것은 아니다. 자아를 표현하는 담론이나 메시지의 세계를 중시하는 담론 그리고 대상을 지시하는 담론 등도 설득에 효과적으로 사용될 수 있다. 따라서 다양한 담론을 다루는 문학 교실에서는 논술이 다양한 담론 활동 등과 연결되어 이루어질 수 있도록 하는 것이 바람직하다.[26]

그리고 논술 교육은 과정과 결과가 종합적으로 반영되어야 한다. 논술 교육은 구체적인 텍스트를 무시한 채 논술 과정 자체만을 중시해서는 안 되고, 반대로 논술 행위 과정을 무시한 채 텍스트만을 중시해서도 안 된다. 논술 행위의 결과로 생산되는 논술문을 중시하는 경향은 논술문의 구조나 형식적인 차원에서 논술문을 평가하고, 교육 또한 거기에 초점이 맞추어졌다. 이러한 경향은 논술 능력 향상에 효과적으로 기여하지 못하였다는 비판을 받았거니와, 그 결

---

25) J. Kinneavy, *A Theory of discourse*, Englewood Cliffs, 1971.
26) 여기에 대해서는 다음 참조. 졸고, 「문학 수업에서 글쓰기 교육의 방향과 유형」, 『문학교육학』 제15호, 2004.12.

과 글쓰기의 과정을 강조하는 경향의 이론이 논술(글쓰기) 교육에 도입되었다. 그러나 이 이론 또한 교육의 결과 나타나야 할 글쓰기 결과물에 소홀히 하였다는 비판을 받고 있다. 따라서 논술에서는 과정과 결과를 아우름으로써 궁극적으로 논술 능력 향상에 기여할 수 있어야 한다.

V. 문학 논술 교육의 실천 전략과 방법

1. 문학 논술 교육의 실천 전략

문학 논술 교육에서 그 이념 성취를 위해서는 여러 실천 전략들을 제시할 수 있다. 그 가운데 반성과 대화 전략은 핵심 실천 전략이라 할 수 있다.

반성과 대화는 역사철학적 개념에서 접근할 수 있다. 반성과 대화가 언제 어느 때나 존재한다거나, 현실과 유리된 이상적인 상황에서 발현된다고 보는 것은 문제 해결에 별반 도움을 주지 못한다. 중세까지는 오늘날과 같은 의미의 비판적 반성이나 대화라는 것은 상상하기 어려운 개념이다. 이데올로기에 대한 반성이라든가, 주체들이 동등한 차원에서 대화를 할 수 있다는 생각을 갖게 된 것은 시민 사회에 이르러서이다. 또한 반성과 대화가 기능적 차원이나 철학적 해석학적 차원, 이를테면 기술적 차원이나 주체의 자기 대상화와 같은 차원뿐 아니라, 담론 차원의 전략과도 관련되어 있음을 주지할 필요가 있다.

비판이론의 대표 이론가인 호르크하이머와 아도르노는 개인의 자율성이 심각하게 위기에 처한 사회적 상황에서 반성의 개념을 부각시킨 바 있다. 그들의 생각은 객관적 현실이 아무리 주체성을 위협한다고 할지라도, 주체성의 끈을 놓지 않고 현실에 대한 비판적 인식을 통해 도구적 이성으로부터 주체의 해방을 기획했다는 점에서 커다란 의의가 있다. 사실 현실적으로 볼 때 주체가 자신과 세계를 올바르게 볼 수 없도록 하는 허위 욕망과 이로 인한 자본주의 이데올로기의 광범위한 유포는 이러한 기획을 어렵게 한다고 볼 수 있다. 이런 점에서 비판이론의 핵심 개념으로서의 반성이 자본주의에 대한 승산없는 싸움 과정에서 개발한 수단에 지나지 않는다고 비판할 수 있다. 물론 이러한 비판은 성급하다고 할 수 있다. 그것은 후쿠야마가 '역사의 종말'을 선언했음에도 불구하고, 역사적 사건들은 작은 것에서부터 시작하여 마침내 커다란 역사적 사건들로 이어져 왔음을 상기 할 수 있기 때문이다.

하버마스 식으로 본다면 반성의 실천이 해방을 위한 운동일 수 있다. 거기에는 이성의 실현이라는 계몽주의적 프로젝트에 대한 신념이 깔려 있다. 비록 그의 해방 기획이 지배로부터 자유로운 의사소통을 의도하고 있지만, 그가 꿈꾸고 있는 이상적인 담론 상황이란 이데올로기와는 무관한 진공 상태를 일컫는다는 점에서 그야말로 이상적인 희망에 머무를 가능성이 크다. 따라서 그것보다는 담론의 구조와 전략에 대한 반성이야말로 보다 실천성을 확보할 수 있다. 그러나 아도르노가 『미학이론』에서 주장한 바 있듯이 병치 구조를 통해 논증적 사유를 해체하려는 것이나, 데리다 식의 주체의 해체로는 담론에 대한 반성 전략을 수립하기는 어렵다고 판단된다.

그런데 인식론상의 반성적 주체를 설정하고, 담론 행위의 실천적 구심점을 확보하기 위해서는 반성 주체를 확보할 필요가 있다. 담론 행위를 의사소통 차원에서 체계화하고자 했던 하버마스의 의사소통 이론에는 반성 주체가 결여 되어 있음을 볼 때, 반성 주체를 구체적으로 논의한 바 있는 페터 지마의 논의는 참조할 만하다. 그에 따르면 담론 발화 행위자는 이론가뿐 아니라 담론의 발화 상대인 연구자, 학생, 독자 등도 반성의 주체가 될 수 있다. 이를 위해 그들은 반성의 과정들을 비판적으로 점검할 수 있는 능력을 갖추어야 한다는 것이다.[27] 그러나 자본주의 이데올로기가 전면화 되어 있는 현실에서 학생, 독자 등이 반성의 주체로서 올곧게 선다는 것은 어려운 일이다. 여기에 이론과 실천의 난점이 놓여 있는 것이다.

그럼에도 불구하고 교육적 차원에서 반성 전략을 전향적으로 전유한다면, 논술 행위를 사회와의 단절, 신체와 분리된 것, 자아와 무관한 것, 일의적이고 명확한 것, 윤리적 실천과는 무관한 것, 인류 해방과 무관한 것, 이데올로기로부터 탈피할 수 없는 것으로부터 벗어날 수 있는 가능성을 열어 준다.

또한 논술이 어떤 주장과 관련된다 할 때, 그것은 응답과 질문을 요구받는 담론 행위에 속한다. "하나의 주장은 본질적으로 어떤 것에 대한 주장이 아니라 누군가에 대한 어떤 주장이다"[28]라는 점을 인정할 때, 그것은 근본적으로 대화 영역에 속한다. 이는 논증을 독백적 행위에서 보는 논증이론과는 확연히 구분되는 것이다. 오늘날 논증에 대한 보편적인 정의는 찾을 길이 없지만, 일반적으로 논증이 "대화 상대자 또는 청중을 설득할 수 있는 근거들을 제공하는

27) P. V. Zima, *Ideologie und Theorie: eine Diskurskritik*, 허창운 · 김태환 역, 『이데올로기와 이론』, 문학과 지성사, 1996, pp.604~605.
28) J. Crosswhite · 오형엽 역, 앞의 책, p.63.

작용 또는 과정"[29]이라는 점에서는 의견 일치를 보이고 있다는 점을 보면, 논술이 독백적인 행위가 아니라는 점은 명확하다. 따라서 논술이란 누군가 누군가에게 어떤 것에 대해 주장하는 이념 실천 행위라 할 때, 그것은 본질적으로 대화적 속성을 내포한다 하겠다.

대화를 표나게 내세운 이론가로 바흐친을 들 수 있다. 바흐친은 주체의 담론은 특별한 장치를 갖고 있으며, 사회적 담론이며, 세계를 바라보는 특정한 방식이며, 담론을 사용하는 주체는 언제나 이념인(ideologue)이라는 점을 강조했다. 그는 대화 참여자들 사이에 존재하는 관계들은 담론 주체들 사이의 의사소통 과정, 곧 담론 주체들의 대화적 관계에 있음에 주목했다. 대화적 관계는 수많은 스펙트럼을 형성하지만, 인간은 근본적으로 대화적 존재라는 것이다.

이런 점에서 논술이란 이념인으로서의 주체들이 어떤 문제에 대하여 의미를 공유하고 조정하고 해결해나가는 반성적이며 대화적인 실천 행위라 할 수 있다.

이상의 논의를 토대로 반성과 대화를 적용한 실천 전략을 구체화하면 다음과 같다. 여기에 제시된 전략들은 문학 논술 관련 텍스트 읽기, 논술 쓰기 준비, 논술 쓰기, 논술 평가 등의 활동들과 밀접하게 연관되어 있다.[30]

• 문학 논술 관련 텍스트 비평적 성찰하기. 문학 논술 관련 텍스트는

---

29) P. Brton & G. Gauthier, *Histoire Des Theories de L'Argumentation*, 장혜영 역, 『논증의 역사』, 커뮤니케이션북스, 2006, p.3.
30) P. Zima, 허창운·김태환 역, 앞의 책. 지마는 반성은 몇 가지 담론 전략에 의거할 수 있다고 밝히고 있는데, 이 글에서는 그의 논의를 적극적으로 수용하고 이에 기초하여 새로운 전략을 구안하였다.

문학작품, 문학(예술)비평문, 문학 논술문 등이 있다. 이러한 텍스트들을 비평적으로 성찰하는 행위에는 대화와 반성 전략이 근간을 이루는바, 문학 논술 관련 다양한 텍스트를 성찰하는 행위는 문학 논술의 바람직한 형식과 내용을 학습하고 논술문을 쓰는 출발점이 된다.

- 문제 인식하기. 해결, 입증, 분석 등을 통해 독자로 하여금 납득할 수 있도록 해야 할 문제가 무엇인지를 대화와 반성 과정을 통해 인식하도록 한다. 독자를 설득해야 할 문제가 무엇인지 발문 형태로 주어진 경우도 있지만, 스스로 발견해야 할 문제가 주어진 현상 속에 내포되어 있기도 하다.

- 담론 구성 주체 반성하고 쓰기. 주체의 이념이 논술에 반영되기 마련이며, 논술은 그에 따라 구성되는 담론 행위이다. 따라서 논술문을 '글을 쓰는 이는 누구인가?', '글을 읽는 이는 누구인가?', '논술문에 등장해서 목소리를 내는 이는 누구인가?'를 분명히 인식하고, 그 이념적 토대를 성찰할 필요가 있다.

- 담론 상황 반성하고 쓰기. 역사적 사회적 체계로서의 언어는 집단어와 독립적으로 존재할 수 없으며 일상어의 어휘와 의미구조가 이데올로기 등의 사회어에 의해 끊임없이 변화되고 있다는 점에서, 담론 진술 주체는 자신의 말이 당대의 사회 언어적 상황에 대한 논쟁적이고 대화적인 대결의 산물임을 분명히 인식해야 한다. 이는 담론 행위란 사회문화적인 맥락 속에서 이루어지는 것이며, 이로써 어휘, 어조, 문체 등에서 담론의 특성이 드러나는 바 이를 분명히 인식하고 논술문을 쓰도록 한다.

- 판단 기준 반성하고 쓰기. 판단 기준이 어느 관점에 입각한 것인지, 어느 관점을 견지할 것인가에 대한 반성이 있어야 한다. 특정 사회 언어적 상황 속에서 특정 논술 주체가 논술하게 되는 것은 어떤 이유에서인지, 또한 담론 진술 주체가 특정 관점을 포함하고 배제하는 이유가 무엇인지를 제기할 필요가 있다. 그리고 이러한 인식에 토대를 둔 자신의 판단 기준에 따라 논술 쓰기를 한다.

- 논증 도식 반성하고 쓰기. 논증하기 위해 동원되는 논증 도식에 대한 반성과 이에 따른 논술 쓰기가 요구된다. 논술이란 기계적인 형식논리의 반복이 아니라는 점을 인식할 필요가 있다. 어떤 문제에 대하여 사유하고, 그것을 해결하고 설득해 나가는 과정은 형식적인 언어 구조를 기계적으로 반복한다고 되는 것은 아니다.

- 주장 반성하고 쓰기. 논술 주체는 자신뿐 아니라, 독자에게 모든 담론은 결코 현실 자체가 아니며 현실에 대한 한 가지 가능한 해결책임을 성찰하고 논술문을 쓰도록 해야 한다. 해결책은 매우 다양할 수 있다. 논술 답안을 보면 기존 답안을 기계적으로 암기하여 제시하는 경우를 종종 볼 수 있다. 이렇게 되면, 남의 생각을 반복하게 되는 무의미한 논술이 되기 쉽다.

- 논술 담론 간 대화성을 인식하고 쓰기. 담론의 주체는 언어간의 다양한 관계를 통해 형성되는 사회 언어적 망 속에서 의사소통이 이루어지고 있음을 인식하고, 자신의 논술 담론이 타자들의 다른 논술 담론 등과 어떻게 상호 작용하고 있는지 인식하고 쓰도록 해야 한다. 논술문을 읽거나 쓸 때에는 논술문이 지닌 문제 의식, 논술 과정, 해결 방안 등에 대하여 자신의 입장과 타자들의 입장에 끊임없이 조회하는 과정을 거치도록 한다.

- 윤리적 실천 행위 인식하고 쓰기. 논술은 가치중립적인 행위가 아니라 윤리적 동기를 갖는 것이며, 담론 공동체 속에서 이루어지는 윤리적 가치 실천과 결부되어 있다. 논술 행위의 궁극적인 목적이 자아 실현과 인류가 더불어 잘 살아가는 일과 관련되어 있다는 전제를 긍정한다면, 논술은 이 점에서 자유로울 수 없다.

- 논술문 평가 및 수정하기. 논술문을 쓴 후에는 논술문에 대한 개별 및 집단 평가 과정을 갖도록 한다. 논술이 집단의 작업이기도 하다는 점을 전제로 한다면, 공준 과정을 거치는 것은 필요한 일이다. 나의 견해와 타자들의 견해가 상호 교류하고, 이를 토대로 나의 글을 반성하는 행위는 반드시 필요한 작업이다. 평가는 앞에서 든 여러 활동들을 중심으로 하도록 하고, 평가 결과를 토대로 논

술문을 수정 보완하도록 한다.

2. 문학 논술 교육의 방법

앞에서 논의한 바를 토대로 논술의 과정과 방법을 간략히 제시하고자 한다. 문학 논술 쓰기를 과정에 따라 나누면, 논술문 쓰기 준비 단계, 논술문 쓰기 단계, 논술문 쓰기 후 단계, 그리고 조정하기 단계 등으로 나눌 수 있다. 각 단계는 조정하기에 따라 의도된 교육적 성취 정도에 따라 다음 단계나 이전 단계로의 진행이 결정될 수 있다. 그리고 각 단계는 다른 단계와 유기적으로 연결되어 있다. 이는 읽기 활동이 읽기 단계에만 해당되는 것이 아니라, 준비 단계나 쓰기 및 쓰기 후 단계와도 관련됨을 의미한다.

논술을 읽기와의 상관성에서 고려할 때, 문학 논술 관련 텍스트를 비평적으로 성찰하는 과정은 필수적이다. 여기에서는 문학작품뿐 아니라, 문학(예술)비평문, 그리고 다른 사람이 쓴 논술문을 비판적으로 분석하는 활동을 하도록 한다.

본격적으로 논술문을 작성하기에 앞서 논술문을 쓰기 위한 준비 활동을 한다. 여기에서는 문제 인식하기, 담론 구성 주체 정하기, 담론 상황 살피기, 주장 정하기, 판단 기준 생각하기, 논증 도식 결정하기, 담론의 대화성 생각하기, 윤리적 실천성 고려하기 활동 등을 하도록 한다. 이러한 활동들은 논술 텍스트 읽기에서 논술문을 분석하는 데도 활용할 수 있는 것들이다.

논술문을 쓰는 단계에서는 앞에서 든 여러 활동들을 고려하면서, 어휘, 문장, 문단, 텍스트, 구조, 문체, 어조 등에 유의하면서 논술문을 쓰도록 한다.

논술문을 쓴 다음에는 논술문에 대하여 평가를 하고, 이를 바탕으로 논술문을 수정하도록 한다. 평가는 개별, 집단 평가를 종합적으로 할 수 있도록 하고, 평가 내용은 앞에서 든 여러 활동들을 중점적으로 하도록 한다. 수정한 뒤에는 다양한 매체를 통해 발표토록 한다.

이상에서 제시한 과정과 방법을 그림으로 나타내면 다음과 같다.

단계	활동	내용	
쓰기 준비	*문학 관련 텍스트 비평적 성찰하기	·문학 작품, 문학(예술)비평문, 문학 논술 텍스트 비평적 분석	
	*문제 인식하기	·논증, 해결, 분석, 설명해야 할 문제 인식	
	*담론 구성 주체 정하기	·작자, 독자, 인용되는 이 등 결정	
	*담론 상황 고려하기	·어휘, 어조, 문체, 맥락 등 고려	
	*주장 정하기	·설득을 위한 의견, 입장 판단	
	*판단 기준 생각하기	·주장에 대한 근거, 판단 기준 생각	
	*논증 도식 결정하기	·다양한 담론의 구조 설정	
	*담론의 대화성 생각하기	·담론 주체들, 담론과 대상들과의 대화성 고려	
	*윤리적 실천성 고려하기	·실천의 공공성, 교육적 이념 등 고려	조정 하기
	⇓　　　　⇑		
쓰기	*논술문 쓰기	·준비 단계의 활동과 내용들을 구체적으로 반영하고 담론으로 실천	
	⇓　　　　⇑		
쓰기 후	*평가하기	·자기 및 상호 평가	
	*수정하기	·수정	
	*발표하기	·게시, 투고, 발표, 블로그 탑재 등	

Ⅳ. 맺음말

최근에 논술에 대한 관심이 고조되고 있다. 그러나 학문적인 기반다지기는 매우 취약한 상황이다.

논술이 논리적 글쓰기와 등치된다거나, 그럼으로써 논술은 철학의 한 분과인 논리학에서 다룰 수 있는 대상쯤으로 인식하기도 하였다. 논리학 쪽에서 형식 논리에 침윤되어 있는 사이에 현장에서는 논술 교육이 표류하고, 사교육기관에서는 논술에 어떤 공식이 있는 것인 양 틀에 박힌 구조를 제시하고 모범 답안을 유통시키고 있다. 이렇게 된 데에는 여러 원인이 있을 터인데, 일단 문학과 관련하여 보면, 무엇보다 문학 연구자들의 무관심과 문학과 논술의 관계에 대한 이론화가 본격적으로 진행되지 못하고 있다는 데에 큰 원인이 있다.

이 글에서는 우선 문학에 대한 기존 관념을 점검하는 데서 출발하였다. 문학(학)이라는 것이 기본적으로 언어의 모든 가능성을 지니고 있을 뿐 아니라, 창조적인 언어 사용에 가장 앞서 가는 영역이라는 점을 새삼 확인할 필요가 있다. 또한 논술과 논술 교육에 대한 기존 논의를 점검하고 그것을 새롭게 정립할 필요가 있다. 기존 개념은 형식 논리를 지나치게 강조한다거나, 논술을 독백이나 가치 중립적인 차원에서 바라보게 되는 오해를 살 수 있다. 따라서 문학(학)이 지닌 특성과 새로운 논술관이 만나 문학 논술뿐 아니라 논술 교육에 기여할 수 있는 방향으로 나아갈 필요가 있다.

이 글에서는 논술, 문학 논술, 문학 논술 교육 등을 새롭게 규정하고, 이를 바탕으로 문학 논술 교육의 이념을 제시하고 문학 논술 교육에서 지향하고자 하는 인간상도 밝혔다. 그리고 문학 논술의 유형, 문학 논술 교육의 실천 방향, 문학 논술 교육의 실천 전략, 문학 논술 교육의 방법 등을 살폈다.

이 글에서는 논술을 '어떤 문제에 대한 이념적 실천 행위이자 주체들의 소통행위로서의 설득적 글쓰기'라 규정하고, 문학 논술을 '일체의 문학 관련 문제들과 연관된 이념적 실천 행위이자 주체들의 소통행위로서의 설득적 글쓰기'이라 규정했으며, 문학 논술 교육이란 '그러한 논술 행위를 둘러싼 가르치는 자와 배우는 자 사이에서 이루어지는 상호 작용의 과정과 결과'라 규정했다. 그리고 문학 논술 교육의 이념을 '문학과 관련한 일체의 문제 상황에서 새로운 설득적 의미를 생산하고 공동체의 선을 위해 반성과 대화를 주된 전략으로 삼아 자신의 목소리를 표상할 줄 아는 능력을 갖도록 하는 데 있다'고 보았다.

또한 기존 문학 논술 유형을 비판적으로 검토하였는데, 이른바 통합논술은 인문학의 핵심인 문학 관련 텍스트가 미미하게 다루어지거나 아예 빠져 있다는 문제점이 드러났다. 또한 방법적 차원에서 기존 논술 교육을 넘어서기 위해서는 방법을 논하기에 앞서 실천 방향으로 삼아야 할 것들이 있는바, 그것은 논술 교육이 단순히 기술 전수나 결과 중심에서 벗어나 담론 주체, 사회문화적 맥락, 창의적이고 다양한 담론 양식, 과정과 결과의 종합 등을 고려해야 한다고 보았다. 또한 실천 전략으로서 '대화'와 '반성'을 주된 전략으로 제시하였다. 그리고 이러한 방향과 전략 등이 문학 논술 교육의 과정에 반영되어야 함을 논술 단계에 따라 밝혔다.

■ 참고 문헌

고길섶, 『논술행 기차를 바꿔타자』, 문화과학사, 1994.

김광수, 「철학과 논술」, 『철학과 현실』 제69호, 철학문화연구소, 2006.

김복순, 「비판적 사고론의 한계와 '통합적 말글쓰기'의 전망」, 『현대문학연구』 제30호, 한국문학연구학회, 2006.

김영정, 「통합교과형 논술의 특징」, 『철학과 현실』 제69호, 2006.

문영진, 「글쓰기교육의 방법론에 대한 반성」, 『국어교육연구』 제7호, 서울대 국어교육연구소, 2000.

박정일, 「논술과 토론의 개념」, 『철학과 현실』 제70호, 철학문화연구소, 2006.

임경순, 「문학 수업에서 글쓰기 교육의 방향과 유형」, 『문학교육학』 제15호, 2004.

임경순, 「총체적 언어교육으로서의 국어교육과 문학교육의 중요성」, 『문학교육학』 제19호, 한국문학교육학회, 2006.

정희모, 「MIT대학 글쓰기 교육 시스템에 관한 연구」, 『독서연구』 제11호, 한국독서학회, 2004.

정희모, 「'글쓰기'과목의 목표 설정과 학습 방안」, 『현대문학의 연구』 제17호, 현대문학연구학회, 2001.

Brton, P. & Gauthier, G., *Histoire Des Theories de L'Argumentation*, 장혜영 역, 『논증의 역사』, 커뮤니케이션북스, 2006.

Crosswhite, J., *The Rhetoric of Reason*, 오형엽 역, 『이성의 수사학:글쓰기와 논증의 매력』, 고려대출판부, 2001.

Fitzgerald, J., "Reading and Writing Stories", *Reading/Writing Connections: Learning from Research*, International Reading Association, 1992.

Kinneavy, J., *A Theory of discourse*, Englewood Cliffs, 1971.

Pappe, J. & Roche, D., *La dissertation littéraire*, 권종분 역, 『문학논술』, 동문선, 2001.

Plantin, C., *Essais sur L'argumentation*, 장인봉 역, 『논증연구-논증발언 연구의

언어학적 입문』, 고려대출판부, 2003.

Spivey, N. N., *Constructivist Metaphor*, 신헌재 외 역, 『구성주의와 읽기·쓰기』, 박이정, 2004.

Vignaux, G., *L'argumentation —Du discours à la pensée*, 임기대 역, 『논증-담화에서 사고까지』, 동문선, 2001.

White, J., *Education and the Good Life*, 이지헌·김희봉 역, 『교육목적론』, 학지사, 2002.

Williams, J. D., *Preparing to Teach Writing —Research, Theory, and Practice*, Lawrence Erlbaum Associates, Inc., 1998.

Zima, P. V., Ideologie und Theorie: eine Diskurskritik,, 허창운·김태환 역, 『이데올로기와 이론』, 문학과 지성사, 1996.

'서사적 사고력'과 논술교육의 방향성 탐색

최인자 (신라대학교 국어교육학과 교수)

'서사적 사고력'과 논술 교육의 방향성 탐색

I. 서론 : '논술 고사'에서 '논술 교육'으로

대학 입시에서 '논술'의 비중이 커짐에 따라 '논술'은 다시금 대국민적 담론이 되었다. 그러나 정작, 이론적 차원에서의 논술에 대한 관심은 상대적으로 부족한 편이라 하겠다. 1990년대 후반 이후 연구들이 양적으로 증가하고 있는 것도 사실이지만, 아직도 우리 사회는 논술이 무엇이고 어떤 능력을 평가해야 하며, 어떤 방향으로 교육해야 하는지와 같은 근원적인 질문에 대한 충분한 해답을 지니고 있지 못하다.[1] 현실 논리로 보면 이런 상황은 지극히 당연하기도 하다. 우리나라에서 '논술'은 상급학교 진학과정에서의 '논술 고사'로 시작하였던 것이고, 때문에 태생적으로 학문적 논의보다는 사회적, 정책적 이슈가 앞설 수밖에 없었던 것이다. 그러나 2007

---

1) 우한용(1997) 교수는 논술을 '교육적 관점'에서 바라보자는 취지하에 '교육 논술'이란 개념을 제안하고 있다. 논술에 대한 가장 최근의 연구물인 원진숙(2007) 교수의 논의에서도, 논술의 개념과 방향이 지속적으로 문제제기 되고 있다.

년도 개정 교육과정에는 전 교과목에 걸쳐 '논술' 영역이 새롭게 자리잡게 되었고, 입시가 지닌 광범위한 사회적 영향력을 가늠할 때, 논술은 교육내적 관점에서의 이론적 논의가 반드시 필요한 게 사실이다. '논술'이 정책적, 사회적 이슈로만 제한된다면 대안적 모색은 이루어지기 힘들 것이다.

그간 논술 고사는 많은 변화를 거쳐 왔다. 제도적인 변화도 변화거니와 그 과정에서 논술 능력, 논술 개념에 대한 이해 역시 크게 변화하였다. 한 연구(이병민, 2006)에 따르면, '논술 고사'는 1986년 도입될 당시에는 주관적 서술형 시험 정도의 개념이었다가 1994년, 2008년도에 이르면서 점차 '통합'의 방향을 띠면서 창의적 문제 해결력, 비판적 이해 능력, 글쓰기 능력까지 포괄하는 종합적인 시험이 되었다. 이런 변화는 교육 일선의 담당자를 혼란스럽게 하며, 중·고등학교 교육과의 연계성이 모호한 나머지, '논술'의 정당성, 사회적 타당성에 의문을 제기하는 원인이 되기도 하였다. 그러나 이런 문제점에도 불구하고 논술이 각 교과의 분과 학문을 통합하고, 고차원적인 사고력이나 표현력 교육에 일조하고 있음은 전면 부정하기 힘든 것도 사실이다. 게다가 논술의 변화 과정은, 입시 정책의 변화로만 볼 수 없으며, 시대가 요구하는 인재상, 그리고 문식력의 변화를 반영하고 있다고 전제한다면 논술의 교육성을 전면 부정하는 것은 무리가 있다.

논술이 입시, 혹은 취직이라는 시험 제도로만 사고되면서 생긴 가장 큰 문제점은 논술 교육의 인간 교육적 측면이 훼손되었다는 점이다. 물론 논술은 일차적으로는 학문 수행의 기틀을 마련하고, 학습 효과를 증진하며, 자기 향상과 지적 생활을 함양하는 등의 목표를 지닌다. 그러나 다른 면에서 보자면, 논술은 학습자 개인이 자신의 정체성을 형성하는 과정이기도 하고, 특정 유형의 인재를 양성하는 과정이기도 하다. 이에 우한용 교수(1997)는 논술을 "문제적 상황을 자각적으로 인식하고 발산적 사고를 통해 문제 해결을 모색하는 과정에서 개인의 자기 인식과 사회적 존재로서의 성장을 도모하는 데 있다"고 지적한 바 있다. 그럼에도 아직 논술이 지닌 인간 교육적 의의는 연구에서 충분히 담론화되지 못한 점이 있는 것도 사실이다. 논술로 길러지는 인간상에 대한 고민이 없다면, 논술의 기능적인 측면만이 강조되는 한계가 있을 것이다.

또 사회적으로 보아도 그렇다. 논술 시험으로 제도화되는 문식력이, 어떤 사회적 문화적 자본을 생산, 재생산 배치하는가의 문제를 사고해 봐야 한다. 현재의 논술 고사가 모델로 하고 있는 문식력이 과연, 공동체의 언어 문화적 전통[2]에 부합되며, 사회적 합의를 이끌어 낼 수 있는가? 그런 점에서 우리는 논술을 '교육 문식력'의 하나로 접근할 필요가 있다. 곧, 어떤 인간을 길러낼 것인가, 또 어떤 사회를 만들어 갈 것인가라는 원론적이고, 큰 틀 속에서 논술 능력과 논술 교육이 논의되어야 한다는 것이다.

이 글에서는 논술에서 다루어야 할 사고 양식으로서 '서사적 사고력'이 지닌 의의와 가치를 논의하고 이를 바탕으로 논술 교육의 방향성을 탐색하고자 한다. 사실, 논술에서 '서사적 사고력'은 다소 낯선 측면이 있다. '서사'를 보편적 정의에 따라, 특정한 화자가 일련의 사건을 시간적 연속 속에서 파악하는 표현 양식이라고 한다면, 논리적 사고를 주로 다루는 논술과는 거리가 있어 보인다. 실제로

2) 이 문제에 대해서는 이병민(2006) 교수의 지적이 있었다.

'서사'는 근대 교육에서는 다소 주변화된 문식력의 하나였고, 별도로 배우거나 훈련받지 않아도 잘 할 수 있는 능력으로 이해되기도 하였다. 그러나 학교 문식력이란 역사적 맥락 속에서 결정되는 것이고 보면, 이 역시 특정 상황의 결과로 보아도 무방할 듯하다. 곧, 서사적 능력을 학교 문식력에서 주변부적인 것으로 보는 시각은 과학적 사고방식을 우위로 보는 근대적 발상이라는 것이다.

그러나 21세기와 같이, 사회와 문화가 급변하고 창의적 문제해결력이 요구되는 정보화 시대에서 서사적 사고력의 위상은 재검토되어야 한다. 서양의 사례를 본다면, '서사'는 문학이나 예술의 한 분야를 넘어서, 지식을 탐구하고 새로운 지식을 생성하는 주요 학습 수단이 되고 있음을 알 수 있다. 가령. 부르너는 70년대에 서사적 사고력을, 논리적 사고력과 함께 사고의 두 축으로 설정하고 근대 과학적 사유를 넘어설 수 있는 대안적 사고의 하나로 제안한 바 있으며(Jerome Bruner, 강현석·이자현 역 : 1996) 또, 인문학에서는 70년대 후반부터, '서사로의 전회'를 통해, 실증적 논리의 건조함에서 탈피, 인간 경험의 심층적인 면모를 해석하는 방향으로 바꾸고 있다. 이와 같은 흐름은, '논술' 교육에도 시사점을 준다고 본다.

현 교과 통합형 논술 교육에서, 논술 능력은 대략 사고력, 표현력, 문제해결력 등으로 정리되고 있는 듯하다.[3] 이런 접근의 장점은 논술을 '논증'을 위한 논리적 사고나 '논설문' 장르와 같은 특정 유형의 사고 양식이나 글쓰기로만 한정하는 방식에서 벗어나 있다는 점이다.

---

3) 논술은 "비판적 읽기와 창의적 문제 해결하기를 기반으로 한 논리적 글쓰기"(한국대학교육협의회, 2006)라는 정의를 볼 때 알 수 있다.

그럼에도 이런 접근은 실제 논술 교육의 현황과는 무관한 듯이 보인다. 필자의 경험으로 보면, 아직도 논술 교육이라고 하면 형식적 논증 방법이나 논설문 쓰기의 절차와 방법, 관습을 익히는 것으로 보는 사례가 주변에는 많다. 그 결과 학습자들의 글은 천편일률적이거나 주어진 지식을 적용하는 방식에서 크게 나아지지 않는다. 단지 '선언'으로만 그쳐, 범교과적 '통합'이라고 하지만 그것은 '지문'의 영역 통합에만 그칠 뿐이고, 실제로는 각 교과의 다양한 사고 양상을 종합적으로 고려하지 못한 채 특정 유형의 사고방식만을 기능적으로 훈련하는 메마른 논술 교육으로 이어질 우려가 있는 것이다. 가령, 통합 논술에서는 창의적 문제해결력을 표방하고 있지만 정작, 창의성과 밀접한 연관을 지니는 문학적 상상력, 사고력을 얼마나 효과적으로 고려하고 있을까 의문스럽다.

이에 논술 교육은 인간의 '다중 지능'을 배려하여, 사고의 다양한 가능성을 충분히 고려하는 방향으로 이루어질 필요가 있다는 점을 강조하고자 한다. 특히, 현대사회와 같이 창의력과 상상력이 중시되는 상황에서 사고력은 다양한 양식으로 개방되어야 한다고 보는 것이다.[4] 물론, 논술에서 논리적 사고는 가장 중핵적인 변인이겠지만, 논리적 사고에만 치우치는 것 역시 매우 문제적이다. 이에 본고에서는 논리적 사고력에 대한 대안적 사고력으로 각광받고 있는 '서사적 사고력'을 논술 교육에서 수용하는 문제를 고려하고자 한다. 이 글은 시론적 성격이 강하다. 그러나 이런 논의를 통해 논술

---

4) 이에 대해서는 우한용 교수도 "논술은 세계와 자아를 하나의 논리 정연한 이야기로 엮어 내는 일"(우한용, 1997; 12)이라고 하여 '서사'의 논술 교육적 의의를 밝힌 바 있다.

교육의 지평이 확장될 수 있기를 기대한다.

Ⅱ. 논술 현상의 비판적 검토

1. '논술' 개념과 '논술 능력'에 대한 비판적 성찰

'논술' 개념에 대한 개념은 매우 다양하다. 다음은 논술에 대한 대표적인 견해들이다.

① "어떤 사물에 대하여 의견을 논하여 적는 것" (국어사전)
② "문제 상황에서 문제를 발견하고, 발견한 문제를 구체화하며 해결하는 과정을 글로 서술하는 언어적 실천 행위" (우한용 : 1997)
③ "비판적 읽기와 창의적 문제 해결하기를 기반으로 한 논리적 글쓰기" (한국대학교육협의회 : 2006)
④ 논술은 사리의 옳고 그름에 대한 자신의 생각이나 주장을 체계를 갖춰 이치에 맞게 객관적으로 밝히면서 차례를 쫓아 풀어 쓴 글. 논증과 서술의 결합. (박종덕 : 2005)

①의 정의는 논술을 자신의 '의견' 혹은 주장을 '논하여' '적는 것'이라고 설명하면서, '논하기'와 '적기'를 중심으로 일반적인 정의를 내리고 있지만 '논한다'의 개념은 다소 막연하다. 논술의 견해들은 이 '논한다'의 성격이 무엇인지, 또 '적는다'의 양식을 어떻게 볼 것인지에 따라 달라지고 있다. ②와 ③의 견해는 '논한다'의 성격을 '문제 해결'로 구체화하고 있으며, 특히 ②는 문제 발견과 해결을 모두 중시하고 있다. 이는 '논한다'를 특정 유형의 사고 양식으로 제한하지 않고, 창의적 문제 해결로 그 폭을 넓힌 것이라 하겠다.

다만, ②가 '글쓰기'를 '서술' 개념으로 확장하고 특정 장르로 구속시키지 않았음에 반해, ③은 '논리적 글쓰기'로 글쓰기 양식을 제한하고 있다. 그러나 ④의 관점은 전혀 다르다. 논술을 옳고 그름을 따져 객관적으로 서술하는 '논증'의 글쓰기로 제한하여 구체화하고 있다. 이와 같은 차이는 궁극적으로 논술의 중핵을 어떤 사고 양식, 어떤 유형의 글쓰기로 보느냐에 대한 인식에 따른 것이다.

이는 논술 능력을 어떻게 보느냐의 문제로 이어지는데, 이 역시 다양하게 규정되고 있다. 다음은 '논술 능력'에 대한 규정들이다.

① 자료의 해석과 분석 능력, 논리적 사고 능력, 언어 표현 능력 (서울대 중등교육연수원, 2007)
② 비판적 사고력과 창의적 문제 해결 능력 (교육부 가이드)
③ 언어·사고·문화의 영역, 창의적 의미 구성 능력, 텍스트 이해·표현 영역 (박인기, 1997)
④ 문제 해결력, 글쓰기 능력, 설득 능력. (여러가지 유형의 사고를 통하여 문제를 해결하고, 그것을 다른 사람에게 설득하는 글쓰기 능력) (이성영, 1997)
⑤ 문법적 언어 능력, 담화 구성능력, 사고력, 문제 해결 능력, 사회적 인지 능력 (원진숙, 1997)

이 견해를 보면, 전반적으로 논술 능력을, 사고력, 표현력(글쓰기 능력), 문제해결력을 주축으로 설정하고 있지만, 각각의 개념을 무엇으로 삼을 것인지 또 무엇을 주축으로 삼고 각 종차를 어떻게 규정하느냐에 따라 쟁점이 형성되고 있다. 몇 가지로 요약해 보면 다음과 같다.

1) 사고력을 논리적 사고로만 한정할 것이냐, 아니면 포괄적 의미의 문제 해결력으로 확장할 것이냐?
2) 논증적 사고 중심의 논술이냐 글쓰기 중심의 논술이냐?
3) 글쓰기는 설득성을 강조할 것이냐 논증적 구성력을 강조할 것이냐?

1)의 경우, 논리적 사고를 강조하는 것은 ①의 견해이고, ②~⑤까지는 다양한 사고를 중시하고 있다. 이는 문제 해결이 다양한 사고방식 속에서 가능하다는 인식에 바탕을 둔 것이다. 특히, ③과 ⑤는 사고력이 사회 문화적 맥락 속에서 이루어진다는 점을 중시하고, 문화적 요소와 사회 인지적 요소를 강조하고 있는데 이는 '문제 해결'이 현실적이고 실제적인 맥락 속에서의 문제여야 한다는 의식과도 연결되는 것이라 하겠다. 논리적 사고라고 하더라도 형식 논리를 넘어서야 하며, 우리 공동체의 문화적 관습과 맥락을 고려한 합리성과 적합성을 갖출 필요가 있다는 것이다.

사고력을 다원화하는 논의[5]를 보다 구체적으로 살펴보면, 김대행 교수(1997)는 '사실적 사고', '조직적 사고', '논리적 사고', '입체적 사고', '창의적 사고'로, 우한용 교수(1997)는 '문제 발견', '문제 해결', '종합적 사고', '논리적 사고'로, 이성영(1997)은 '문제의 핵심을 파악하는 능력', '사실적 증거를 토대로 논리적으로 사고하는 능력', '주어진 자료를 바탕으로 새로운 정보를 만들어 낼 수 있는 추론 능력과 상상력', '가능한 의견들 중에서 가장 나은 것을 선택할 수 있는 합리적인 의사결정 능력', '문제 해결 능력', '발산적 사고력' 등을 제시한 바 있다. 이는 전통적으로 인식되어 왔던 논리적

---

5) 이는 주로 국어교육의 논자들이 주장했다. 반면, 철학 분야에서는 논리적 사고를 중심으로 논의하였다.

사고, 사실적 사고 뿐 아니라 발산적 사고, 추론과 상상력, 종합적 사고 등을 넣은 것인데 논술에 '창의적 사고'를 넣으려는 의도로 이해될 수 있겠다. 그러나 '발산적 사고'나 '전체적 사고', '상상력' 등은 아직 그 개념이 모호하여, 교육 내용이나 방법으로 구체화되기에는 어려운 점이 있다. 또한 아직도 '문제 해결력'은 포괄적인 정의만 있을 뿐, 실제로 어떤 능력을 통해 구체화될 수 있는지는 별개의 문제라고 하겠다.

2. 소위 '교과 통합형 논술 고사' 비판

앞의 쟁점을 통해, 논술 교육의 흐름이 논증으로만 국한된 사고를 넘어서 창의적 문제 해결을 포함한 다양한 사고력에 관심을 기울이고 있음을 살펴보았다. 그러나 정작, 이런 방향이 실제 논술 고사에도 반영되어 논술 교육을 이끌고 있는가는 별개의 문제인 듯하다. 일단 논술 고사는 시험이기에 제도적인 문제도 있겠지만, 무엇보다 그 하위 개념들이 분명하지 않아 논술 고사에 반영되기는 쉽지 않은 듯하다. 실제로 모의고사 지문 등으로 구체화된 능력의 요소는 이와는 다소 차이가 있다. 현재 상황에서는 논술 고사의 모형이 논술 교육의 방향성을 이끈다고 전제하고, 논술 고사의 유형을 검토하도록 하겠다.

1) 지문의 감옥, 혹은 삶과 글의 불통

통합 교과 논술에서는 고차적, '다면적 사고'를 표방하고 있다. 그러나 모의 평가 문항들을 살펴 볼 때, 이것이 구체화되고 있는가에 대해서는 의문이다. 다음은 시중 대학에서 제시한 모의 문항들이다.

> 문제 1 － 제시문 (가)에서 제기되고 있는 문제는 무엇이며, 이 문제에 대해 제시문 (나)와 제시문 (다)는 각각 어떠한 해결책을 제시하고 있는지 비교하시오
> 문제 2 － 서로 다른 방식의 인간관계를 제시한 제시문 (나), 제시문 (다) 가운데 본인은 어떤 방식이 보다 바람직하다고 생각하는지, 그리고 그 이유는 무엇인지 밝히시오.
> 문제 3 － 제시문 (나), 제시문 (다)를 참조하여 제시문 (라)의 두 표에 나타난 한국사회의 특징과 변화를 해석하시오

> (지문 : 글 (가) 데이비드 흄, 인성론 중 도덕편 (나) 베스터, 도쿄의 이웃 (다) 시몬느 드 보부와르, 계약결혼 (라) 세계 변호사 표)

이 지문에서 요구하는 사고 양식 및 구조를 분석하도록 하겠다. 이 문제는 제시문을 비판적으로 독해하여 문제 상황을 도출하고, 해결 방식을 대답하도록 되어 있다. 논지에 대한 자신의 관점 역시 지문 가운데 선택하도록 되어 있으며, 해석 역시, 제시문을 참조하여 이루어지도록 유도하고 있다. 종합해 보면, 결국, 이 문제는, 문제 해결도, 문제 구성도, 문제 해석도 모두 제시문의 비판적 독해에 의존하는 것으로 되어 있다. 이는 극단적으로 보면, 현대인의 소외 경험과도 너무나 유사하다. 시뮬라르크르의 시대, 우리는 중첩된 기호 환경에 의해, 경험의 생생함과 아우라를 잃어버리고 자기 성찰력을 상실해 간다. 우리 시대에는 자신의 경험은 없고, '매개된 경험'만이 있을 뿐이다. 이 문제를 접하는 학습자도 동일한 상황이다.

그는 '텍스트'의 매개를 통해서만이, 그 복화술로만 자신의 이야기를 하도록 설계되어 있다. 그는 자기가 직접, 간접으로 접한 삶의 경험, 그 경험에서의 얻은 의미들을 성찰하고 자신의 이야기를 담아 낼 기회가 없다. 다만, 텍스트를 '읽고', '선택'하고, '해석'할 뿐이다. 이러한 조건이 학습자의 다면적 사고, 고차원적 사고를 실현하기에는 적당하다고 보기 힘들 것 같다. 외양적으로는 열린 문제이지만, 결국은 자신의 의견보다는 '출제자의 의도'를 파악해야하는 반구조화된 문제이기 때문이다.

또, 고등학교 학습자가 해결하기에는 지나치게 어렵다. 그들의 생활 맥락이나 삶의 경험과 유리되어 있기 때문에 의미 구성, 혹은 사고력보다는 배경 지식의 유무가 결정적인 영향력을 행사할 수 있다. 학문적 지식이 삶의 세계와 맺는 연관성이 부각되지 못한 채, '지문'으로만 구조화되고 있기 때문이다. 게다가 짧은 시간 안에 즉각적으로 풀어내야 하는 시험 정황을 생각하면 더욱 그러하다. 구성주의 교육학에서는 창의적인 '의미 구성'은 자기 생활과의 실천적 연관성이 있을 때 가능하다고 주장해 왔다. 삶의 경험을 읽는 일보다는 텍스트를 읽는 일을 앞세울 때, 학습자의 개성적 글쓰기, 혹은 목소리가 제한될 것은 너무나 자명하다.[6] 경험과 지식, 지문을 유기적으로 연관지을 수 있는 방법이 개발되어야 한다.

2) '통합'의 협소함
논술의 범교과성을 내세우면서 고차원적 사고력을, '영역 전이가

---

6) 특히, 지면 상의 한계로 텍스트의 지문은 의미의 깊은 골을 다 보여주기 어렵게 되어 있다.

가능한 사고력'의 개념으로 이해하고 있다. 이는 사물의 연관을 따지는 관계적 사고를 기를 수 있는 의미있는 방향이라고 본다. 그러나 이 '영역 전이의 적용 능력'은 공분모에 입각한 '통합'에만 중점을 둘 뿐, 공유와 차이의 섬세한 결을 고려할 필요가 있다. 만약, 후자의 관점에서 본다면 영역 전이는 다양한 차이성과 이에 따른 재맥락화 등이 문제가 더욱 중요할 수 있다.

1 제시문 (가)를 400자 내외로 요약하시오
2 제시문 (나)의 논지를 밝히고, 이것을 참고하여 제시문 (다)를 해설하시오
3 (라)의 표에 나타난 우리나라 경제성장과 에너지 소비 변화의 특징을 설명하시오 그리고 제시문들을 참고하여 1970년 이후 전력 소비량이 급격히 증가한 이유와 의미를 사회변동과 관련시켜 논술하시오

(가) 장 보드리야르, 소비의 사회, (나) 마인하르트 미겔, 성장의 종말, (다) 최정례, '빵집이 다섯 개 있는 동네', (라) 국민총생산, 에너지·전력 소비량

이 문제에서 (나)와 (다)는 공통점의 측면에서 다루어지고 있다. 특정 학문의 지식을 다른 학문에도 적용시켜 보는 것이다. 그러나 이처럼 '전이성'의 관점에서만 '통합'의 문제를 본다면, 각 교과의 다양한 사고 양식은 수용하기 힘들 것이다. 과학적 지식과 문학적 지식은 유사한 내용을 다루더라도 상이한 방식으로 다루는 것이다. '지식'으로만 배웠던 과학적 원리가, 문학 예술에서는 그것을 인간적, 사회적, 역사적 맥락 속에서 '재맥락화'하고, 그 결과 그 원리가

지닐 수 있는 문제점으로 영향력, 또 다른 가능성들도 도출할 수 있는 것이다.

Ⅲ. 서사적 사고력과 논술 교육의 방향

1. 서사적 사고력의 논술 교육적 가치

앞에서 진정한 의미의 교과 통합형 논술이 되기 위해서는, 비판적 이해와 창의적 문제 해결을 위해 학습자들 자신의 삶의 경험과 텍스트, 다양한 사고 양식을 균형감 있게 다루어야 한다는 점을 제시하였다. 이러한 문제의식에서 서사적 사고력의 교육적 가치를 살필 수 있는데, 먼저, '서사적 사고'의 특징을 보도록 한다.

서사[7]적 사고(narrative thinking)는 우리가 경험에 의미를 부여하는 기본적인 사고 양식이다. 우리가 경험을 어떤 의미로 전환하였다면 거기에는 서사가 개입되기 마련이다. 이 서사적 사고는 우리가 알고 있는 '논증적 사고'와 여러 가지 다른 점을 지니고 있으며, 이 때문에 부르너에 의해 '대안적 사고력'으로 지목된 바 있다.

서사적 사고의 특징은, 첫째, 시간적 구성을 통해 경험이 지닌 구체적이고, 특수한 의미를 추구한다는 점에 있다. 서사를 통해 우리는 특정의 인물이, 구체적인 상황 맥락 속에서 이루어진 행위들로 사태의 의미를 파악할 수 있다. 여기서 경험은, 연역적인 가정에

---

7) '서사'의 개념에 대해서는 이론가들 사이에서도 의견이 분분하다. 가장 일반적으로는 '특정의 화자가 시간적 연속으로 존재하는 사건을 일관된 질서로 표현하는 양식'이라 할 수 있지만, 서사가 워낙 포괄적이고 열려진 개념이고 보니 아직도 생성중인 개념이라고도 할 수 있겠다. 본고에서는 포괄적인 일반론의 개념에 따르기로 한다.

환원되어 해석되는 것이 아니라 사건과 사건, 행위와 행위의 결속 속에서 새로운 의미를 가정함으로써 이해된다. 동일한 사건, 행위라도 어떤 사건, 어떤 행위와 연관지어 구성되었는가에 따라 그 의미는 달라지게 마련이다. 따라서 서사적 사고는 경험이 지닌 일반적이고 보편적인 의미가 아니라 맥락적이고, 특수한 의미를 추구한다고 할 수 있겠다. 70년대 인간 경험에 대한 연구를 '서사적'으로 수행하는 '서사적 전환'이 이루어진 것도 바로 이 때문이다. '서사'를 통해 인간경험을 연구하였을 때, 우리는 그 경험에 존재하는 딜레마와 혼돈, 미묘한 뉘앙스까지 모두 포착할 수 있다. 따라서 서사는 대상에 미묘하게 존재하는 문제성에 대한 감각을 키울 수 있다는 이점이 있다.

둘째, 서사적 사고는 사물을 처음, 중간, 끝의 전체적인 질서 속에서 파악하는, 전체화된 안목을 추구한다. 동일한 사건이라도 처음과 끝을 어떻게 구성하느냐에 따라 달라진다. 이는 과거의 사실을 어떤 전망과 미래적 비전에서 파악하느냐 하는 문제이며, 개별 사실들을 어떠한 전체적 질서 속에 놓느냐 하는 문제이다. 따라서 서사 구성은 대안적 가능 세계들을 구성하는 일종의 세계 만들기, 혹은 다시 만들기의 경험이 된다. 나아가 이 '전체적인 질서' 속에는, 행위와 사건을, 중층적 세계 속에서 파악하는 일이 선행되어야 한다. '전체적 질서'라면, 인물의 의도나 행위 뿐 아니라 그것 외부에서의 세계의 물질적, 이념적, 도덕적 세계들을 모두 포함한다. 이처럼 어떤 경험, 대상을 서사화한다는 것은 그것을 전체적인 세계 질서와 미래와 비전에 위치지어 이해할 수 있음을 의미하는 것이다. 따라서 서사적 사고는 경험의 심층적 의미를 이해할 수 있다는 점에서 발견적이며, 해석적인 사고 양식이라고 할 수 있다.

셋째, 서사적 사고는 주체의 의도와 관심, 정체성을 투사한다. 서사적 사고는 주관적인 측면이 존재한다. 서사는 주체의 관심과 의도에 따라 세계 만들기를 수행하기 때문에 서사에는 그 사람의 정체성과 목소리가 개입하는 것이다. 이것은 인식과 정서가 통합된 사고이며, 삶과 지식이 상호 결합된 사고이다. 따라서 이야기를 만듦으로 해서, 주체는 새로운 정체성을 형성할 수 있다. 서사를 통해 우리는 지식이 아닌 지혜를 파악할 수 있는 것이다.

서사적 사고의 이런 특성은, 교과 통합형 논술이 지나치게 지문 텍스트에만 국한되어 일반론적인 논지에서 크게 벗어나지 못한다는 문제를 해결할 수 있으며, 또, 학습자의 정체성과 연결될 수 있다. 게다가 이 서사적 사고는 다양한 교과, 다양한 직업군, 다양한 사회적 실천 영역에서 인정받고 있다. 좋은 이야기를 만들 수 있는 능력은 소설가만이 아니라, 변호사, 의사, 상담가, 역사가, 교사, 저널리스트, 역사 연구자 등에게 모두 해당된다.

또, 서사적 사고력은 다양한 영역(문학, 역사, 철학, 과학, 수학)을 서사로 통합할 수 있다는 장점도 있다. '서사'는 간학문적 개념이어서, 동일 경험이나 사건에 대한 다양한 영역이 상호적으로 결합될 수 있다. 가령, '5·18 민주화 항쟁'이라고 한다면, 이 사건에 대해서는 역사물, 소설, 영화 이야기, 개인적 경험담의 이야기, 미술이나 음악의 이야기, 법의 이야기, 광고의 이야기 등이 모두 통합될 수 있다.

이런 이점을 고려할 때, '교과 통합형 논술 교육' 역시, 이 두 유형의 사고가 조화를 유지할 필요가 있다고 생각해 볼 수 있겠다.

특히, 이러한 조화를 통해, 앞에서 지적한 바와 같은 문제를 해결할 수 있는 주요 자원을 마련할 수 있을 것이다. 서구의 경우도 논증적 사고와 서사적 사고, 혹은 객관적 이해와 주관적 이해, 과학적 이해와 문학적 이해 등을 두 축으로 이분화하여 사고와 지식의 다양성을 확장하고 있는 추세[8])에 있다. 단 이 글은 '서사적 사고'만을 중심으로 삼는 논술보다는 논증적 사고와 서사적 사고의 '통합'을 고려하고 있음을 미리 알려 둔다.

2. 서사적 사고를 통한 논술 교육의 방향

서사적 사고[9])는 논술 교육에 지금도 활용되고 있다. 시나 소설과 같은 문학 지문을 활용하는 경우가 그것이다. 그러나 서사의 문화적 편재성, 문화와 사고 형성의 기본 문법으로서의 속성을 고려한다면 이는 매우 제한된 형태라고 하겠다. 따라서 문화와 의식, 윤리를 구성하는 제반 영역에서의 서사를 논술 교육과 평가에 활용함으로써, 학습자들이 자신이 몸담고 있는 현실 영역에서 실천적 문제의식과 문제 해결 능력을 향상할 수 있도록 할 필요가 있겠다. 특히, 다음의 내용은 서사적 사고를 논술 교육에 활용할 수 있는

---

8) 이를 확인할 수 있는 것이 하버드 대학의 학부 교육 목표이다. 크게 네 가지가 제시되어 있는데, 1. 우리 모든 학생들은 어떻게 문학적 설득적 글을 쓰는지 알아야 한다. 2. 우리 모든 학생들은 세계적인 문학 텍스트를 어떻게 해석하는지 알아야 한다. 3. 우리 모든 학생들은 과거의 역사와 현재가 어떻게 연결되는지 알아야 한다. 4. 우리 모든 학생들은 게놈과 같은 연구가 어떻게 과학의 본질을 변형시키고 있으며, 경험적인 연구 방법론들이 세계가 처한 복잡한 문제들을 분석하는 데 어떻게 기여하고 있는지 알아야 한다.

9) 서사적 사고에 대한 연구는 국내에서는 우한용 외(2002)에서 본격적으로 다루어졌고, 외국의 경우 Britton, Bruce K, Lawrence Erlbaum Associates (1989), *Narrative thought and narrative language* , Lawrence Erlbaum Associates.

방향이다.

1) 경험의 심층 탐구와 해석 능력

앞에서 살펴본 바와 같이, 통합교과형 논술 교육은 지문에 대한 비판적 이해를 강조하고 있는데 이 과정에서 논술 교육은 자칫 자신의 경험과의 연관성은 상실한 채 텍스트와 텍스트 상호적 연관만을 중시하는 경향이 생긴다. 이에 서사적 사고를 활용하여 경험이나 사건을 직접 이야기로 엮어 보게 하거나, 혹은 이야기를 분석하게 한다면, 경험을 심층 탐구하고, 의미를 해석할 수 있다.

서사적 사고는 객관적 '지식'을, 주관적, 상황적, 맥락적으로 다루어 다양한 가능성을 고려하면서도 질서를 부여함으로써 '탐구'할 수 있도록 하기 때문이다. 탐구란 독특하고 고유한 상황에 의해 이끌어지는 것이다. 그것은 설명되기 보다는 파악되는 것이고 존재하지 않는 의미를 탐색하는 것이다. 서사적 사고는 정해 놓은 가설로 환원되는 사고라기보다는 유연한 관계짓기를 통한 사고이기 때문에 가설을 생성하는 사고라 할 수 있다. 동일 사건이라도 폭넓은 맥락과 연관지어 그 속에 위치지음으로 하여 그 사건에 대한 해석이 달라지기 때문이다. 또, 그 사건을 다른 어떤 사건들, 어떤 배경들과 관련을 지니는 것으로 이해하는지, 또, 시간적 전개과정에서 어떤 위치를 점하며 전개해 나갈 것인지를 파악함으로 하여 사건에 대한 해석의 깊이와 넓이가 드러난다. 얼마나 중층적이고, 포괄적인 서사 세계의 맥락을 끌어들이고 있으며, 이를 얼마나 다양한 사건들과 연관지어 일관되게 설명해 내느냐 하는 것이다. 이는 인간의 존재적, 인식적, 가능 세계의 층위를 얼마나 폭넓게 이해하고 있는지,

또 세계를 얼마나 중층적인 층위로 파악하면서 다양한 관계 양상들로 이해하고 있는지를 보여준다.

게다가 서사는 동일 사건에 대해서도 자연스럽게 다양한 이해가 가능한, 경쟁적 서사가 가능하기 때문에 서사는 딜레마와 애매함의 긴장을 간직한 채 다양한 맥락으로 교차, 중첩될 수 있는 에너지를 가지고 있다. 교육학, 인류학 등에서의 경험에 대한 질적 이해가 이 것이다. 가령, 과학적 지식이라도 그것이 객관적 지식인 한에서는 '원리'화되는 논증적 사고라 할 수 있다. 그러나 지식을 이야기화 하여, 특정의 시공간 속에서, 특정의 주체가 특정의 의도와 목적을 가지고 어떤 결과를 가지는 것으로 형상화할 때 그 지식은 매우 복잡한 현상으로 위치 지워진다. 논쟁적인 이슈를 지닌 다양한 가능성 속에서 존재하게 되는 것이다. 이 가능성은 과거와 현재, 미래를 부단히 새롭게 재구성함으로써 새로운 이야기를 만들어 낼 수 있다.

이러한 서사적 탐구는 우리의 전통적 글쓰기에서도 발견된다. 조선시대 과거 시험의 최종적인 통과문이었던 「책문」의 하나이다. 물론 최고급의 관료에 내린 질문이지만 서구적 형식 논리나 우리나라 고유의 탐구 방식이 될 수도 있을 것이다.

섣달 그믐밤의 서글픔, 그 까닭은 무엇인가. (1616년 광해군 8년 증광회시)

가면 반드시 돌아오니 해이고, 밝으면 반드시 어두워지니 밤이로다. 그런데 섣달 그믐밤에 꼭 밤을 지새는 까닭은 무엇인가? 또한 소반에 산초를 담아 약주와 안주와 함께 웃어른께 올리고 꽃을 바치는 풍습과 폭죽을 터뜨려 귀신을 쫓아내는 풍습은 섣달 그믐밤에 밤샘하는 것과 무슨 관련이 있는가? 침향나무를 산처럼 얽어서 쌓고 거기에 불을 붙이는 화산 풍습은 언제부터 생긴 것인가? 섣달 그믐 전날밤에 하던 액막이 행사인 대나는 언제부터 시작되었는가? … (중략) … 어렸을 때는 새해가 오는 것을 다투어 기뻐하지만, 점차 나이를 먹으면 모두 서글픈 마음이 드는 것은 무엇 때문인가? 세월이 흘러감을 탄식하는 데 대한 그대들의 생각을 듣고 싶다.[10]

이 문제는 개인의 생활 이야기를 사회적 풍속, 문화사와 연관지어 해석하도록 되어 있다. '감정'과 '행위'를 중심으로 하면서, 특정의 시공간 속에서 이야기를 엮어 낼 수 있어야 해석할 수 있는 것이다.

2) 문제에 대한 감각 및 비전

논술에서 강조되어야 할 내용은 '논점', '문제성'을 어떻게 포착하느냐이다. '문제 해결'은 문제 발견을 전제로 하는데 무엇을 문제로 이해하느냐 하는 것이 문제 해결의 주요 핵심이 되기 때문이다. 사실 모든 서사에는 어떤 문제에 대한 인식이 전제되어 있다. 우리는 경험, 지식을 서사화 함으로써 새로운 문제틀과 문제 설정을 확보할 수 있다. 서사의 사건은 어떤 문제성에서 출발하며, 갈등으로 명료화된다. 그러나 이 서사의 사건은 중층적인 세계 속에서 구성되는바, 문제를 무엇으로 볼 것인가는 보는 사람의 비전과 판단에 따라 달라지기 마련이다. 또, 공동체의 문화적 변화 요인은 문제에 대한 감각이 달라지는 이유가 되기도 한다. 무엇을 문제로 끄집어내느냐 자체가 그 사람의 사고력과 문화적 정체성을 보여준다.

---

10) 김태인, 『책문─시대의 물음에 답하라』, 소나무, p.112.

특히 서사적 문제는 사실/사건/행위를 전체의 렌즈로 보고, 이해하게 함으로써 입체적이고, 전체화된 판단 속에서 성립된다는 장점이 있다. 우리가 한 편의 이야기를 꾸밀 수 있다는 것은 '처음-중간-끝'의 전체 틀 속에서 특정의 사건을 맥락화시킬 때 가능한 것이다. 또한 부분과 부분의 연결에 의해 전체가 구성되고, 전체와 부분의 관계가 유연하기 때문에 매우 폭넓은 문제 설정의 가능성을 지닐 수 있게 된다. 또한 이야기는 사실/사건/행위를 특정의 상황 맥락으로 끌고 들어와 과거와 현재, 미래에 대해 사고할 수 있도록 한다. 이러한 효능 때문에, 내러티브는 '과학 교육'에서 특정 지식이 실제 생활에 가져올 수 있는 '문제성' 인식을 위해 활용되고 있다. 곧 지식을 삶의 실천적 맥락으로 끌고 들어와 문제화할 수 있는 것이다.

3) 글쓰기 주체의 목소리와 서사적 표현

'논술 능력'의 핵심은 자신의 의견과 관점을 합리적으로 서술하는 것이다. 대부분이 통합 논술에서는 특정의 원리와 지식을, 특정의 상황에 적용시키거나 자신의 시각에서 판단하는 문제를 제시하고 있다. 그러나 개인적 지식이나 경험 그리고 이에 바탕을 두는 에세이의 전통이 취약한 우리나라의 문화 풍토에서 '나'의 경험과 의견을 말하는 것은 다소 어려운 일이 될 수 있다. 때문에 일반적으로 찬/반 양론으로 나뉘어지는 다소 기계적이고 '형식적'인 담론 위치에서 논의를 전개하기도 한다. 그러나 이 경우 드러나는 것은 담론 위치이지 자신의 목소리는 아니다. 곧, 그 담론 위치의 일관성과 논리성만 따지다 보면, 자신의 정체성과 무관하게 그 논리적 방향으로만 논의를 전개한다는 것이다. 이는 사고의 포괄성과 입체성을 가로막는다.

그러나 어떤 개별자의 경험 속에서 전개되는 '서사적 사고력'은 개인의 목소리에 기반한 세계 인식을 가능케 한다. 그것은 어떤 원리와 지식을 특정 주체(나)의 과거와 현재, 미래, 그리고 그의 의도와 희망, 문제 등 특정 주체(나)의 삶의 맥락 속에서 위치시킬 수 있다. 특정 사건/경험/행위가 특정의 맥락 속에서 시간적으로 진행됨으로써 주체의 내면세계와 사회 문화적 의미들을 중층적으로 살필 수 있다.

기존의 우리 논술에는 개인의 경험 자원을 활용하기보다는 주어진 지문을 활용하는 문제가 많았는데, 그 결과 개인적 경험을 바탕으로 한 목소리, 혹은 진정성 등은 사라진 채 다소 언어 논리에만 국한된 내용을 반복한다는 비판이 있는 바 있다. 서사의 표현 양식으로 드러내는 서사적 사고는, 사회 문화적 맥락 안에서의 자기 목소리를 자각할 수 있도록 한다. 진정한 사고란 객관적 지식을 자기 삶의 맥락 속에서 재구성하고 통찰할 수 있어야 한다고 할 때, 서사적 사고는 그 대안이 될 수 있다. 에세이 전통을 가지고 있는 미국은, 경험의 구체성과 개인의 목소리를 중시하는 논술을 보고 있다. 이병민에 따르면 미국 SAT 시험의 논제에는 3가지 유형이 있는데, 실은 모두 서사적 사고력에 바탕을 두고 자신의 목소리를 내고 있다고 한다.

1. 두 개의 주제 경우
다음 주장을 잘 고려해서, 지시에 따라서 글을 계획하고 글을 쓰

시오

"정부는 개인의 자유를 제한해서는 안 된다", "일부 경우 정부가 개인의 자유를 제한하는 것은 필요하다."

「지시사항」 위에서 제시된 주장 중에서 하나를 선택해서 논의하시오. 단, 과학, 예술, 역사, 문학, 시사 또는 개인의 경험이나 관찰을 통해서 자신의 견해를 뒷받침하시오.

2. 단일문 주제 경우
다음 문장을 읽고 지시에 따라 에세이를 작성하시오.
"진정한 사랑은 모든 장애를 극복할 수 있다." 여러분의 개인적 경험이나 있었던 사건, 역사, 문학 또는 다른 영역에서 하나의 사례를 선택하시오. 그리고 이러한 사례를 이용하여 위의 주장에 동의하는지 동의하지 않는지 에세이를 쓰시오. 여러분의 에세이는 구체적이어야 합니다.

3. 빈칸을 채우는 주제
다음 글을 읽고 지시에 따라서 에세이를 작성하시오.
"실패는 성공보다 많은 것을 가르쳐 준다." 이러한 말이 참이라는 것을 증명할 수 있는 경험이 있었는데 그것은 언제인가? 여러분의 선택을 뒷받침할 수 있는 근거를 설명하시오.

예로부터 우리 사회에서 문자 능력은 상징 자본을 획득하고 엘리트의 권력을 부여하는 대표적인 문식력의 하나였다. 그러나 사회적 권력 획득이라는 글쓰기 기능은 또 다른 한편으로는 글쓰는 주체 자신에게도 주도권(empower)을 부여할 수 있어야 한다. 서사는 누구나 선천적으로 가지고 있는 언어 표현 능력의 일부이면서도 경험과 성찰의 깊이/밀도를 고스란히 드러낼 수 있다는 장점이 있다.

다매체 시대에는, 지식과 사고의 표현이 다양한 매체와 양식으로 확장되고 있다. 논술에서의 글쓰기 능력을 소통 능력이나 설득력으로 확장한다면, 서사적 글쓰기 유형도 충분히 고려할 수 있다고 본다.

IV. 결론

이제까지 논술 개념과 현행 논술 고사에 대한 비판적 성찰을 바탕으로, 서사적 사고력의 논술 교육적 의의와 논술 교육의 방향을 살펴보았다. '논술'의 개념이 비록 학자마다 시대마다 너무 다양해서 혼란스러운 점도 있지만, 점차 통합적 사고력과 문제 해결력, 설득력 등을 중시하는 것은 의미있는 방향이라고 보았다. 이는 논술이, 논증이나 논설문과 같이 특정 유형에 국한된 사고 방식이나 표현 방식에서 넘어서 창의적 문제 해결력과 같은 통합적 능력을 키울 수 있기 때문이다. '논술'은 비록 논술 고사 형태로 출발하였지만, 단편적 지식 교육의 한계를 넘어서 고차원적인 통합적 사고력과 표현력을 기를 수 있다는 점에서 그 의미 역시 자못 크다. 통합형 논술의 방향 역시, 학문 간, 문화 간 통섭이 강조되는 현재의 문화적 요구에 응답할 수 있다는 점에서 의미가 있다고 보았다. 다만, 논술 모의고사 등으로 제시된 논술 교육의 방향이 지나치게 지문 텍스트 간의 논리 구조에만 얽매임으로써 정작 자신의 경험을 깊이 있게 성찰하고, 탐구하여 정체성을 형성할 수 있는 기회를 주지 못하고, 배경 지식이나 정형화된 글쓰기 유형에 매몰되는 양상은 문제적이다. 이에 '서사적 사고력'이 논술 능력의 중핵적인 사고력이 될 필요가 있음을 지적하였다. 서사적 사고력은, 주체의 의도와 비전을 통한 지식 구성적 사고로서 구체적이고 특정한 경험에 대한 의미와 딜레마를 담으며, 전체화된 렌즈를 통해 사물을 종합적으로 판단할 수 있다는 장점이 있다. 이를 도입함으로써 논술 교육도 텍스트 분석에서 경험의 심층 탐구로, 자신의 목소리와 정체성을 제시하고, 문제성에 대한 감각을 키울 수 있다는 점을 장점으로 제시하였다. 그러나 본고는 논술 교육의 대략적인 방향성만을 제시함으로써, 구체적인 방법은 아직 제시하지 못하였다는 한계를 지닌다.

■ 참고문헌

김중신 (2007), 「국어교육과 통합교과논술의 향방」, 국어교육학회 36집 발표대회.

김동환 (2007), 「대학별 논술 고사의 정체성과 방향성」, 국어교육학회 36집 발표대회.

김태인 (2004), 『책문-시대의 물음에 답하라』, 소나무.

박인기 (1997), 「평가 전략 및 평가 도구로서의 논술」, 『제 3회 전국 중·고등학생 논술 경시대회 논술 평가에 관한 연구 보고서』, 서울대 교육종합 연구원 국어교육연구소.

박정하 (2007), 「통합교과형 논술과 논술 교육의 방향」, 국어교육학회 36집 발표대회.

박종덕 (2005), 「논술 개념의 어원적 연구」, 『겨레어문학』 36집, 겨레어문학회.

우한용 (1997), 「논술 평가의 기본 철학에 대한 고찰」, 『제 3회 전국 중·고등학생 논술 경시대회 논술 평가에 관한 연구 보고서』, 서울대 교육종합 연구원 국어교육연구소.

원진숙 (1997), 「논술 능력 평가 기준과 평가 방법 연구」, 『제 3회 전국 중·고등학생 논술 경시대회 논술 평가에 관한 연구 보고서』, 서울대 교육종합 연구원 국어교육연구소.

────── (2007), 「논술 개념의 다층성과 대입 통합 교과 논술 시험에 관한 비판적 고찰」, 『국어교육』 122호.

이병민 (2005), 「논술 고사의 성격 및 타당성 고찰」, 『국어교육』 121호, 한국어교육학회.

────── (2006), 「논술 시험은 우리에게 무엇인가?」, 『교육비평』 19, 교육비평사.

이성영 (1997), 「논술 능력의 개념과 평가 요소」, 『제 3회 전국 중·고등학생 논술 경시대회 논술 평가에 관한 연구 보고서』, 서울대 교육종합 연

구원 국어교육연구소

Judith A/ Langer (1995), *Envisioning Literature*, Teachers College.

Jerome Bruner (1996), 강현석·이자현, 『브루너 교육의 문화』, 교육과학사.

Britton, Lawrence, Bruce K, Erlbaum Associates (1989), *Narrative thought and narrative language*, Lawrence Erlbaum Associates.

문학 논술의 현실태와 가능태

김성진 (대구대학교 국어교육학과 교수)

문학 논술의 현실태와 가능태

I. 문학 논술의 성립 가능성?

'문학 논술'은 과연 성립 가능한가? 조금의 편차는 있지만 각종 논술 경시 대회 자료집을 살펴보면 '논술'이 측정하고자 하는 능력이 크게 '사고력'과 '쓰기 능력'으로 대별될 수 있음을 알 수 있다. 주어진 자료를 통해 문제를 발견하고 종합적 사고를 거쳐 문제를 해결하는 과정을 글로 표현하는 논술은 당연히 사고의 '논리성'을 중시한다. 이는 여러 자료에서 나타나는데, 먼저 90년대 후반 각종 '논술 경시대회'에서는 논술 시험의 목표를 다음과 같이 제시하였다.

   (1) 분석적 사고력
    - 사실을 정확하고 정밀하게 이해하는 능력을 갖추고 있는가.
    - 교과 학습을 기반으로 논술에 적응할 수 있는 능력이 있는가.
    - 조직적, 체계적으로 사고하는 능력을 갖추고 있는가.
   (2) 종합적 사고력

- 논술적 학습을 전제하며, 상황을 종합적으로 판단하는 능력을 갖추었는가.
- 문제나 사태를 종합적 사고로 재구성하는 능력이 있는가.
- 논술의 내용을 규정하는 독서 체험의 폭과 깊이가 얼마나 확충되어 있는가.
(3) 객관적 사고력
- 논리적 절차와 규칙에 따라 사고할 줄 아는가.
- 건전한 윤리가 바탕이 된 포괄적 사고 능력을 갖추었는가.
- 합리적으로 판단하는 비판 능력을 갖추었는가.
(4) 언어 표현 능력
- 사고 과정을 체계화하는 능력을 갖추고 있는가.
- 표현의 조직과 전개 능력을 갖추고 있는가.
- 논술적 사고 내용을 풍부하고 적절한 언어로 표현하는 언어 구사 능력을 갖추었는가.[1]

2007년 서울대 중등교육연구원에서 논술 시험 평가 항목으로 제시한 '자료의 해석과 분석 능력, 논리적 사고 능력, 창의적 사고 능력, 종합적 사고 능력, 언어 표현 능력'은 여기에 '창의적 사고 능력' 항목이 추가된 것이다. 한편 교육인적자원부가 2005년 논술 고사를 "제시된 주제에 관해 필자의 의견이나 생각을 논리적으로 서술하도록 하는 시험"으로 규정하고 "주어진 지문 등에 대한 이해력, 분석력, 비판적 사고력, 사고 내용에 대한 논리적 서술력 등 종합적인 문제 해결 능력을 평가하는 것"으로 세부 설명을 단 것 역시 대동소이다. 서울대가 2005년에 발표한 2008학년도 정시모집 논술 고사 예시문항 보도 자료는 통합교과 논술의 개념과 성격을 (1) 개별

---

1) 서울대 국어교육연구소 연구보고서 98-2, pp.3~4.

교과 지식이 통합되고 교과 영역 간에 전이되는 과정에서 발현되는 비판적—창의적 사고력을 측정하는 시험, (2) 특정 교과의 암기된 지식을 묻고 그 답의 옳고 그름을 평가하는 결과 중심형 시험이 아니라, 고등학교 교과과정에 제시된 내용을 토대로 주어진 문제 상황을 다각적이고 심층적인 사고로 재구성하여 창의적으로 문제를 해결하고 논리적으로 서술하는 능력을 측정하는 과정 중심형 시험으로 규정하고 있다.

이처럼 각 대학에서 요구하고 있는 논술 시험의 평가 항목은 세부 사항에서는 조금씩 다르지만 적어도 논술을 논리에 바탕을 둔 논증적인 글로 파악하고 있다는 점은 명확하다. '문학'이라는 수식어가 '논술'과 썩 잘 어울린다고 보기 어려운 이유도 여기에 있다. 수사학 체계에 굳이 포함시키자면 '논증적 글쓰기'에 가까운 논술이라는 장르에 '문학'이라는 수식어를 첨가시킬 때 불필요한 오해가 발생하기 쉽기 때문이다. 한 마디로 '문학(적) 논술'은 형용 모순으로서 '문학적인 글쓰기'는 가능하지만 적어도 '문학적인 논술'은 성립할 수 없다.

그러나 또 한편으로 '문학 논술'은 엄연히 실재하는 범주이기도 하다. 그것은 소위 '통합교과형 논술'을 표방한 각 대학의 예시 문항에서 '문학 작품'이 제시문으로 활용되고 있다는 지극히 단순한 사실이 말해준다. 여기서 '문학'은 '주어진 제시문'의 텍스트 양식을 뜻한다. 이 경우 제시된 문학 작품을 읽고 요구하고 있는 사항을 논리적으로 서술하는 것이 '문학 논술'이다. 이처럼 문학을 활용한 논술을 뜻하는 것으로 받아들인다면 '문학 논술'이라는 용어는 소극적이나마 성립할 수 있다. 결국 '문학 논술'은 '통합교과형 논술'

이라는 명칭으로 제시된 논술 고사의 한 유형이다. 그런데 '문학의 활용 방식'에서 좀 다른 의견이 가능할지도 모르겠다. 이를 위해 일단 제시된 바 있는 '문학 논술'에 대한 비판적 검토의 과정을 거칠 필요가 있다.

Ⅱ. 현행 통합교과형 논술에서 문학의 역할

현재 통합교과형 논술을 표방하고 있는 대학 논술은 거의 모두 주어진 지문을 활용하게 한다는 점에서 읽기 능력과 쓰기 능력을 동시에 평가하고자 한다. 다시 말해 지문을 종합적으로 이해하고 분석한 뒤, 이를 활용하여 자신의 사고를 논리적으로 서술하는 능력을 요구하는 것이다. 실제로 여러 대학에서 발표한 예시 문항에서 문학 작품이 이러한 읽기 자료로 활용되고 있다.

문학 작품에 인간이 살아가면서 겪을 수 있는 보편적인 갈등이 형상화되어 있다는 점은 주지의 사실이다. 장르에 따라, 개별 작품에 따라 갈등의 비중이나 실현 방식에 차이는 있지만, 갈등 상황에 대한 글쓴이의 관점이나 태도는 작품 이해의 핵심이다. 논술이 특정 사항에 대한 논증과 설득을 주로 하고 특히 이해관계가 엇갈리는 공동체의 삶에서 갈등과 문제를 해결하는 글쓰기 장르에 가깝다고 볼 때[2], 문학 작품은 적어도 인문·사회 계열의 논술 문항에 제시문으로 사용될 근거를 갖추고 있는 셈이다. 서울대에서 발표한 통합교과형 논술 2차 예시 문항은 황현의 「절명시」와 김승옥의 「무진기행」 그리고 프로스

---

2) 박정하(2007), 통합교과형 논술과 교과교육의 방향, 국어교육학회 36회 정기 학술발표대회 자료집.

트의 「가지 않은 길」을 읽고 그 속에 담긴 인간의 고민을 비교한 뒤, 수험생 자신이 유사한 상황에서 어떤 선택을 할 것인가를 서술할 것을 요구한다는 점에서 문학을 제시문으로 활용한 논술 문항의 전형을 보여준다.

> 논제 1. 제시문 (가)와 (나)에는 고민하는 인간의 모습이 나타나 있다. 글쓴이가 고민하고 있는 상황을 비교하여 설명하시오.
> 논제 2. 학생이 제시문 (가)와 (나) 중 한 상황에서 제시문 (다)와 같은 선택을 해야 한다고 할 때, 그 선택은 어떤 것인지 구체적으로 밝히고, 그렇게 선택한 이유를 논술하시오.

그런데 여기서 논제 1의 경우 '비교'라고 하는 논리적 글쓰기를 요구하고 있지만 주안점은 작품의 내용을 평소 얼마나 알고 있느냐에 있다. 논증적 사고나 창의적 사고보다는 제시문에 대한 이해·분석 능력을 평가하게 되어 있는 것이다. 더구나 제시문의 분량을 고려할 때, 이 작품에 대해 선행 지식을 얼마나 많이 가지고 있느냐가 논제가 요구하는 글을 작성함에 있어 큰 역할을 할 수밖에 없다. 통합교과형 논술에 대해서 쓰기 능력을 평가한다기보다는 제시문 분석 능력 등 읽기 능력에 초점을 맞추고 있으며, 결과적으로 수험생의 특정 교과 내용에 대한 지식을 측정하는 것 아니냐는 물음이 제기될 여지를 스스로 제공하고 있는 것이다. 특히 다음 문항을 유심히 살펴보자.

북소리 둥둥 울려
사람 목숨 재촉하네.

고개 돌려 바라보니
해도 지려 하는구나,
황천에는
주막 한 곳 없다 하니,
오늘 밤은
어느 집에 묵고 간담?
(擊鼓催人命 回頭日欲斜 黃泉無一店 今夜宿誰家)

위의 시는 성삼문(成三問)이 죽기 전에 쓴 절명시(絶命詩)이다. 이
시에 나타난 삶과 죽음 그리고 죽음 이후 세계에 대한 작가의 생각을
기술하시오

이러한 논제 유형은 논술의 기본적인 취지를 벗어나 특정 교과
의 지식을 측정하는 방향으로 기울 가능성이 높다. 사실 이 경우
'문학 논술'이라는 용어는 소재 차원의 의미 이상을 갖지 않는다.
그리고 '문학을 읽기 자료로 활용한 논술'이라는 이유로 '문학 논
술'이란 말을 쓸 수 있다면, 수학 논술, 과학 논술 심지어 음악 논
술은 왜 불가능하겠는가?

Ⅲ. 공감적 읽기를 포괄하는 '문학 논술'의 모색

논증적 글쓰기의 틀을 준수하는 현재와 같은 '논술'의 문제 설
정에서는 문학의 활용 방식은 극히 제한적일 수밖에 없다. 무엇보
다도 작품에 대한 문학을 읽고 작품이 독자에게 불러일으키는 '공
감'의 측면을 포괄하는 글쓰기로 나아갈 여지가 없기 때문이다.
앞서 살펴본 성삼문의 시를 활용한 논술은 작품에 담긴 넓은 의미

의 '정보'를 담담하게 서술할 것을 요구하고 있다. 이 경우는 굳이 문학일 필요는 없어 보인다. 작가의 생각보다는 작가의 생각에 대한 필자의 생각을 다시 말해 작품 자체보다는 작품에 대한 독자의 반응에 초점을 맞출 글을 쓸 때 자료로서의 문학이 지닌 가치가 잘 살아날 수 있을 것이다.

인문학에 대한 딜타이의 견해는 '문학 논술'이 작품 자체가 아니라, 작품에 대한 독자의 반응을 중심으로 재구성되어야 하는 이유를 말해준다. 그는 설명(Erklären)은 인과관계에 대한 엄밀한 실증적 설명을 수행하는 자연과학의 서술 방식이며, 이해(Verstehen)란 '감정이입'의 과정을 통해 인간의 내적 세계를 추체험하고 재구성하고자 하는 인문학의 서술 방식임을 강조한 바 있다. '생동적인 인간적 체험을 파악하기 위한 정신적 과정 전체'로서의 이해는 타자의 세계에 대한 체험의 전위를 통해 그것을 추체험하는 것을 포괄하는 것을 목표로 한다. 타인의 삶에 대한 '공감'의 표현이 문학 논술에 포함되어야 하는 이유도 여기에 있다. 여기서 '이해'는 인지적 맥락을 넘어서 정의적 영역을 포괄하면서 더 나아가서는 인간의 삶 전체로 이어지는 포괄적인 '삶 읽기'의 의미를 가질 수 있게 된다.

문학 작품을 읽는 독자는 지금까지 자신이 속해 왔던 완결된 세계나 선입견을 깨뜨리는 전율과 경이의 체험 속에서 자신의 기존 인식을 성찰하는 체험을 갖기도 한다. 텍스트가 주는 울림이 긍정적인 면이든 아니면, 부정적인 면이든 독서 주체에게 작용을 가한다는 측면에는 틀림이 없다. 그리고 그러한 상호 작용의 결과 텍스트의 세계와 독서 주체가 가지고 있는 서로 다른 전망들이 사상(事象)에 관한 보다 깊은 이해의 방향으로 융합을 추구한다는 특징이야말로 공감적 읽기의 중요한 특징이다.

문학 텍스트 내의 세계가 일차적 언어 정보로 독자에게 수용되면서
동시에 독자의 삶의 세계와 조응하는, 그리하여 무수히 많은 상징의
층위로 의미가 재생되는 그러한 기제가 바로 울림의 기제인 것이다.
여기서는 인지적인 것과 정의적인 것이 경계 없이 교섭하고, 허구와
사실이 상상력 속에서 서로 교차하여, 문학적 진실을 빚어내게 하며,
감정이입과 이격이 감상의 회로 속에서 병존하기도 한다.[3]

작품에 담긴 주제 의식에 대한 긍정이냐 부정이냐, 수용이냐 거
부냐라는 양자 택일의 협소한 지평을 넘어서, 독서 주체와 텍스트
가 담고 있는 세계 사이의 상호 작용과 그러한 상호 작용을 통한
독서 주체의 성장을 현재 '논술'의 틀이 포괄할 수 있을지에 대해
서는 회의적이다. 그러나 자신의 평가 기준을 뒤흔들어 놓는 체험
에 귀기울이며 자기가 지금까지 공고하게 지켜왔던 모종의 기준을
겸허하게 다시 되돌아보게 하는 '공감'의 면을 포괄하지 않는다면
'문학을 읽고 쓴다'는 차원을 강조할 필요가 없으며 당연히 '문학
논술'이란 용어를 사용할 필요 역시 없어 보인다.

IV. 비평적 글쓰기로서의 '문학 논술'

비평은 문학 작품의 의미가 어떻게 형상화되어 있는가를 밝히면
서 작품을 해석하고 평가하는 담화의 형식으로 정의되어 왔다. 특
히 평가를 중시하는 비평의 특징에 주목하여 문학 연구와 맥을 같

---

3) 박인기, 『문학교육과정의 구조와 이론』, 서울대학교출판부, 1996, p.244.

이하면서도 구별되는 지점을, 비평가의 주관성이 개입하는 정도에
서 찾기도 한다.[4] 앞서 말한 '공감적 읽기'가 표현 행위로 나타나는
지점이 결국 비평적 글쓰기이다. 비평은 문학 연구와 달리 단순히
작품 자체를 전문적인 비평 이론을 통해 분석하는 것을 목표로 삼
지 않는다. 비평은 전문적이면서도 '전문주의적'이지는 않은, 달리
말해 비전문가적 지성을 기를 수 있는 훈련의 계기를 마련한다. 즉
비평은 문학 작품 자체에서 출발하면서도 작품에 대한 주관적인 해
석과 평가를 통해서 비평가 자신에 대한 앎과 사회, 역사 전체에
대한 관심으로까지 사유를 확대해 나가는 자체 논리를 가지고 있다.
그러므로 비평을 통해 훈련될 수 있는 사유는 전문 연구자의 객관
적이고 전문가적인 지성이 아니라, 자신과 자신을 타자와 연결해
주는 사회와 역사에 대한 총체적인 인식과 판단을 도와주는 일상인
의 지성일 것이다. 비평을 통해 함양되는 삶에 대한 총체적인 관심
과 가치의식은 그 자체로서 현대 문명의 추세와 대립되는 성격을
지닌다는 식의 발언이 나오는 것도 비평의 이러한 특징 때문일 것
이다. 비평은 논증을 바탕으로 하는 설득의 성격을 가지고 있다는
점에서 일반적인 '논쟁적 글쓰기'와 유사한 성격을 가지고 있기도
하다.[5] 문학과 비문학 텍스트를 포괄한 모든 원텍스트에 담긴 의미
를 독자의 주체적 시각으로 해석하고 나아가 원텍스트와 관련된 자

---

4) 일반적으로 문학 연구는 비평가의 해석과 평가를 넘어서서 문학적 진술의 규칙을
   찾아내는 것을 지향하기 때문에 개별 작품에 대한 해석보다는 일반화될 수 있는
   '법칙'에 더 큰 관심을 보이기 마련이다. 비평과 연구의 차이에 대한 자세한 논의
   는 T. Todorov, *Qu'est-ce que le structualisme?*, Seuil, 1973, 곽광수 역, 『구조시학』, 문학
   과지성사, 1977, pp.14~30을 참조하였다.

5) S. Fish, *Is there a text in this class?*, Harvard University Press, 1980, pp.339~355.

신의 텍스트를 생산하는 읽기와 쓰기의 과정 전체를 비평으로 규정한 스콜즈의 논의는 비평적 글쓰기로서의 문학 논술이 성립할 가능성을 보여준다.[6]

　비평적 글쓰기 역시 작품이라는 외적 대상에 의해 좌우되지 않고 글쓰기 자신을 바탕으로 이루어지는 자기 반성의 구조를 가지고 있다. '논술'이란 문제 설정에 얽매이지 않고 글쓰기 교육으로 시야를 확대한다면 비평적 글쓰기의 중요성은 더욱 커진다. 하지만 문학 작품 읽기에 내재된 자의식을 강조함으로써 '삶 읽기'의 영역으로 확장할 수 있다는 점에서 논술과 만날 수 있는 지점을 전혀 발견할 수 없는 것은 아니다. 실제로 권헌의 「묵매기(墨梅記)」와 이익(李瀷)의 「논화형사(論畵形似)」란 지문을 제시한 뒤 조선시대 문인들이 그림을 창작하고 감상하는데 중요시했던 요소를 비교한 뒤 이를 토대로 안견의 '몽유도원도'와 정선의 '인왕제색도'를 비교 감상하도록 요구한 문항이 출제되기도 했다. 물론 이 문항은 문학을 대상으로 한 것은 아니지만, '문학 논술'이 비평의 형태로 나타날 수 있음을 추론할 수 있게 한다.

　　(가) 매화 또한 초목의 일종이나 가장 그려내기 어렵다. 대개 그 가지와 줄기가 굴곡져 용과 뱀이 뒤엉킨 모습처럼 된 것은 매화의 참 모습이 아니다. 풍기는 분위기가 왕성하고 향기롭게 흘러넘침이 마치 달빛이 밝게 비치고 눈발이 흩날리는 것 같음을 헤아려 깨닫고 마음으로 터득하는 것이 매화의 참 모습이므로 가지나 잎의 처리는 논할 게 못 된다.

---

6) Robert Scholes, *Textual Power: Literary Theory and the Teaching of English*, Yale University Press, 1985, 김상욱 역, 『문학이론과 문학교육—텍스트의 위력』, 하우, 1995, p.23.

옛날에 내 친구 이자야(李子野)가 등불 아래 벽에 비치어 나타난 매화 그림자를 그린 적이 있는데, 그 형상이 부은 듯 부풀어 오르고 울퉁불퉁한 모습이어서 매화인 줄 알지 못하겠으나, 풍기는 분위기만은 제법 옮겨내었으므로 매화가 범상치 않은 화훼임을 알았다. 내가 손뼉을 치면서 껄껄 웃자, 자야가 달가워하지 않으며 말하기를 "이것이 소동파(蘇東坡)가 등불을 마주하고 말의 그림자를 그린 것보다 낫지 아니한가? 내가 아무런 생각 없이 펼쳐내어 자연스런 분위기가 그대로 드러나 있다"라 하였다. 나는 말하기를, "그렇겠다. 나는 그림 그릴 줄 모르니 매화의 운치[趣]를 어찌 알겠는가? 운치도 알지 못하거늘 매화의 본성[神]을 어찌 알겠는가?"라 하였다.

본질적인 특성[神]은 매화에 있는 것이지만 운치를 느끼는 것은 나에게 달려 있는 것이다. 단순히 대상물로서 대상을 바라본다면, 매화와 나는 아닌 게 아니라 과연 서로 다르다. 그러나 상리(常理)로서 대상을 바라본다면 나와 매화는 같지 않은 것도 아니다. 나는 그것을 논리적으로 이해할 줄만 알았지, 그 운치 있는 분위기를 파악하지 못했던 것이다. 그러나 내가 온통 티끌과 먼지로 뒤덮인 세상에서 그 마음속은 더럽혀지지 않도록 한다면, 상쾌한 정신과 빼어난 맑음으로 충만한 매화에게서 나의 운치를 북돋울 수 있을 것이다. 그리고 그 운치를 이미 터득했다면 그것은 본질적 이해에 도달했다고 할 수 있다. 본질적 이해에 도달한 자는 매화에 대해서 붓을 잡는 일을 기다리지 아니하고도 바로 해 낼 수 있는 것이거늘, 하물며 그 가지와 잎을 따지겠는가?

― 권헌(權憲), 「묵매기(墨梅記)」

(나) 소동파의 시에 "그림을 그리되 겉모습만 같게 하면 된다고 하니, 이런 소견들은 어린 아이와 다를 것이 없다. 시를 짓는 데 앞에 보이는 경치만 읊는 것도, 시의 본뜻을 알고 짓는 이가 아니다"라고 하였다. 후세에 화가들이 이 시를 종지(宗旨)로 삼고 진하지 않은 먹물로 그림을 거칠게 그리니, 이는 물체의 본질과 어긋나게 된 것이다.

지금 만약 "그림을 그리되 겉모습은 같지 않게 해도 되고, 시를 짓되 앞에 보이는 경치를 읊지 않아도 된다"고 한다면, 이치에 맞는 말이라 할 수 있겠는가? 우리 집에 동파가 그린 묵죽이 한 폭이 있는데, 가지와 잎이 모두 산 대나무와 꼭 같으니, 이것이 소위 틀림없는 사진(寫眞)이란 것이다. 정신이란 모습 속에 있는 것인데, 모습이 이미 같게 되지 않는다면 정신을 제대로 전해낼 수 있겠는가?

동파가 이렇게 시를 읊은 것은 대개 "겉모습은 비슷하게 되어도 정신이 나타나지 않으면 비록 이 물체가 있다 할지라도 광채가 없다"는 것을 말한 것이다. 나도 말하기를 "그림이란 정신이 나타나야 하는데, 겉모습부터 같지 않게 되었다면 어찌 같다 할 수 있겠으며 또 광채가 있어야 하는데 딴 물건처럼 되었다면 어찌 이 물건이라 할 수 있겠는가?"라고 한다.

— 이익(李瀷), 『논화형사(論畵形似)』, 『성호사설(星湖僿說)』 권 5

논제 1. 제시문 (가)와 (나)는 조선시대 문인들의 그림에 대한 견해를 보여주고 있다. 그들이 그림을 창작하고 감상하는 데 있어서 중요하게 생각했던 요소가 무엇인지 서술하시오.

논제 2: 다음 두 산수화(그림1, 2)는 안견(安堅)의 「몽유도원도(夢遊桃源圖)」와, 정선(鄭敾)의 「인왕제색도(仁王霽色圖)」이다. 논제 1의 논의를 바탕으로 두 그림을 비교 감상하시오.

그런데 이 문항은 논제 1에서 그림에 대한 감상의 틀을 제시하고 있다는 한계가 있다. 하지만 작품에 대한 '감상'의 면을 강조하고 있다는 점에서 주목할 가치가 있다. 문학 자체가 아닌 문학에 대한 반응에 주목할 경우 문학 논술은 비평적 글쓰기와 연결될 수도 있다. 특히 주관성을 살리면서 동시에 논리에 바탕을 둔 논증적 성격을 가지는 비평적 글쓰기는 본격적인 의미의 문학 논술이 개념적으로는 가능할 수도 있음을 말해준다. 물론 이는 '문학 논술'의 현실태가 아니라 가능태 차원의 의견임을 명확히 해야겠지만 말이다.

V. 남는 말

지금 이런 자리에서 '논술'을 주제로 학술적 논의를 할 정도로 논술에 세간의 관심이 집중되고 있다. 그러나 중요한 것은 논술과 쓰기를 동일시할 수는 없다는 것이다. 정확히 말하자면 논술 교육은 쓰기 교육의 일부일 뿐이다. 쓰기교육은 인지적인 것과 정서적인 것을 포괄하는 '의미'를 문자 언어를 활용하여 사회적으로 소통할 수 있게 하는 표현교육의 일환이다. 논술에 대한 개념 규정 몇 가지만을 살펴보아도 논술의 부분성을 알 수 있다.[7] '문학 논술'이라는 용어에 담긴 문제의식은 '논술'이 아닌 '글쓰기' 교육에서 갈 길을 찾을 때 실현될 수 있어 보인다.

---

7) 원진숙은 논술을 "필자가 보이지 않는 독자를 상정하여 자신의 신념이나 의견을 받아들이도록 독자를 설득하는 글"로, 우한용은 "문제 상황에서 문제를 발견하고 언어를 사용하여 그 문제 사태를 의미화하고 그 구체적인 해결 방법을 모색하여 글로 서술하는 언어적 실천 행위"로 규정한 바 있다.

제2부
문학과 논술의 이론 탐색

문학 독서와 논술

김혜영 (조선대학교 국어교육학과 교수)

문학 독서와 논술

I. 서론

교육은 인간, 지식, 사회, 가치 등 여러 변인들이 복합적이고 중층적으로 작용하면서 이루어지는 과정이다. 교육의 전체적 구조를 변화시키기 위한 교육 개혁이 이루어진다고 해도 학교 현장에서 진행되는 수업 상황을 변화시키기는 어려운 이유도 여기에 있다. 교육에서의 변화는 인간, 사회·문화, 가치 차원에서의 변화, 곧 삶이나 지식을 바라보는 시각의 조정을 요구할 뿐만 아니라, 실천적 차원에서의 수행을 요구하기 때문에 교육의 방향을 변화시키는 일은 지속적이고 장기적인 기획일 수밖에 없다. 그런데 우리 사회처럼 교육에 대한 관심도가 높은 경우, 부분적인 측면에서의 변화가 전체 학교 교육의 방향을 움직이는 영향력을 발휘하기도 한다. 수능이 그랬던 것처럼 최근 도입되어 시행되고 있는 논술 고사 역시 대학 입학과 관련된 선발고사의 방식이 초중등학교 교육의 내용과 방향에 어떠한 영향을 미치고 있는가를 보여주는 전형적인 사례라고 할 수 있다.

교육이란 연속적이고 위계적으로 진행되어야 한다는 점에서, 평가 시스템이 교육의 목표나 내용에 영향을 미치는 방식을 긍정적으로 바라보기는 어렵다. 그러나 대학 입시안으로서 논술에 모아진 비판의 소리는 교육의 절차성이나 비연속성에서 제기된 문제이지 논술 자체의 교육적 의미를 문제삼는 것은 아니라고 한다면 지금 시점에서 필요한 일은 우리 교육에서 논술이 서 있는 지점을 파악하고 올바른 자리매김을 하는 일일 것이다. 이를 위해 논술이 학교 교육의 어느 지점에서 어떻게 다루어진 글쓰기인가에 대해 고찰해 볼 필요가 있다. 그러한 연결 지점 안에서 논술은 어떻게 교육되어 왔고, 앞으로 어떻게 교육할 필요가 있는가의 방향이 구체화될 수 있을 것이기 때문이다. 먼저 논술은 글쓰기의 유형으로 본다면 설득적 글쓰기의 차원에 속하며, 대학 논술 고사의 문제 유형과 관련지어 보면 독서-작문이라는 통합 교육 차원과 연결된다.

논술은 작문 교육의 맥락에서 설득적 글쓰기의 영역에 포함된다. 설득적 글쓰기란 글의 목적을 중심으로 분류했을 때, 설명적 글쓰기, 친교 및 정서 표현의 글쓰기 등과 같은 계열에 속하며, 논설문, 연설문, 건의문, 광고문 등 자신의 주장을 펼치고 이를 입증하는 과정을 다룬 글들을 하위 장르로 갖는다. 논술은 자신의 주장을 논리적으로 쓴 글을 의미한다는 점에서 논설문과 가장 유사한 개념이라고 할 수 있다. 또한 대학 입시 체제 안에서 실시되고 있는 논술 고사는 독해 자료를 제공하여 독해 능력과 함께 글쓰는 능력을 평가하고 있는데, 이러한 방식의 평가는 지금까지 학교 교육에서 이루어진 독서-작문의 통합적 교육과 별개의 것이 아니다.

전통적으로 독서-작문의 통합에서 가장 주도적인 역할을 한 것은 문학 독서와 감상문 쓰기의 결합이다. 감상문은 현상이나 사태를 객관적으로 파악하고 문제를 해결하는 방식이라기보다는 현상이나 사태가 독자에게 주는 느낌이나 생각을 중시하는 글쓰기 방식이다. 따라서 감상문 쓰기에서는 독서의 주관적 체험과 그것을 객관화하여 소통 가능한 형식으로 변형하는 과정이 중시된다. 문학 독서가 감상문 쓰기의 조건이 된 데에는 문학 텍스트가 갖고 있는 속성, 즉 문학 텍스트가 삶의 총체적인 모습을 대상으로 할 뿐만 아니라 인간과 세계에 대하여 다양한 생각거리를 제공한다는 점 때문이다. 이처럼 문학 텍스트가 삶에 대한 이해를 확장시킬 수 있는 기회를 줄 수 있다고 한다면, 감상문뿐만 아니라 논술과 같은 형태의 글쓰기에서도 문학 독서를 적극적으로 활용해 볼 수 있다.

독서 체험이 글쓰기로 이어질 수 있다는 것은 그만큼 풍부한 생각거리를 갖고 있기 때문이다. 문학 텍스트는 삶을 이해하고 사고력을 확장시킬 수 있는 자료라는 점에서, 문학 독서는 논술이라는 글쓰기를 하는 데 필요한 능력을 제공해 주는 자원이 될 수 있을 뿐만 아니라 그 자체로 논술의 대상이 될 수 있다. 이 논문에서는 문학 독서가 논술이라는 글쓰기 능력을 신장시키는 데 영향을 미칠 수 있다고 전제하고 구체적으로 어떠한 작용을 하는가를 분석해 보고자 한다. 먼저 논술과 논술 능력의 개념을 정리하고(2장), 문학 독서와 논술의 연결지점을 찾은 다음, 문학 독서가 논술에 어떠한 방식으로 작용할 수 있는지의 방안을 논의(3장)하려고 한다. 이와 함께 삶에 대한 이해와 사고력의 신장에 초점을 둔 문학 독서의 방향은 어디에 있는지(4장)를 모색해 본다.

II. 논술과 논술 능력

현대사회는 다원화, 전문화되어가는 속성을 지닌다. 각자가 가진 신념과 의견의 가치가 존중되는 사회에서 필요한 것 가운데 하나는 의사소통의 합리성을 높일 수 있는 능력이라고 할 수 있다. 서로의 의견을 교환하고, 서로 다른 의견을 조정하는 과정을 통해 바람직한 의사결정으로 나아갈 수 있기 때문이다. 특히 공적 차원의 의사소통에서 객관성과 중립성을 확보하는 일은 중요하며, 이를 위해 갖추어야 할 최소한의 요건이 '논리', 곧 주장에 대해 논거가 보편타당해야 한다는 점이다. 이러한 점을 고려할 때, 합리적인 의사결정을 할 수 있는 방법론이자 합리적 사유의 조건으로서 논술이 서 있는 지점이 분명해질 수 있다.

각 대학에서는 논술 고사의 취지를 사고력을 평가하기 위한 방법의 일환으로 설명하고 있다. 서울대학교에서는 지식기반사회에서 가치를 만들어내는 중심은 암기하고 있는 지식의 양보다 습득한 정보와 지식을 종합하여 문제 상황을 합리적으로 해결하는 능력, 즉 비판적─창의적 사고력에 있다고 보고 논술을 통해 이를 평가할 수 있다고 본다.[1] 연세대학교 역시 "다면사고형 논술"이라는 용어로 이해력, 분석력, 창의적 사고력, 표현력 등을 평가하고 있으며[2], 고

---

1) 서울대학교 입학관리본부, 「2008년도 정시모집 논술 고사 예비문항」, 『보도자료』, 서울대학교 홈페이지, 2005. 11. 28
2) 연세대학교 입학처, 「2008학년도 다면사고형 논술 모의시험 결과」, 연세대학교 홈페이지

려대학교에서는 논술을 통해 ⅰ) 제시문을 정확하게 이해하고 주제를 찾아내는 능력 ⅱ) 주어진 제시문들의 정확한 논지를 포착해내서 연관관계를 파악하는 능력 ⅲ) 그러한 분석과 이해에 기초하여 자신의 생각을 발전적으로 전개하는 능력을 평가한다[3]고 밝히고 있다.

각 대학의 논의는 논술이 무엇인가보다는 논술이라는 평가 제도를 통해 무엇을 평가할 것인가에 초점이 맞춰져 있다. 대학에서 논술을 통해 궁극적으로 평가하고자 하는 것은 독해 능력(이해, 분석, 비판, 창의적 읽기 능력)과 독해한 결과를 논리적으로 표현하는 능력으로서, 평가하고자 하는 능력이 통합적으로 논술이라는 글쓰기의 방향을 규정하는 역할을 하고 있다. 대학에서 말하는 논술 고사의 취지에는 글을 쓰는 데 필요한 능력보다는 독해 능력과 연관된 사고력이 핵심을 이룬다. 교육부가 논술을 "제시된 주제에 관하여 필자의 의견이나 생각을 논리적으로 서술하는 시험"이라고 규정하고, 주어진 지문 등에 대한 이해력, 분석력, 비판적 사고력, 사고내용에 대한 논리적 서술력 등 종합적인 문제해결 능력을 평가하는 것[4]이라고 바라보는 입장에서도 이와 같은 맥락에 서 있다.

엄밀하게 말한다면 대학에서 실시하고 있는 논술은 독서-논술이라는 형식으로, 자료에 대한 이해, 분석, 비판 능력을 평가의 대상으로 삼는다. 독서-논술의 내용을 논술이라는 개념 안에 담고자 할 때, 논술은 상당히 모호한 외연을 갖게 된다. 대부분의 논술 관

---

3) 고려대학교 입학처, 「2007년도 정시논술 출제 의도와 문제 해설」, 고려대학교 홈페이지
4) 교육인적자원부, 「논술 고사의 본고사 변질 논란을 없앤다」, 『보도자료』, 교육인적자원부홈페이지, 2005. 8. 30

련 논문에서 논술에 대한 개념적 정의로부터 출발하는 이유도 여기에 있다.[5] 논술의 문제를 논의하기 위해서는 논술 자체가 갖고 있는 글쓰기로서의 속성으로부터 출발해야 한다고 본다. 그럴 때, 독해 능력과 뒤섞여 혼란스러운 논술 능력의 범주 안에서 보다 순수하게 논술 능력이라는 것이 무엇인가를 찾아낼 수 있으리라 생각한다.

논술의 사전적 의미는 '어떤 것에 관하여 의견을 논리적으로 서술하는 것'이다. 곧 논술이라는 개념을 구성하는 핵심적인 범주는 의견, 논리, 서술이 된다. 의견이란 글쓴이의 주장, 생각, 신념에 해당하며, 논리는 의견을 서술하는 데 있어서 갖추어야 할 객관성이나 타당성의 조건이고, 서술이란 내용을 조직하고 표현하는 방법과 연관된 문제이다. 이러한 개념적 접근에 따르면 자신의 의견을 갖는 능력, 그것을 논리를 갖추어 서술하는 능력이 논술에 필요한 능력이며, 이를 논술 능력이라 부를 수 있다.

의견이란 구체적으로 '~에 대한' 것이며, 이는 대부분의 경우 '~을 매개로 하여' 형성된다. 의견이나 신념을 이끌어내는 동기를 부여하거나 의견이나 신념을 형성하는 매개가 되기 위해서는 자료 자체가 삶이나 현상의 모습을 성찰하도록 풍부한 계기를 제공할 수

---

5) "비판적 읽기와 창의적 문제 해결하기를 기반으로 한 논리적 글쓰기", '논리', '논증'이라는 전제를 강조하여 논리학의 논증 규칙을 익힌 다음 쓸 수 있는 글쓰기 방법, "비판적이고 총체적인 생각을 기반으로 의견이 다른 사람과 토론하듯 근거를 제시하며 자기 주장을 펼치는 논리적 글쓰기"라고 규정하는 것에서도 드러난다.
김영정, 「통합교과형 논술의 특징」, 『철학과 현실』, 통권 69호, 철학문화연구소, 2006, 여름, p.155
배식한, 「'논리적 글쓰기'에서 '논리적'이란 말이 의미하는 것」, 『철학과 현실』, 통권68호, 철학문화연구소, 2006, 봄, pp.216~217
박구용, 「교육과 논술, 그리고 현대사회」, 『철학연구』 제101집, 대학철학회논집, 2007, p.79

있어야 한다. 논리적으로 서술하는 능력의 근간을 형성하는 것은 추론 능력이라고 할 수 있다. 추론이란 기정 사실이나 전제에 의거하여 추측하는 것으로 일상적인 경험의 세계는 대부분 이러한 추론 과정의 연속이다. 문학 독서는 가치관, 신념 및 추론적 사유를 형성하는 기반이 될 수 있다는 점에서 논술 능력을 신장시킬 수 있는 중요한 방법이 될 수 있다고 본다. 문학 텍스트를 논술의 대상으로 삼을 때, 형식적이고 조작적 차원의 사고력이 아닌 삶을 바라보는 안목과 관련된 사고력, 인간과 세계의 이해와 관련된 사고력을 신장시킬 수 있다.

한편으로는 축적된 문학 독서의 과정을 통해 논술에 필요한 총체적 삶의 이해를 제공해 줄 수 있다는 점에서, 다른 한편으로는 문학 텍스트 자체가 효율적인 논술의 자료로 활용될 수 있다는 점에서 문학 독서는 논술과 연결되어 있다. 우리가 보다 관심을 두어야 할 부분은 문학 독서가 궁극적으로 삶에 대한 이해, 삶의 조건들을 성찰하는 능력의 확장으로 나아가는 국면이다. 그러기 위해서는 장르적 조건, 미학적 조건을 분석하는 것과는 다른 차원에서 문학 텍스트를 바라보는 시각이 필요하다. 그러한 시각의 하나로 문학 텍스트와 논술으로 만들어지는 상호적 영역을 사고 능력의 확장과 연결시키는 방법을 고려할 필요가 있다. 구체적으로는 문학 텍스트가 논술과 결합하여 '가능 세계를 형상화'하여 가치나 체험을 조정할 뿐만 아니라 '마음과 사건의 세계'를 통해 종합적 인식 능력을 구현하고, '질문의 형식과 서사적 추론' 영역을 활성화시킬 수 있다는 방안을 생각해 볼 수 있다.

Ⅲ. 문학 독서의 성격

1. 가능 세계의 형상화

1) 가능 세계와 가치의 조정

문학은 실제 일어난 세계를 다루지 않는다. 그래서 문학은 그것이 실제로 일어난 일인가의 여부를 떠나서 수용된다. 일어나지는 않았지만 일어날 수 있는 가능한 세계, 잠재적으로 일어날 수 있는 세계의 이야기를 다루기 때문에 이것이 실제인가 아닌가에 의해 작동되는 유용성의 사고틀에서 자유로울 수 있다. 특정 사건이나 행동이 그 맥락으로부터 자유로울 때, 가치평가의 층위는 달라진다. 어떤 사실이 현실에서 발생한 일이며, 그것이 직접적인 파장력을 가질 때 그에 대한 평가는 현실의 논리로부터 자유롭기 어렵다. 사실을 말해야 할 때, 사실로부터 오는 가치평가는 인간을 유용성과 법칙성으로 구속한다. 문학은 사실이 아닌 허구성을 표방하면서도 사실과 같은 진실 효과를 전달할 수 있다는 점에서 가치평가로부터는 자유롭지만 현실적인 문제 의식을 공유할 수 있다는 장점을 가진다.

문학이라는 개념이 하나의 삶을 표상하는 적극적 개념으로 뿌리내리면서 그 자율성과 독자성을 확보하기 시작한 것은 문예사조 측면에서 볼 때 19세기 초엽에 태동한 낭만주의 운동으로부터라고 한다. 근대로 들어오면서 예술, 과학, 도덕이 분화하기 시작했으며, 그 틈에서 갈라져 나온 문학은 스스로의 법칙에 의해 움직인다는 문학의 자율성 원리를 확립하게 된다. 칸트의 목적 없는 형식적 합목적성 같은 개념은 이러한 사태를 잘 대변해준다.[6] 문학의 자율성은 왜 그러한 일이 일어났는가의 문제를 텍스트 외적 기준보다는 텍스트 내적 관계에 따라 판단하게 한다. 텍스트 내적 조건에 그러한 행동이나 사유의 타당성이 부여된다면, 그리하여 충분히 공감의 근거를 제시해 줄 수 있다면 현실에서의 논리와는 다른 관점에서 사태를 파악하는 것이 가능해진다. 그런 의미에서 문학 독서를 통한 가치평가는 오히려 현실의 문제를 성찰하고 현실의 가치를 바람직한 방향으로 변화시킬 수 있는 계기가 될 수 있다.

김현은 문학은 유용한 것이 아니기 때문에 인간을 억압하지 않으며, 억압하지 않는 문학은 억압하는 모든 것이 인간에게 부정적으로 작용하는 것을 보여준다고 한다. 인간은 문학을 통해 억압하는 것과 억압당하는 것의 정체를 파악하고, 그 부정적 힘을 인지하게 된다.[7] 삶의 모순적인 상황을 곧장 해결하려 하기보다는 그러한 모순에 대해 성찰하게 만드는 것이 문학이다. 역설을 견디는 힘은 무엇보다도 손쉬운 결론에 빠지지 않는 것, 역설을 이루는 힘들을 정면으로 응시함으로써 사유의 긴장을 잃지 않는 것으로부터 획득된다. 우리가 삶의 진리에 대해 경험적으로 알고 있는 것은 진리는 단순하되 거기에 이르는 길은 단순하지 않다는 것이다.[8]

양립할 수 없는 두 가지 진실에 대한 타당성과 효용성을 큰 어려움 없이 마음 속에 품을 수 있다는 것은 포용력과 개방성의 원천

---

6) 박성창, 『우리 문학의 새로운 좌표를 찾아서』, 새물결, 2003, p.28
7) 김현, 『전체에 대한 성찰』, 나남, 1990, p.120
8) 서영채, 『문학의 윤리』, 문학동네, 2005, pp.40~41

이 된다.[9] 문학에서의 앎은 기능적 지식이 아니고 가치 판단 능력으로서의 앎이라는 점에서, 인간의 행위, 사유방식을 사회문화적 상황 속에서 지속적으로 조율해 나가도록 해 준다. 이러한 가치 판단은 현실적인 토대로부터 완전히 자유롭지는 못하지만 자율성의 조건으로 인해 가능 세계의 범주를 확대할 수 있는 기회를 제공한다. 가능 세계를 확대해 나가는 것이 문학은 배고픈 거지를 구하지 못하지만 배고픈 거지가 있다는 것을 추문으로 만들고, 그래서 인간을 억누르는 억압의 정체를 뚜렷하게 보여주는 일이라고 할 수 있다.[10]

2) 표현의 구체성과 체험의 확대

문학 텍스트는 삶에 대한 이해를 총체적이고 구체적으로 제시할 수 있다. 삶에 대한 총체적 이해란 삶을 형성하고 있는 관계에 대한 이해를 의미한다면, 문학 텍스트는 인간과 인간, 인간과 세계가 맺고 있는 다양한 관계를 유기적 연관성 속에서 제시한다는 점에서 관계에 대한 총체적인 이해, 삶에 대한 총체적인 이해가 가능하다. 물론 역사학과 사회학, 철학, 심리학 분야에서도 인간 삶의 다양한 모습을 관찰하고 분석한다. 역사학이나 사회학, 심리학이 사실적 세계에서 발생한 사건이나 현상을 통해 인간과 세계의 관계 혹은 인간의 마음을 파악한다면, 철학에서는 삶에 대한 개념적이고 본질적인 접근을 시도하고 있다. 인간과 세계의 관계를 분석하고 설명하는 데 있어서는 이러한 학문 분야에서 보다 정확하고 합리적인 설명을 해 줄 수 있다고 본다.

---

9) N. 포스트먼(차동춘 역), 『교육의 종말』, 문예출판사, 1999, p.30
10) 김현, 앞의 책, p.123

그렇다면 문학이 이러한 학문 분야와 다른 지점은 어디일까? 이들 학문 분야에서는 보편적이고 객관적인 사실의 세계를 다루기 때문에 인간을 특정 상황 속에 놓인 존재로 보여주지는 못한다. 문학은 보편적인 것을 말하기 위해 구체적인 세계를 묘사해야 하며, 그렇게 묘사된 것은 그 나름의 형태적 완결성을 가진다.[11] 곧 문학이란 삶의 법칙적 이해를 포함하면서도 일반화되고 추상화된 법칙의 진술이 아니라 어디까지나 감각적이고 구체적이고 일회적인 형상화에 기초[12]하기 때문에 구체적이고 세부적인 모습의 진술 속에서 보편적이고 일반적인 법칙성을 구현하게 된다.

이처럼 문학이 구체적 세계를 묘사해야 한다는 진술은 그것이 사회와 밀접한 관계를 맺고 있어야 한다는 의미를 담고 있다. 인간이 관계를 맺고 있는 세계란 중층적으로 존재한다. 자연, 사회, 역사, 문화 등과 같이 세계를 구성하는 다양한 범주들은 동일한 공간에 공존하고 있으며, 각각의 단위 안에서도 세부적인 스펙트럼을 갖고 있다. 이와 함께 세계는 본래적이며 객관적인 대상으로 존재하기보다는 개별적 인간과 만나는 그 상황 속에서만 존재한다. 다시 말해 세계는 개별 인간과의 관계 속에서 매번 새롭게 구성되는 것이라고 말할 수 있다.

하이데거는 인간을 세계-내-존재라고 부른다. 세계-내-존재라는 것은 인간은 세계와 밀접한 관련성 속에 존재하는 것을 보여주는 용어이다. 하이데거에게 존재 사유의 확실한 토대는 사유 이

---

11) 김현, 「문학이란 무엇인가」, 『문학이란 무엇인가』(김현·김주연 엮음), 문학과지성사, 2001, p.23
12) 김우창, 「문학과 문학연구의 방법에 대한 몇 가지 생각」, 『심미적 이성의 탐구』, 1993

전에 이미 주어진 현존재의 '나는 존재한다'에 있다. '나는 존재한다'는 것은 친숙한 세계, 주위 세계에 거주하는 것을 의미한다. 이 주위 세계는 사유 이전에 이미 존재하거나 살고 있는 세계로서, 타인들과 함께 나누는 그런 의미의 세계이다. 하이데거에게 세계는 여러 방식의 관계를 매개로 한 의미 연관 전체를 의미한다.[13] 하이데거의 인간과 세계에 대한 성찰은 세계란 객관적인 대상으로서 주체 앞에 놓여진 것이 아니고, 특정한 개인이 어떠한 관계 속에 있는가, 무엇을 체험하고 어떻게 느끼는가에 따라 다양하게 존재할 수 있는 것임을 보여준다.

이러한 세계-내-존재로서의 인간의 모습을 구체적으로 보여주는 것이 문학 텍스트이다. 문학적인 형상화는 인간은 무엇이고 어떻게 살아야 하는가에 대한 추상적인 인식을 실제적인 삶에 대한 인식으로 전환시킨다. 곧 문학 텍스트는 시공간적인 상황을 구체적으로 제시하여 인간이 특정 상황 속에서 어떻게 행동하고 사고하는가의 문제를 제시한다. 이러한 상황적 제시는 그것이 허구라고 하더라도 실제 일어난 것과 같은 효과를 만들어내면서 상황에 대한 깊이 있는 이해를 가능하게 만든다.

아도르노와 같이 주체의 주관적 확신이나 고정관념이 깨어지면서 낯설고 이질적인 객관 세계를 느끼게 되는 고통을 체험이라고 규정한다면, 문학 텍스트가 보여주는 삶의 구체적인 모습을 통해 닿게 되는 세계 역시 기쁨, 슬픔, 환멸, 고통 등의 체험의 세계라고 볼 수 있다.[14] 문학 독서는 자아 내부의 흔들림을 드러내는 체험을

---

13) M. 하이데거(이기상 역), 『존재와 시간』, 까치, 1998, pp.80~181
14) 김유동, 『아도르노 사상-고통의 인식과 화해의 모색』, 문학과지성사, 1993,

통해 감정적 계기를 포착하고자 한다. 그러한 체험을 통해 모든 사유에 내재하고 있는 견고한 폭력성을 폭로하고 교정하고자 하는 것이다. 문학 독서는 허구적인 것에 대한 체험이라고 하더라도 그 구체성 때문에 사실과 같은 체험의 효과를 거둘 수 있으며, 이러한 체험 효과를 통해 상황이나 사안에 대한 판단력을 기를 수 있다. 문학 독서에서 체험의 계기는 인간을 변화시킬 수 있으며, 삶을 성찰하고 삶의 방향을 정립할 수 있도록 해준다.

2. 마음과 사건의 세계 : 종합적 인식 능력의 구현

1) 마음의 소통과 합리성

세계 속에 인간은 행동하고 사유하는 주체로서의 속성을 지닌다. 인간이 현실 속에서 살아간다는 것은 다른 사람과 끊임없이 소통한다는 것인데, 성공적인 의사소통을 위해 전제되어야 할 사항이 있다면 그것은 다른 사람의 마음에 대한 이해이다. 역사나 사회, 철학적 접근에서는 인간이 어떠한 방식으로 행동하고, 그러한 행동이 어떠한 영향을 미쳤는가를 사건, 구조, 체계 등을 통해 설명하지만 어떤 행동을 평가하기 위해서는 반드시 행동의 전제들을 알아야 한다. 타인의 행위는 그 전제들이 감추어져 있기 때문에 어쩔 수 없이 행동을 통해 타인의 마음을 읽어낼 수밖에 없다.[15]

그런 의미에서 본다면 합리성의 시대는 마음의 시대이기도 하다. 현대사회의 근간을 형성하고 있는 효율적이고 합리적인 규칙이라는

---

pp.142~150
15) 김광수, 『논리와 비판적 사고』, 철학과현실사, 1997, p.365

것도 근본적으로는 개인의 마음을 참조하는 것이어야 하기 때문이다. 합리성의 지배 하에서 개인은 어느 시대에 있어서보다도 마음적인 존재가 된다.[16) 마음이란 정서적 측면과 인지적 측면을 포괄하는, 그러니까 느낌, 반응으로부터 분석, 비판과 같은 사유를 포괄하는 인간의 정신적 영역을 말한다. 실제 효율적인 의사소통의 상황이란 다른 사람의 마음을 미리 잘 읽어내고 그에 적절하게 대응할 수 있을 때 가능하지만 다른 사람의 마음을 잘 읽어냈다고 확신할 수 있는 경우란 많지 않다. 문학은 다른 분야의 텍스트와는 달리 직접적이고 구체적으로 인간의 마음을 드러내준다는 점에서 허구적 상황이기는 하지만 인간의 마음을 파악할 수 있는 기회를 제공해 준다. 이 때문에 인간의 행동을 분석하는 데 있어서도 그 행동이 어떠한 원인이나 결과를 만들어냈는가의 시각보다 왜 그러한 행동을 했는가의 문제에서 접근할 수 있다.

문학에서 인간의 마음이란 궁극적으로 내면과 외면, 자아와 세계, 정신과 행위 사이의 균열을 인식하고 그러한 균열을 사유의 근거로 삼는 과정에서 구성된다. 그러므로 마음이 문제되는 상황은 대부분 갈등적 상황과 관련된 경우가 많다. 모순된 상황에 직면하게 되면 마음은 갈등을 겪게 되는데, 소설 텍스트는 인물과 인물, 인물과 세계 사이의 갈등이 서사를 이끄는 추동력이 된다는 점에서 갈등 상황에서 나타나는 마음의 변화를 잘 포착하여 보여준다. 문학 독서를 통해 우리는 특정 상황 속에서 사람들이 어떻게 생각하고 그러한 생각이 어떠한 행동으로 표출되는가를 읽을 수 있다.

우리가 살아간다는 것은 매 상황 무엇인가를 선택하지 않을 수

---

16) 김우창, 「다원시대의 문학 읽기와 교육」, p.24

없는 선택 지절들의 연속이라고 볼 수 있다. 인간은 생물학적 존재이면서 동시에 문화를 형성하고 살아가는 의미의 존재이며, 의미의 존재에게 부여되는 것이 가치에 대한 지향성이기 때문에 선택의 상황마다 다양한 가치의 교섭들을 읽어내고 가능한 무엇인가를 결정해야 하는 것이다. 문학 독서는 그러한 갈등 상황에서 인간은 어떻게 생각하고 결정하는가를 보여준다는 점에서 문학 독서를 통해 현실 속에서 발생하지는 않았지만 가능한 갈등 상황과 선택의 지점들을 예측하고, 바람직한 선택이 무엇인가를 판단해 볼 수 있다.

2) 사건성과 시공간의 이해

문학 텍스트에서는 특정한 상황이나 배경을 중심으로 사건이 발생하며 진행된다. 그 과정에서 어떤 텍스트보다 풍부하게 인간 삶의 현상들을 담아낸다. 사건이라는 층위는 인간의 행동을 통해 촉발되지만 플롯의 설정에서 알 수 있듯이 예상과는 다른 전개 양상을 보여준다. 사건이 예상과는 다르게 진행된다는 것은 인간의 의지가 작용할 수 없는 부분이 존재할 수 있다는 점을 수용하게 만든다. 우연적인 요소의 개입은 우리가 살아가는 삶을 단일한 원리로 설명해낼 수 없다는 사실과 관련된다. 이처럼 사건 전개에 다양한 변인이 작용하고 있다는 것은 인간의 행동에 대한 이해를 가능하게 만들 뿐만 아니라, 삶에 개입하는 이질적인 요소들에 대해 성찰할 수 있는 기회를 제공해 주기도 한다.

사건의 전개 과정에서 발견되는 우연성, 이질성의 국면은 인간이 단일한 시간과 공간을 살아가는 존재가 아니라 다원적인 시공간을 공유하면서 살아가는 존재라는 것을 보여준다. 인간은 자율성이나 의지, 신념을 갖고 살아가며, 그러한 것은 특정한 행동의 연속으로 표현된다. 어떤 행동을 한다는 것 속에는 이미 그러한 행동을 통해 도달하고자 하는 세계에 대한 지향성이 담겨 있다. 그런데 지향성이 담긴 인간의 행동은 복합적인 시간, 공간과 만나면서 의도와는 달리 변화를 겪게 된다. 소설은 사건이 시간의 흐름 속에서 어떻게 전개되는가의 문제에 관심을 갖는데, 이는 사건이 이동하는 시간과 공간의 배치에 따라 사건의 의미는 어떻게 변화하는가와 관련이 있다.

예를 들어 소설 텍스트는 동질적이고 공허한 시간 안에 있는 동시성을 표현하기 위한 방편이 되거나 '한편'이라는 단어로 복잡한 사건을 연결해 준다.[17] 소설 텍스트는 서로 다른 인물들이 같은 시간대에 다른 곳에서 무엇을 하고 있는지를 신처럼 알고 있는 존재로 독자를 상정함으로써 동시성에 대한 인식을 가능하게 만든다. 독자는 소설 텍스트를 읽으면서 인물 A가 동창회에 간다고 나간 아내를 기다리며 집에서 밥을 먹고 있는 동안 아내 B는 남편인 A 모르게 다른 남자를 만나고 있다는 사실을 알게 된다. 그리고 남편이 식사를 끝낸 후 친구의 전화를 받고 아내가 있는 장소로 이동한다면 상황을 전체적으로 알고 있는 독자만이 마음을 졸이며 긴장하게 된다. 소설 텍스트에서는 독자의 시각을 매개로 하여 같은 시간대에 서로 다른 장소에서 발생하는 사건과 같은 장소에서 서로 다른 시간대에 발생한 사건이 어떻게 접합되고 분화되는가를 보여준다.

소설 텍스트에서 다루는 사건이 이질적이고 우연적인 요소에 의해 변화해 가는 양상을 통해 같은 시간대에 서로 다른 장소에서 일

---

17) B. 앤더슨(윤형숙 역), 『상상의 공동체-민족주의의 기원과 전파에 대한 성찰』, 나남출판, 2002, pp.45~63

어나는 여러 사건들과 그 사건의 연결 관계를 조망할 수 있다. 이와 함께 특정한 장소란 서로 다른 시간대에 발생한 사건들의 집합이라는 시각을 갖게 된다. 이러한 시공간성에 대한 이해는 하나의 사건을 전체적인 맥락에서 파악하도록 하며 우연적인 사건을 인과 관계 속에서 설명할 수 있는 계기를 마련해준다. 이처럼 문학 독서에서는 사건의 시공간적 배치를 통해 생성되는 동시성과 계기성을 수용하게 함으로써, 다양한 가치들이 상호 공존하고 있다는 것을 보여준다.

문학 독서의 이러한 경향은 사물의 표면과 이면에 대한 인식, 부분과 전체에 대한 인식으로 확대되면서 인간과 세계, 개별 사건과 사건의 계열 혹은 삶 전체 등을 포괄하는 종합적 인식 능력을 활성화시킨다. 상반되는 것, 포함 관계에 있는 것 속에서 대상을 바라보는 일을 통해 전체에 대한 통찰력을 기를 수 있다. 또한 사건 진행 과정에서 동질적인 것을 이질적인 것과 만나게 하는 것, 예측 가능한 세계 속에서 예측 불가능한 우연성에 직면하도록 하는 것 등에서 설명할 수 없는 것, 모호한 것을 이해하는 방식을 배우게 된다.

3. 질문의 형식과 문학적 추론

인간은 질문하는 동물이다. 어떤 일이 발생했을 때 왜 그러한 일이 발생했는가를 알고 싶어 한다. 우리는 살아가면서 놀라운 사건이나 호기심을 불러일으키는 사건에 부딪치게 되는데, 그 경우 그러한 사건이 왜 일어났는가를 알고 싶어하며, 알려진 현상을 불러일으키기에 충분하다고 생각되는 알려지지 않은 현상이 무엇일까를 추측해 보고 가설을 세운다. 가설은 알려진 현상에 대한 설명으로서, 알려지지 않은 세계 속의 현상에 대한 주장이기 때문에 맞을 수도 있고 그렇지 않을 수도 있으나 이러한 과정을 통해 우리의 인식 체계가 확장된다.[18] 인간과 관련된 모든 탐구의 기원은 주어진 대상의 인과 관계를 규명하고 인과론적 관점에서 대상에 일정한 질서를 부여하는 데 있다고 할 수 있다.

문학은 질문의 형식을 취하고 있다. 소설 텍스트의 주인공은 주어진 현상에 의문을 제기하고 답을 찾아 길을 떠나는 인물이다. 답은 직접적이고 명시적인 형태로 주어지지 않지만 그 대신 삶의 현상 속에 드러나는 비밀스러운 단서를 해석하는 과정 속에서 잠재적인 것, 잠정적인 것으로 제시된다. 또한 소설 텍스트는 특정 사건이 왜 일어났는가, 그 다음에는 어떻게 되었을까를 문제 삼는 인과성을 중심으로 진행된다. 인과성이나 시간적 순서는 서사를 추동하는 힘으로서 독자는 특정 사건의 전개 과정을 통해 앞으로 일어날 일을 예측하면서 동시에 앞에서 일어난 사건이 어떻게 전개되고 있는가의 상황을 파악하게 된다. 서사에서 추론 능력은 사건의 전개 방식과 인간 행동에 대한 이해 능력과 연관된다.[19]

시텍스트 역시 언어의 함축적 사용으로 인해 발생하는 틈이나 불확정성을 독자가 능동적으로 개입하여 의미를 부여하고 재구성하는 해석의 과정이 요구된다. 비유, 상징, 이미지 등은 시적 언어 사

---

18) 김광수, 앞의 책, pp.240~243
19) 최인자는 서사텍스트의 플롯을 추론할 수 있는 추론 유형으로 논리적 추론, 정보적 추론, 가치 추론을 제시하고 있다.
최인자, 「허구적 서사물의 플롯 이해에 기반한 서사 추론 교육」, 『국어교육』, 한국어교육학회, 2007

용의 특수성을 보여주는 사례로서, 시적 언어가 구축해내는 의미는 추론의 대상이 된다. 틈이나 불확정성의 부분은 문학 텍스트가 다양한 의미로 해석될 수 있다는 맥락에서 개방적 차원의 문학 텍스트 해석을 유도하는 부분이기도 하다. 독자의 능동적인 참여, 자신의 기억을 거기 투여하고 작가와 입장을 바꾸어 개입해 보고, 그리고 작가가 얽어놓은 의미의 그물망에 자신의 기억과 기대를 함께 걸어봄으로써 텍스트를 적극적으로 수용하는 것이 문학 텍스트의 속성이다.[20]

문학에서의 추론은 논증에서의 추론과는 다른 맥락에서 논의될 수 있다. 논증의 추론 과정은 형식 논리에서 출발한다. 형식 논리적 타당성을 갖춘다면 추론으로서 문제가 없는 것으로 보아야 한다. 그러나 특정 상황으로부터 인간의 행동이나 사유 방식을 읽어내는 것은 형식 논리를 가지고 해결할 수 없는 부분이다. 삶이란 형식 논리처럼 명쾌하게 해결될 수 없는 부분이 존재하는데 이러한 부분을 연결할 수 있는 추론의 방식이 문학적 추론인 것이다. 문학적 추론에서는 인간의 행동과 마음 상태를 추론하는 능력, 곧 인지적 측면과 정서적 측면을 아우르는 추론의 방향이 중심을 이룬다.

IV. 성찰 매개체로서의 문학 독서 방향

지금까지 문학 독서는 문학장르의 특성에 맞는 읽기, 문학적 속성을 고려한 감상문 쓰기 등으로 문학 텍스트의 문학성을 전제 조

---

20) 우한용, 「문학 독서 교육의 이론과 실천을 위한 기반 검토」, 『문학 독서교육, 어떻게 할 것인가』, 푸른사상, 2005, p.25

건으로 삼는 방법을 모색해 왔다. 문학성에 충실한 읽기와 쓰기의 결합은 그 자체로 의미가 없는 것은 아니다. 그러나 이것이 문학 독서가 갖고 있는 가치를 제한하고 문학을 특수한 계층이 향유하는 것으로 만들어온 것은 아닌가 반성하고 문학 독서의 시선을 확장할 필요가 있다. 이러한 시선 확장은 문학을 감싸고 있던 문학성의 외피를 벗기고 문학을 구체적인 삶의 자료, 삶을 성찰할 수 있는 매개체로 바라볼 때 가능하다고 본다.

철학이나 사회, 역사에서 언급하는 삶의 모습이 규범적이고 추상적이라면 문학 텍스트는 구체적인 삶의 모습을 제공하여 행동, 사유, 상황의 계기를 이해 가능한 것으로 전환시킬 수 있다. 황경식은 고등학교 철학 및 윤리교육의 실패는 그 추상성 및 난해성에 원인이 있다고 보고, 피교육자가 일상에서 느끼는 구체적인 문제나 상황으로부터 시작함으로써 피교육자의 학습의지를 동기화하고 흥미를 유발해야 한다고 본다. 그리고 문제, 상황, 예화들은 반드시 사실적일 필요는 없으며 단지 그것이 일정한 문제상황이나 딜레마를 함축하고 있다면, 문학작품이나 가상적 이야기에서도 가능하다는 입장을 취하고 있다.[21]

문학 텍스트는 인간이 살아가면서 부딪치는 다양한 문제를 중심으로 그것의 의미를 탐구하고 해결 방법을 모색하는 과정을 보여준다. 이러한 과정에서 자연스럽게 드러나는 것이 존재, 인식, 윤리적인 문제에서 비롯되는 가치관의 갈등이다. 그렇게 본다면 문학 독서와 이러한 철학적 문제의식을 접목시켜 문학 텍스트를 철학적 사유를 생성해 가는 토대로 삼는 방법이 가능하다. 곧 대상이란 무엇

---

21) 황경식, 「교육개혁은 철학적 윤리교육으로부터」, 『철학연구』 50집, 2000, p.69

인가를 아는 것, 어떻게 그것을 알게 되는가를 아는 것, 나와 대상과의 관계는 무엇이고, 대상과의 관계를 어떻게 정립해야 하는가를 아는 것이 그것이다. 이러한 방식으로 대상에 접근하는 사고를 성찰적 사고라고 부르며, 구체적으로는 존재론적 접근, 인식론적 접근, 윤리론적 접근을 통해 성찰적 사고가 가능하다.

들뢰즈는 프루스트의 소설 「잃어버린 시간을 찾아서」에서 인간의 사유란 어떻게 시작되는가의 설명할 수 있는 사례를 찾는다.

> 진리는 어떤 사물과의 마주침에 의존하는데 이 마주침은 우리에게 사유하도록 강요하고 참된 것을 찾도록 강요한다. 마주침의 속성인 우연과 강요의 속성인 압력은 프루스트의 두 가지 근본적인 테마이다. 대상을 우연히 마주친 대상이게끔 하는 것, 우리에게 폭력을 행사하는 것─이것이 바로 기호이다. 사유된 것의 필연성을 보장하는 것은 마주침의 우연성이다.22)

들뢰즈는 인간이 어떻게 사유하기 시작하는가의 문제를 사물과의 마주침을 통해 설명하고 있다. 예를 들어 주인공은 애인인 알베르틴이 「~을 깨뜨리게 하다 se faire casser le~」라는 표현을 사용하는 것을 듣게 된다. 이 말은 주인공의 사유를 자극하는 하나의 기호가 된다. 이 기호가 환기하는 의미 때문에 주인공은 사랑하는 애인에 대한 질투심을 갖게 되고 이것이 기호를 해석해야 한다는 의지가 되어 기억력을 동원하여 해석의 활동, 즉 사유를 시작하게 된다는 것이다. 주인공은 알베르틴과 연관된 과거의 기억을 더듬어 그 기호가 의미하는 바, 알베르틴이 동성애자라는 사실을 해석하는

---

22) J. 들뢰즈(서동욱, 이충민역), 『프루스트와 기호들』, 민음사, 1997, p.41

데 필요한 자료를 모은다.[23] 데카르트는 회의로부터 실제 사유하는 자신의 존재를 입증할 수 있다고 보았으나 들뢰즈는 프루스트의 소설을 통해 의심으로부터 인간의 사유가 출발함을 증명해 보인다.

문학 텍스트를 대상으로 그러한 것들을 분석할 수 있었던 데에는 문학 텍스트에 사유하는 인간의 모습이 담겨 있기 때문이다. 특정 상황에서 인간은 어떻게 생각하고 행동하는가의 문제를 공적으로 파악할 수 있는 방법은 없다. 소설은 인간의 마음을 들여다 보여줌으로써 인간의 행동과 사유의 차이, 사유의 스펙트럼을 파악할 수 있는 계기를 마련해 준다.

먼저 문학 텍스트에는 인간의 존재론적 성찰이 담겨 있다. 존재론적 접근[24]은 인간이 살아가면서 부딪치는 근원적인 문제들을 가지고 그것의 의미 자체를 성찰하는 차원에서 이루어진다. 문학은 본질적인 차원의 문제, 그것은 무엇인가, 왜 그것은 존재하는가의 문제를 제기한다. 이를 통해 인간이 살아가면서 직면하는 문제들, 삶, 죽음, 고통, 불안, 시간 등은 물론 사회적 삶을 유지하는 데 필요한 문제에 대해서 생각해 볼 수 있다. 이와 함께 문학 텍스트는 구체적인 정황 속에서 인물이 부딪치는 고민과 갈등을 그려냄으로

---

23) J. 들뢰즈(서동욱, 이충민역), 위의 책, pp.175~224
24) •불안의 생산성, 항존성이 어떻게 사회문화의 역동성으로 작용하는가(조지 허버트, 「도로래」) •'세월의 흘러감'에 대한 생각을 욕망과 연관지어 분석하고 자기의 의견을 논술(W.B. 예이츠 「나이들면 철이 드는 법」) •웃음의 유발과 관련하여 각각의 경우 웃게 되는 이유와 그 의미를 분석하고 적절한 예를 통해 웃음의 사회적 기능을 논술(아리스토파네스 「구름」, 라블레 「팡타그뤼엘의 아버지인 위대한 가르강튀아의 소름끼치는 이야기」) •웃음에 관한 두 가지 견해의 특징적 논거를 제시하고 이를 바탕으로 마의 필자의 입장을 변론하라(움베르토 에코, 「장미의 이름」) •질서란 무엇인가에 관한 서술(이청준, 「당신들의 천국」) •시에 나타난 삶과 죽음 그리고 죽음 이후 세계에 대한 작가의 생각을 기술(성삼문(成三問)이 죽기 전에 쓴 절명시(絶命詩))

써 이러한 문제들에 대해 숙고하는 계기를 만들어준다.

인식론적 문제[25]란 근본적으로 존재론적 문제와 결부되어 있다. 대상이 무엇인가라는 질문에 대해 먼저 대답하지 않는다면, 인식과 정에서 주관과 객관의 관계와 관련된 물음에 대답할 수 없으며, 인식과정의 성격을 규정할 수 없다.[26] 현실에 대한 인식은 세계의 무한성으로 인해, 또 세계의 끊임없는 변화로 인해 확정되기 어려운 부분을 포함하고 있다. 인식하는 주체가 대상을 객관적으로 어떻게 하면 객관적으로 인식할 수 있는가, 인식은 주관적 의식의 한계, 주어진 것의 한계를 넘어설 수 있는가의 문제 등이 인식론적 측면에서 논의의 대상이 될 수 있다.

특히 문학 독서는 특정 시기에 역사적으로 형성된 사회문화적 규칙들이 어떻게 인식하는 주체에 작용하는가의 문제를 다룬다. 이는 인식의 주관성과 객관성을 넘어서서 이미 인식하는 주체에게 내면화된 외부적 요인들의 작용을 어떻게 수용할 것인가를 성찰하는 계기를 제공해 준다. 이와 함께 사회문화적 조건은 특정한 문화를 형성하여 삶의 여러 문제들에 대한 특정 방향으로 사유하도록 하는 토대를 형성하기도 한다. 그러한 토대는 개별적인 주체가 자각할 수 없는 정도도 내면화되어 있는 것이어서 이러한 인식론적 토대를 드러내고 분석하는 작업도 필요하다.

---

25) •타자의 마음에 대해 안다는 것이 어떻게 가능한가(김유정, 「동백꽃」) •김부식이 「삼국사기」를 다시 편찬한다고 생각하고 글 작성하기(「낙랑공주와 호동왕자」) •주체/대상의 관계를 서술하고 하나의 입장을 택하여 나머지를 비판(시, 속요) •한국 장례 풍경에서 한국 전통문화의 특성과 삶과 죽음에 대한 한국인의 인식적 특성을 고려할 것(이청준, 「축제」)

26) A. 사프, 『인식론 입문』, 연구사, 1990, p.31

윤리적 문제[27]는 문학 텍스트의 가치론적 성향과 함께 지속적으로 논의되어 온 문제이다. 현대사회와 같이 다양하고 중층적으로 가치가 맞물려 있는 사회에서는 가치들이 갈등하고 모순적으로 존재하는 상황에서 적절한 대안을 찾는 과정이 요구된다. 가치란 바람직한 어떤 것으로 미래의 방향을 결정하고, 과거 행동을 정당화하는 깊이 내면화된 기준[28]이라고 할 때, 문학 독서는 문학 텍스트가 추구하는 가치와 독자가 가진 가치를 대면하게 하여 상호 교섭이 가능하게 만들어준다.

V. 결론

전통적으로 문학 독서는 삶에 대한 이해의 폭을 넓히고 사고력을 신장시키는 데 효율적으로 작용한다는 점을 강조해 왔다. 그리고 이러한 효용성은 즉각적이고 표면적인 결과로 드러나는 것이 아니고 잠재적인 내면화의 과정 속에서 지속적으로 변화를 야기할 수 있다고 전제되었다. 세부적으로 문학 독서의 효용성을 따지지 않더라도 문학 독서가 가진 이러한 잠재적인 영향력은 한 번도 의심된 적이 없는 듯하다. 그렇기 때문에 문학 독서는 자신의 존재를 입증할 필요 없이 그 가치를 유지할 수 있었다고 생각한다.

이 논문은 논술과 문학 독서를 연관시키는 과정에서 문학 독서

---

27) • 개인과 사회의 문제 분석 해결의 근거 찾기-모순 딜레마 (「장발장」) • 원장이 깨달은 바의 핵심 내용을 추론하라(이청준 「말없음표의 속말들」) • 소비의 왜곡 현상이 나타난다는 것에 비추어 시 해설(「빵집이 다섯 개 있는 동네」) • 현대 사회의 범과 시민적 삶에 대한 자신의 견해(「안티고네」에 등장하는 세 인물의 입장을 통해)

28) 서울대학교교육연구소편, 『교육학대백과사전』, 도서출판 하우, 1998, p.2336

가 구체적으로 어떤 역할을 할 수 있는지를 밝히는 데 초점을 맞추었다. 그 과정은 문학 독서가 다른 분야의 독서와는 다른 지점에 서 있다면 무엇이 그러한 차이를 만들어내는가를 고찰하는 작업이라고 할 수 있다. 결론적으로 문학 독서는 가능 세계를 확장하여 체험이라는 기제를 통해 사유의 형식과 내용이 분리되지 않는 구조를 보여줄 뿐만 아니라 총체적 삶의 모습을 구현하고, 추론적 사유의 계기를 마련해 준다고 보았다. 이러한 문학 독서가 논술과 결합하여 감상 차원의 글쓰기에서 삶을 성찰하고 문제를 해결해 나가는 글쓰기로의 전환을 가져올 수 있다.

　문학 독서를 통해 성찰하고자 하는 문제들, 예를 들어 불안이란 무엇인가를 사유하고자 할 때, 문학은 불안이 무엇인가를 설명하는 것이 아니고 불안을 체험할 수 있게 해 준다. 불안은 체험의 일부로 내면화되면서 그 의미를 구성하게 된다는 점에서 지식으로서의 앎과는 다르다. 이를 통해 불안이라는 정서적 세계에 대한 이해를 확장할 수 있으며, 이는 불안한 익명의 타자에 대한 이해로 나아가게 된다. 문학 텍스트를 이해하고, 그것을 현실로 확장하는 데 관여하는 것이 추론적 사유라고 할 수 있다. 이를 논술이라는 글쓰기로 표현할 때, 문학 독서는 현실적인 삶에 대해 적극적으로 개입하여 현실을 변화시킬 수 있는 실천적 영역을 확보할 수 있으리라 생각한다.

인지적 과업으로서 문학의 논리와 논술의 논리

박윤우 (서경대학교 국어국문학과 교수, 문학평론가.)

인지적 과업으로서 문학의 논리와 논술의 논리

I. 인지시학과 문학, 문학교육

통시적 맥락에서건 공시적 측면에서건 문학을 바라보는 관점은 문학의 정의만큼이나 다양하게 존재해 온 것이 사실이다. 작가, 작품, 세계, 독자와 같이 문학의 존재조건을 이루는 요인들을 중심으로 표현론, 구조론, 반영론, 효용론의 측면에서 각기 바라보기도 하고, 이를 문학의 소통구조 혹은 방식이라는 동태적 측면에서 생산론과 수용론이라는 변화된 관점을 부가하기도 한다. 다른 한편으로 작품을 어떻게 해명할 것인지를 놓고 논자들은 수많은 비평방법론들을 제시해 온 바, 그것들이 해명의 근거로 동원하는 이론적 틀과 준거들은 제각기 다르지만, 모두 자신의 고유한 객관적 해명의 논리를 가지고 해석의 배타적 영역을 고수하고 있다. 이와는 별도로 문학의 본질과 특성을 어떻게 설명할 것인가의 문제에 초점을 둔다

면 문학사적 사실을 적시하거나 분류하고 비교하는 실체 중심 문학
관, 요소나 맥락을 중심으로 한 분석에 치중하는 속성 중심 문학관,
창조적 언어 행위로서의 활동 중심 문학관의 관점들로 대별할 수도
있다. 특히 바로 앞의 관점들은 단지 '문학이란 무엇인가'라는 질문
보다 '그것을 어떻게 가르치고 받아들일 것인가'라는 문학교육의
문제의식에서 접근하고자 할 때 유용한 관점이 되고 있다.[1)

그런 의미에서 교육적 견지에서 문학을 이해한다는 말 속에는
의사소통이라는 인간 행위의 한 언어형태이자 인간 교육과 관련된
포괄적 지식의 전달이라는 두 측면을 바탕으로 존재하는 문학의 위
상에 대한 인식이 스며있다고 볼 수 있다.[2) 이런 측면에서 보면 언
어예술로서 문학은 소통을 전제하는 인지행위의 하나로서 작가와
독자 사이에서 이루어지는 담화의 형식을 그 본질로 한다.[3) 일상생
활에서 이루어지는 담화를 통해 우리들은 다양하게 인식된 대상과
관련 정보에서 특정한 내용을 주의하고 기억하며, 이를 언어 표현
으로 드러낸다. 이 과정에서 자신이 생각하고 느끼는 문제들을 해
결하고 판단하며, 추리하고 반응하는 작용이 뒤따르게 된다. 요컨대
문학에서 나타나는 인간 행위의 모든 과정은 지각이나 주의, 기억
이나 판단, 결정은 언어의 이해와 산출로 드러나며, 이는 전체적으

---

1) 문학교육의 측면에서 이들 세 관점은 다양한 문학비평 방법론처럼 배타적이지 않
   고 문학적 지식의 습득, 혹은 문학 능력의 향상을 통한 인간다움의 성취라는 문
   학교육의 목적 내지 본질에 충실하도록 포괄적 시각에서 상호 보완적으로 접근할
   수 있다는 점에서 보다 현실적이다. (김대행 외, 『문학교육원론』, 서울대출판부,
   2000, pp.20~22 참조.)
2) A.J.Gremas, '전달과 소통', S.Dubrovsky 외, 윤희원 역, 『문학의 교육』(도서출판 하우,
   2000), pp.19~24 참조.
3) 송문석, 『인지시학』(푸른사상, 2003), p.13.

로 보면 사고의 과정이자 동시에 정서의 과정인 것이다.

이렇게 볼 때 모든 예술의 생산과 수용에는 인지과정이 전제되어 있다. 예술이나 문학을 생산하는 입장에서 보면 텍스트는 외적 자극이나 내적 자극에 대한 작가의 반응이 기호화된 결과이고, 수용의 입장에서 보면 기호로 되어 있는 텍스트를 자극으로 하여 인지과정을 거쳐 수용하고 반응함으로써 일정한 의미를 생산해내게 되는 것이기 때문이다.

이처럼 인지적 관점에서 문학을 바라보는 입장은 기존의 여러 관점들이 필연적으로 드러내는 한계, 즉 텍스트가 지니는 의미 자체에 대한 본질적 해명을 결여하거나, 문학을 불완전한 담화로 만듦으로써 작가와 독자를 텍스트로부터 고립시키는 문제들을 해소시키는 데 기여한다. 말하자면, 인지적 관점의 문학관은 「세계/작가/텍스트/독자/작품」의 관계를 총체적 체계이자, 구조적이고 유기적인 과정으로 바라봄으로써 문학 자체가 아니라 문학을 통한 이해를 지향한다.

그러므로 궁극적으로 문학의 이해는 곧 수용자가 문학적 반응에 대한 자기이해를 수행하는 것과 같은 의미를 지닌다. 여기에는 언어 능력의 증진, 개인의 정신적 성장, 개인의 주체성 확립, 문화 계승과 창조, 전인적 인간성 함양과 같은 문학 수용의 교육적 가치가 뒷받침될 수 있는 것이다.[4]

최근 비평적 글쓰기의 문학교육적 의의에 대한 고찰이 본격화되고 있는 바, 비평적 에세이 쓰기에서 출발하여 해석 텍스트 쓰기에 이르는 이와 같은 논의들[5]은 모두 문학 작품의 이해와 감상을 보다

---

4) 김대행 외, 앞의 책, pp.38~67 참조.

적극적인 의미에서 해석과 비판의 맥락으로 치환하여 문학 활동의 국면에 적용해봄으로써 글쓰기 교육의 현실적 유용성 탐색에 중요한 역할을 하고 있다. 이렇게 볼 때 최근 대학입시에서 나타나고 있는 이른바 '통합논술'에 대한 새로운 인식을 통해 문학교육과 논술 교육을 접목시킬 수 있는 인식의 토대를 마련하는 일이 절실히 요청된다.

II. 문학적 경험과 통찰력으로서 문학적 감수성의 표현

문학에 대한 이해는 수용자로서 독자의 독서과정을 전제로 한다. 이를 넓은 의미에서 '문학적 경험'이라 할 때, 우리는 흔히 텍스트 표면의 의미에 대한 과도한 의식이나, 혹은 텍스트가 내포하고 있는 의미를 추출해내야만 한다는 강박관념에서 자유롭지 못하게 됨을 본다. 또는 문학이 다루는 인간의 삶과 욕구를 삶 자체에 대한 실제적 접근과 일치시키려는 데 관심을 집중하거나, 반대로 작품의 형식적, 기교적 요소만을 중시하면서 작품이 표방하는 삶과의 거리감을 당연시하는 모습도 나타난다.

그러나 작품과 독자 사이의 의사소통이라는 관점에 선다면 수용자의 경험에서 나타나는 심미적이고 사회적인 요소를 무엇보다 우선 고려해야 할 필요가 있다. 문학 독서의 과정에서 독자는 자신의

---

5) 김동환, 「비평적 에세이 쓰기」, 『문학과 교육』 7호, 2000.
　　김성진, 「비평 활동 교육의 내용 연구」, 서울대 박사논문, 2004.
　　김정우, 「시 해석 교육 내용 연구」, 서울대 박사논문, 2004.
　　남민우, 「텍스트 가치평가 활동을 위한 시교육 연구」, 서울대 박사논문, 2006.
　　양정실, 「해석 텍스트 쓰기의 서사교육 방법 연구」, 서울대 박사논문, 2007.

언어 경험과 삶의 체험에 의거하여 그것들을 특정한 단어, 개념, 감각적 경험, 사물, 인물, 행동, 장면의 이미지들과 연결시키게 된다. 그러므로 문학 독자는 반드시 '경험'을 해야 하며, 독서 중에 창조된 것을 '삶으로 체험해내야' 한다.6)

이러한 독자의 개입은 문학읽기를 사회학 논문이나 의학 보고서를 읽는 일과는 일정하게 다른 일로 만들어준다. 즉 문학 독자는 인간적인 감성적 분위기와 암시적 의미를 포괄할 수 있도록 관심의 영역을 넓혀야 하며, 텍스트와 상호소통하는 동안에 창출된 분위기, 장면이나 상황들을 대신 체험하는 데 초점을 맞추어야 한다.7) 그 결과 문학은 독자로 하여금 오히려 감성적 반응에 대해서 이성적으로 성찰할 수 있는 능력을 확장시키도록 유도한다. 말하자면 문학 독서는 심미적 감수성과 사회적 민감성 모두를 길러줄 수 있으며, 비평적이고 자기비판적인 판단력의 발달을 촉진하는 것이다.

그런 의미에서 문학은 '경험하는' 독자로 하여금 일상적 삶의 제약으로부터의 탈출이라는 가치를 부여할 수 있다. 즉 다양한 감정을 경험하고 복잡다단한 인간 문제를 이해하는 과정에서 우리는 인간 본성에 대한 이해와 경험의 확장을 시도할 수 있는 것이다. 이러한 타자에 대한 이해와 공감, 동일시와 몰입의 방식을 통해 우리는 우리 자신의 문제를 객관적으로 제시하게 되는 바, 이처럼 문학은 우리의 문제를 우리 외부에 두면서 우리로 하여금 거리를 두고 바라보도록 함으로써 자신의 상황과 동기를 더욱 객관적으로 이해

---

6) L.M.Rosenblatt, 김혜리외 역, 『탐구로서의 문학』(한국문화사, 2006), p.33.
7) 이를 비감정적이고 일반적으로 타당한 양상에 주의를 집중하는 원심적 독서 (efferent reading)에 반하는 심미적 독서(aesthetic reading)라 부른다. (위의 책)

할 수 있게 하는 것이다.

그러므로 문학을 가르치는 교사는, 그것이 토론의 형식을 취하든, 독서감상문으로 제출되는 쓰기 활동이 되든, 반드시 그 텍스트들을 다루는 과정에서 인간과 사회에 대해 암시하고 있는 내용들을 언급하게 마련이다. 그렇기 때문에 텍스트를 통한 문학적 경험의 내용에 관한 한 문학 교사는 암암리에 사회과학 전문가가 되어야만 할 것 같은 또 다른 강박관념에 시달릴 수 있다. 물론 사회과학자들 역시 인간의 성격과 인간 사회의 다양한 문화적 현상과 양상들을 과학적인 태도로 유형화하고 해명하는 데 집중한다. 그러나 그들은 어디까지나 현상을 바라보는 제3자로서의 역할에 충실할 뿐이다.

문학을 읽고 인간의 삶의 문제에 대해 해명하는 일에서도 역시 적어도 심리학이나 사회학, 역사학, 문화학 등의 기본 개념들에 대한 지식이 인간의 개성과 행위, 삶의 총체성을 드러내 보이는 인식의 통합체로서 문학적 주제에 대한 이해와 논의에 일정하게 관련을 맺게 됨은 물론이다. 그러나 이 경우도 다른 시대나 다른 사회의 경험이 궁극적으로는 우리 자신의 세계에 대한 이해와 해명의 척도로 귀결되어야 한다는 점에서 문학적 감수성의 고유한 영역이 자리잡게 된다. 그 과정에서 개인의 지적인 이해방식과 감성적인 태도 사이의 간격이 좁혀질 수 있으며, 그런 의미에서 문학 독서는 과학적 지식과 비판적 견해가 행동을 지배하는 정서적 태도로 바뀔 수 있도록 도와준다.[8]

요컨대 문학작품을 읽고 반응하는 일은 지적이고도 감성적인 수용의 과정이며, 심미적이면서도 사회적인 요소를 내포한 반성적 사

---

8) 같은 책, p.173.

고의 수행이자 자기이해의 경로를 거쳐 삶의 문제에 대한 비판적인 통찰력을 형성하는 자기표출의 행위인 것이다.

인문학의 궁극적 목표가 인간의 문화적인 활동 속에서 자연적, 사회적 질서의 제약으로부터 자유로운 존재성을 구현하는 데 있다고 할 때, 고전적인 의미에서 인문학은 본래 그 전형적 활동인 글읽기를 통해 이 목적을 달성하고자 해 왔다. 그런 의미에서 고전적 인문학은 이해의 인문학이었다. 이것은 20세기 이전의 모든 인식 체계들이 절대적인 것에의 지향을 통해 정립되었고, 고전적인 의미에서 예술이 재현성으로 파악되었듯이 인간의 지식 역시 현상보다는 실재를 향해야 한다는 당위적 관념의 소산이라 할 수 있다. 이러한 전통적인 인문학의 관점을 '이해인문학'으로 규정할 때, 관념적이며 소극적인 이해인문학이 추구하는 인간의 자유 경험의 확장이라는 목표는 적극적인 자유의 추구를 목표로 하는 현대사회의 인문학적 지평에 비추어서 한계를 보일 수밖에 없다. 그런 의미에서 새로운 인문학은 표현을 기본 가치로 내세우며, 이러한 '표현인문학'의 관점이야말로 문학을 독서대상으로서만이 아니라 수용자 개개인이 인간다움에 대한 일정한 인식을 표현하는 적극적 활동의 일환으로 재개념화할 수 있는 전제가 된다.[9]

표현이 고유의 인격성을 나타내는 것이라면, 그것은 하나의 가치로 규정될 수 있다. 전통적으로 표현의 가치 기준은 본질적으로 엘리트주의적이고 위계적인 측면을 강조해 왔다. 예컨대 새로움과 독창성, 그리고 균형과 조화, 유기적 통일성, 수월성 등의 항목들이

---

9) '이해인문학'과 '표현인문학'의 관계에 대해서는 정대현 외, 『표현인문학』(생각의나무, 2000), pp.275~290 참조.

그 대표적인 것이다. 글쓰기의 일반적인 평가 기준으로 제시되는 내용의 풍부성과 정확성, 주제의 명료성과 타당성, 견해의 참신성과 창의성, 구성의 통일성과 논지 전개의 일관성10) 등은 모두 이러한 가치 기준의 반영이며, 이러한 기준은 그대로 현재의 논술 교육에 있어서도 여전히 절대적인 영향력을 미치고 있다.

그러나 위에서 제시한 바 표현인문학의 관점에서 그 기준은 인간성, 일상성, 진실성, 성실성, 수행성과 같은 가치 항목으로 탈바꿈된다.11) 이러한 중심의 이동은 인간성 가치의 중요성에 대한 인식이 없이 수월성만을 추구해온 기존의 논술 교육에 대한 반성의 의미를 담고 있다. 그런 의미에서 문학적 경험을 매개로 하여 주체의 문학적 감수성을 표현한다는 맥락에서 '문학 논술'의 효용성은 비평 교육의 범주를 넘어서는 문화적 의미를 갖는다.

Ⅲ. 논술의 논리와 문학 논술의 형태화

구성주의의 관점에서 독서가 인식주체로 하여금 새로운 지식을 구성하여 생성하는 방법을 터득할 것을 요구하듯이, 논술 교육과 문학 논술의 가능성에 대한 논의에 있어서 전통적 관점으로부터의 거리두기는 불가피하다. 즉, 글쓰기가 단순한 표현 능력의 문제이며, 이때 글쓰기 능력이 자신이 가지고 있는 생각이나 느낌을 글로 옮겨놓는 일이라고 규정할 때, 표현의 문제는 수사적 효과와 문장 훈련의 차원에서 머물 수밖에 없다. 그러나 글쓰기는 표현 행위이자

---

10) 박영목 외, 『국어과 교수학습론』(교학사, 2001), p.276.
11) 정대현 외, 앞의 책, pp.305~306 참조.

동시에 의미 구성 행위라는 점에서 글쓰기는 궁극적으로 의미의 생성을 목표로 한다. 따라서 논술 역시 문제를 해결해가는 사고의 과정을 드러내는 가운데 새로운 지식을 생성해내는 창의력을 기반으로 하지 않을 수 없다.

그런 의미에서 논술은 그만의 고유한 논리를 가지고 있다. 그 핵심적 개념은 감각적 자료와 실제 현상을 연결시키는 인식의 논리, 표층에서 출발하여 심층으로 향하는 분석의 논리, 관계 속에서 실제적인 예를 제시하는 구체의 논리, 입장과 관점을 구별하여 기술하는 관점의 논리, 시간에 따른 변화를 추적하는 양상의 논리, 인과적이고 함축적인 사고를 개진하는 유추의 논리, 문제에 대한 일정한 반응을 보여주는 태도와 비판의 논리, 이견의 절충과 논리적 반박의 논리 등으로 체계화할 수 있다.12)

따라서 글쓰기로서의 논술의 의미는 어떤 관점에서 바라볼 것인가의 문제가 중요하다. 이와 관련하여 임경순은 논술을 '어떤 문제에 대한 이념적 실천 행위로서의 설득적 글쓰기'로 정의하고, 문학 독서를 전제로 한 논술 형식으로서 문학 논술은 '일체의 문학 관련 문제들과 연관된 이념적 실천 행위로서의 설득적 글쓰기'로서 유형화한 바,13) 문학과 논술을 연관 짓는 대전제는 문학의 이해와 수용을 읽기와 쓰기의 통합이라는 교육적 목표에 뿌리를 두고 있다.

현재 나타나 있는 문학을 매개로 한 논술의 접근방식은 대체로 다음 네 가지 정도로 유형화할 수 있다. 첫째 유형은 일종의 문학

---

12) 하희정 외, 『독서논술의 핵심코드 101가지』(위즈북스, 2004), pp.50~66 참조.
13) 임경순, 「문학 교실에서의 논술 교육 방안」, 한국문학연구학회 72차 학술대회 발표논문집(2007.2.22.)

감상문 쓰기에 해당하는 방식으로, 작품을 읽고 느낀 점을 자유롭게 기술하며, 다른 독자와의 토론을 유도하는 식으로 제시할 수 있다. 예를 들어 아래와 같은 형태의 질문으로 구성된다.

> <작품 읽기> 다음 작품을 천천히 세 번 읽으십시오
> <소감 쓰기> 위의 시를 읽고 떠오른 생각을 가벼운 마음으로 적으십시오
> <토론> 자신의 생각과 다른 사람의 생각을 비교하면서, 토론 중에 알게 된 사실을 적으십시오
> <도움 자료> 다음 자료를 읽고 자신의 생각과 비교해 보십시오.[14]

이 유형은 문학 독자가 자신의 주관적 감상과 그 결과로서의 견해를 아무런 제약이나 구조적 조건 없이 자유롭게 써내려가도록 유도하고 있다는 점에서 일정한 사고능력의 확인보다는 그의 문학적 감수성을 구체화하고 내면화하는 데 목표를 두고 있는 경우에 해당한다. 다만 이때 '떠오른 생각'의 내용이 무엇인가에 따라 '감상문'으로서의 글쓰기는 매우 다양한 층위로 나타날 수 있다는 점이 문제이다. 그럼에도 불구하고 <토론>의 과정 및 <도움 자료>의 제시는 수용자 자신의 생각에 대한 반성과 자기이해의 형성을 기하게 하는 동시에, 비판적 사고의 형성을 위한 외적 준거로 작용할 수 있다. 그러나 이러한 감상적 글쓰기가 비평적 관점을 획득하기는 어려우며, 논술로서의 형태를 갖추기 위해서는 이들 일련의 과정에 대한 주체적 재해석과 구성의 작업이 수반되어야 할 필요가 있다.

---

14) 김승종 외, 『문학감상과 글쓰기』(역락, 2005), pp.26~34.

둘째 유형으로는 순수한 문학비평으로서의 글쓰기 방식을 들 수 있다. 이 형태에서는 텍스트로서 작품의 총체적인 의미를 어떻게 논리적으로 해명하는가에 관건이 놓인다. 그동안의 문학교육에서는 하나의 문학 장르로서의 비평을 전제로 하여 개별 문학작품의 가치를 따지는 특수성의 발현이라는 측면에 초점을 맞추어 교육내용을 설계해오기도 했지만, 본래적 의미에서 비평 교육은 글의 내용을 비판적으로 이해한다는 교육목표와 연관 짓는 것이 타당하다. 즉 '비판'의 의미를 "필자가 제시한 주제, 자료, 증거, 논증, 인물의 성격, 작품의 가치, 정확성, 효용성, 필자의 의도와 글의 표현방식 등을 일련의 준거에 의해 타당한 것으로 수용할 것인가, 아니면 불합리한 것으로 반박할 것인가에 대한 판단을 내리는 이해 과정"15)이라 설명하는 것에서 알 수 있듯이, 문학비평은 근본적으로 논리적 분석의 대상이 될 수 있는 항목에 초점을 맞추는 비판적 이해의 실천과정에 해당하는 것이다. 그러므로 글쓰기를 통해 문학 독자가 비판적으로 이해하고 발견한 작품의 의미를 공적 담론으로 제시하는 것이 비평의 본령이라 할 수 있다.

셋째 유형은 주제(화제) 도출을 통한 글쓰기 방식으로, 이 유형에서는 무엇보다 문학 독서의 초점을 핵심이 되는 주체의 발견과 탐구에 두고자 한다는 점을 주목할 필요가 있다. 이를 통해 현실의 사회 현상과의 관련을 유인하고 시사적 주제를 중심으로 생각을 개진하도록 함으로써 문학 텍스트를 철저히 문제해결의 도구로 사용하려는 입장을 보여준다. 예컨대 소설 「난장이가 쏘아올린 작은 공」을 읽어내는 근본적 관점을 '분배의 정의 실현'이라는 경제적 문제의

15) 박영목 외,『국어교육학 원론』(교학사, 2001), p.293.

식에 두는 방식이다. 제시되는 문제의식을 항목화하면 다음과 같다.

- 주제의 탐구 : '모두'가 잘 사는 사회는 불가능한 꿈인가?
- 들어가기 : '공익'이라는 말의 함정
- 생각해 보기 :
(1) 난쟁이 가족의 빈곤한 삶의 근본적인 원인은 무엇인가?
(2) 기업가의 이익과 노동자의 이익은 함께 성장할 수 없는 것인가?
(3) 성장이냐 분배냐?
(4) 함께 성장하고 함께 나누기 위하여
  - 더 생각해 보기 : "포항건설노조파업 큰 상처 남겨"(연합뉴스)
  - 지식 검색 : 마르크스 비판[16]

이러한 방식의 글쓰기는 첫째 유형이 결여하고 있는 주제 탐구의 세부과정이 구체화될 수 있다는 점에서 유용하다. 단, 문학적 경험으로부터 유로된 인지적·정의적 측면과 사회적 관념 사이의 매개를 어떻게 확인할 수 있는가의 측면이 모호할 수 있다. 즉, 수용자 자신이 가지고 있는 가치관 및 그에 따른 판단이 문학적 경험이 제기하는 의미를 무화시킬 수 있다는 것이다. 그러므로 이 경우 텍스트의 자료적 가치와 의미가 무엇인지에 대한 성찰과 그에 따른 방향 제시가 필요하다.

넷째 유형으로는 고전 읽기를 바탕으로 한 소위 지문제시형 입시 논술의 형태를 들 수 있다. 이 경우 '고전'의 범위는 매우 포괄적이다. 대체로 학문적 내용을 바탕으로 하고 있지만, 인간과 사회에 대한 사유의 과제와 필자의 가치관 및 세계관을 문제 삼음으로

---

16) 김미영 외,『문학 교과서 속에 숨어 있는 논술』(살림, 2005), pp.20~39 참조.

써 논의의 실마리가 제공된다는 점이 특징적이다.

> <과제> '에너지 변환'을 주제로 하는 다음 제시문을 보고, 일상생활
>   에서 에너지 변환의 예를 찾아 쓴 뒤, 미래사회에서 이와 관
>   련해 일어날 문제에 대한 해결방안을 서술하시오
> <제시문> 김수영의 '폭포', 서정주의 '추천사',
>   광합성(고교 생물 교과서), 미첼 윌슨의 '에너지의 신비'

이 예시문은 특히 과학적 글과 문학적 글을 동시에 제시하면서 과제에서는 사회적 인식의 내용을 요구하고 있는 바, 쓰는 입장에서는 제시문의 시에서 제재로 사용된 '폭포'나 '그네'와 같은 사물의 의미를 '에너지'의 맥락으로 이해하지 않을 수 없다. 다만 그 과정에서 심미적 독서와 그에 따른 문학적 의미와 상징성에 대한 창의적 상상력이 동원될 필요가 있으며, 그 내용을 현실적 논의로 환원시켜야 한다는 점에서 논술자의 통찰력을 요구하는 형태라 할 수 있다.

이상에서 살펴본 바, 문학을 매개로 한 논술 유형의 예들은 표면적으로 텍스트로서 문학을 대하는 관점과 입장에서 일정한 차이를 보이고 있기는 하지만, 근본적으로 '문학과 관련한 일체의 문제 상황에서 새로운 설득적 의미를 생산하기 위해 반성과 대화 전략을 통해 공동체의 이념을 담아 자신의 목소리를 표상할 줄 아는 능력을 갖도록 하는 데 있음'[17]을 인식하도록 하고, 그 결과로서 자기평가 내지 확인을 지향한다는 점에서 동질성을 지닌다. 그것은 논술의 본질이 문제의 객관적인 인식과 타당한 해결책의 제시에 있음

---

17) 임경순, 앞의 글.

을 확인해주는 것이다. 그리고 이때 '문제'란 곧 인간과 사회적 삶의 현실에 대한 자기전망 혹은 대안적 글쓰기를 가능하게 하는 의미의 이해와 판단이 된다.

결국 '문학에 관한' 논술이든, '문학의' 논술이든, 문학과 논술을 상호관련시킨다는 것은 근본적으로 비평적 안목에서 문학 텍스트와 그를 통해 논의를 요하는 담론을 생성, 해결해나가는 일과 통한다. 그런 의미에서 문학 논술의 가능성에 대한 진단은 비평 교육의 실체를 어떻게 확립하고, 그 지평을 어떻게 구성해나가는가의 문제와 직결된다고 할 수 있다. 예컨대 '비평적 에세이'[18]와 같은 글쓰기 방식은 독서 주체의 적극적 개입에 의해 과정으로서 활용되는 것이라는 점에서, 독서의 결과 이루어지는 감상문과 달리 문학 작품의 독서가 독자적인 사고의 매개로 작용함으로써 삶의 추체험을 통해 오히려 작품의 굴레 혹은 미로로부터의 해방을 맛보는 동시에, 스스로 문제를 해결할 수 있는 능력을 확충시킬 수 있는 문학 논술의 효과적인 방법이 될 수 있다.

그러나 보다 중요한 것은 어떠한 방식으로 문학 논술의 가능성을 구체화, 형태화하느냐의 문제보다 그러한 가능성을 뒷받침할 수 있는 문학 텍스트의 수용상황 및 과정에 대한 근원적인 검토의 문제이다. 다시 말하면 문학 논술은 새롭고 낯선, 혹은 참신한 논술의 대안이라기보다는 문학교육의 출발점으로서 비평 교육의 본질과 지향점에 대한 반성적 검토가 이루어짐으로써 그 실천적 내용과 과제

---

18) '비평적 에세이'란 문학 작품에 대해 독자 자신이 사고한 바를 깊이 있게 써나가는 글로서, 일정한 형식이나 절차보다는 자유로운 사고활동을 바탕으로 작품의 특정 측면에 대한 그 나름의 생각을 주체적으로 전개해나가는 글쓰기를 가리킨다. (김동환, 『문학연구와 문학교육』, 한성대출판부, 2004, pp.90~91 참조.)

가 구성될 수 있다는 것이다.

Ⅳ. 문학비평의 객관성과 문학 논술의 창조성

문학비평은 문학의 수용과정의 근간이자 과정이요, 그 결과에 대한 평가에 직결된다는 점에서 문학교육의 중요한 내용이자 방법적 근거가 된다. 그럼에도 불구하고 학교교육에서는 작품 해석의 절대성에 대한 믿음의 구속으로부터 자유롭지 못한 채, 의미의 재현 내지 재구성에 비평의 목적이 있는 양 오해 아닌 오해를 해온 것이 사실이다. 해석의 다양성이나 타당성의 준거를 풀어놓는다고 해서 문제가 해결되지는 않는다. 교육과정이 '본질'과 '원리'를 '태도'와 '실제'의 전거로 체계화해놓는 한 개념적 지식은 가르쳐져야 하며, 그것을 논리적 방패로 삼아 이루어지는 기계적인 원리의 적용이 남기는 것은 수많은 '해석적 어구'들의 난무일 뿐이다. 이러한 문제들은 비평이 무엇보다 수행의 과정이라는 점을 인식하고 접근할 때 비로소 해결의 실마리를 찾을 수 있다. 기존의 비평교육의 틀이 되어온 '이해와 감상'의 개념은 문학적 지식의 추수적 수용과 자의적인 해석을 각기 분해된 객관성과 주관성의 이름으로 용인해 왔다. 그런 의미에서 현재 일반적인 문학교육과정에서 금과옥조처럼 여겨져 왔던 '이해와 감상'의 명제는 '해석과 비판'19)의 명제로 대체되

---

19) 김성진은 '비평'과 '비판'을 구분하면서 '비판'의 개념이 폭로와 거부의 의미를 지니며, 문학교육적 맥락에서도 텍스트가 수용주체에 미치는 영향의 문제를 설명해내지 못한다는 이유로 배제한다.(김성진, 『문학교육론의 쟁점과 전망』, 삼지원, 2004, p.30) 그러나 본래 서구 문예학이나 프랑크푸르트학파의 미학에서 '비판'은 끊임없는 부정과 반성적 성찰에 의한 변증법적 지양과 자기성찰을 통한 이성적 세계상의 지향의 개념을 내포한다(김왕석, 『변증법적 비판이론과 사회인식』, 성원,

어야 한다.

문학에 관한 모든 논의는 가치와 관련되어 있다는 점에서 문학 비평은 물론 가치평가로부터 자유롭지 못하다. 가치판단은 가치체험에 근거를 두고 있고, 문학은 이러한 가치체험을 야기시키는 가치담지자이며, 더구나 '가치 있는' 문학이라면 시대초월적인 가치를 담고 있는 시대구속적 담지자가 될 수밖에 없다는 미학주의적 관념은 실제비평에서 수많은 가치은어[20]들을 생산시켜 왔다. 그 결과 오히려 텍스트에 대한 객관적 해석을 위해 비판은 비과학적인 것으로서 거부되거나, 자신의 해석을 정당화될 수 없는 것으로 규정하면서도 비합리적으로 옹호하는, 말하자면 역사적 비판과 심미적 비판의 잘못된 대립의 오류에 빠지게 되는 것이다.

이런 맥락에서 볼 때 감정이입에 의한 절대적 규범미학에의 맹신이나, 몰가치적 구조분석을 통한 가치중립의 선언과 같은 비평적 태도는 모두 올바른 의미의 가치평가를 방해할 따름이다. 전자는 예술 체험의 옹호를 통해 작품의 객관성을 주관주의적으로 해체시켜버리기 때문이며, 후자는 객관적 기술 태도에 대한 정당화 속에서 의미를 사상시켜버리기 때문이다. 결국 문학비평이 객관성을 획득하기 위해서는 '분석'과 '해석', '비판'의 상호관련에 대한 새로운

1986, pp.18~43 참조)는 점에서 수행의 결과로서의 비평과 수행 자체 및 그 과정으로서의 비판은 병행되는 개념으로 볼 필요가 있다.

20) '가치은어(價値隱語)'란 사물의 가치를 나타내고자 하는 다양한 특수언어적 표현으로서 일상적으로도 사용될 수 있다. 이와 유사한 표현방식으로 널리 통용되고 있는 것으로 '교양은어'라는 개념을 들 수 있다. 교양은어는 소시민층이 계급탈락의 상처를 보상받거나 계층상승을 과시하기 위해, 또는 허위의식에 도피하고 만족하기 위해 사용하는 독특한 상투어이다. (정지창, 「호르바트의 민중극 연구」, 서울대 박사논문, 1990)

관점이 필요하다. 이에 대해 맥클렌부르크는 문학비평의 실제 기술 과정에서 기능적으로 작용하는 기술, 해석, 가치평가의 세 요소가 통합적으로 상호작용하는 양상을 제시함으로써 '비판적 해석'에 의한 문학적 가치평가의 객관적 가능성을 탐색한 바, 이를 통해 '주관적 비판'의 역사적 유의미성과 '객관적 해석'의 무시간적 유효성을 대립·분리시키는 기존의 비평적 관점의 한계를 극복하고 있어 주목된다.

맥클렌부르크에 의하면 예술작품의 '해석학적 이해'와 '분석적 설명'은 분리될 수 없다. 미적 경험은 단순히 존재만 하는 것으로서의 텍스트를 넘어서는 일종의 반성적 계기를 언제나 내포하며, 동시에 해석의 객관성이 작가의 의도를 담보하지 않듯 비판의 자유가 자기자신에 대해 말하는 것이 아니라는 점에서 둘 사이는 긴밀하게 관련되어 있다는 것이다. 이런 까닭에 일종의 반응으로서의 글읽기인 비판적 해석은 텍스트에 대해 정신적 반작용을 가하는 것, 즉 언제나 무언가를 '덧붙이는' 것임을 강조한다. 그러므로 비판적 진술이 기술적, 해석적 문장들과 관련을 맺을 때 비로소 그 진술의 타당성을 보장받는 것처럼, 비판의 요소가 결여된 분석이나 해석은 단순한 기술주의나 추수행으로서의 공감으로 전락하고 만다는 것이다.[21]

---

21) 노버트 매클렌부르크(허창운 옮김), 『변증법적 문예학과 문학비평』(동서문학사, 1991), p.75.

<표1> 실제비평의 기술과정에서 '분석', '해석', '비판'의 관련양상

    <표1>에서 보듯, 텍스트를 비평하는 과정은 위의 세 요소들이 서로 매개된 것으로서 '비판적 반성'에 의해 하나의 틀, 즉 주도적인 비판적 관점을 제시하고(1), 그 관점에서 해석의 문제가 제기되며(2), 이것들이 각각의 분석을 결정하고(3), 그 분석 결과들이(4) 해석적 종합으로(5), 그리고 궁극적인 비판적 판단으로 귀결된다(6).

    그러므로 비판적 해석은 그 대상에서 서술방식을 획득하지만, 그 대상의 예술수법을 그대로 복제하지는 않는다. 흔히 비평을 또 다른 예술형식, 혹은 제2의 창작이라고 말하는 것은 신비평가들에 의해 '모방적 오류(imitative fallacy)'라 폄하되는 것처럼 단순히 대상 텍스트에 대한 새로운 창작만을 의미하는 것이 아니다. 그것은 모든 정신과학에 내재하는 문학적 계기인 해석의 능숙함을 본질로 하는 문학비평의 특수한 학문적 성격에 기인하는 것으로 보아야 한다.[22]

    우리는 흔히 과학적이고 합리적인 논증을 담보하는 것으로써 소위 '삼단논법'이라 일컫는 유추의 논리를 내세우며, 이를 논술적 서술의 전범으로 간주한다. 그러나 이러한 논리지상주의적 방식은 올

---

22) 위의 책, p.188.

바른 대전제, 즉 비평을 납득할 수 있게 하는 기준이 어떻게 발견될 수 있는가의 문제에 대해서는 침묵할 수밖에 없다. 요컨대 비평의 설득력은 논리적인 증명보다는, 기술적이고 해석적이며 가치평가적인 문장의 적절한 서술에 의해 보장되는 것이다. 그러나 이 말은 비평이 창조적이라는 이름 아래 비논리를 합리화할 수 있다는 의미는 결코 아니다. 비평의 객관성은 일종의 변증법적인 것이어서, 보편적인 범주들 속에서 거기에 함몰되지 않는 개별적인 의미를 파악하고 판단하는 일의 성공 여부에 달려 있다. 말하자면 비평에서 구체화되는 경험적인 진술들은, 그것 자체가 단순히 부정되는 것이 아니라, 반성적으로 지양된다고 할 수 있으며, 이는 곧 비평적 진술이 비평적 주체가 수행하는 판단의 근거를 제공하는 물음들을 내포하는 과정임을 뜻한다.

그렇다면 비평의 적절한 서술 형식은 무엇이며, 그것이 문학 논술의 가능성을 위해 어떻게 기여할 수 있는가? 이에 대한 논의는 무엇보다 비평, 혹은 비판적 해석이 지닌 두 가지 본질적 측면을 통해 접근할 필요가 있다. 그 하나는 문학비평은 결코 체계적인 완결성을 본질로 하는 과학적 논문과는 다르다는 점에 대한 인식이며, 다른 하나는 문학비평의 실천적 형태로서 에세이(essay)가 지닌 일종의 '자유에의 실험'이라는 형식적 본질의 측면이 보여주는 가능성의 측면이다.

우선 문학비평에 동원되는 텍스트에 대한 비판적 해석은 개방된 서술 방식을 지향해야 할 필요가 있다. 작가의 의도나 작품의 의도는 획일적으로 규명되기 어려우며, 따라서 고정될 수 없다는 해석학적 조건이야말로 비판적 해석의 출발점이며, 이런 의미에서 비평은 절대적인 판단내리기가 아니라, 오히려 해석학적 상황, 비평가와 독자 간의 대화적 성격 및 의사소통적 결속을 의식하는 가운데 궁극적인 입장 표명을 포기하는 것과도 같다. 즉, 중요한 것은 비평적 주체의 판단 자체가 아니라, 오히려 그러한 판단의 형성에 기여할 수 있는 준비된 자료와 그에 대한 발견적이며 산파술적인 계기인 것이다. 이때 비평은 권위적인 것이 아니라 호소적인 것이 되며, 추상적인 보편타당성을 역설하는 대신 간주관적인 의사소통의 마당을 마련하고 대화와 토론의 공간을 확보하게 되는 것이다.

요컨대 문학 논술은 문학비평이 지향하는 비평적 판단의 객관성과 사유의 훈련으로서 문제 인식과 해결의 과정을 추동력으로 삼아야 할 필요가 있다. 비평적 판단의 객관성에 대해 어떤 태도를 취하며 어떻게 파악해야 하는가는 사유와 세계의 성격을 바라보는 시각과 직결된다. 그런 의미에서 삶과 인식의 근본범주들에 대한 숙고를 문학비평의 본령으로 삼은 영국의 비평가 리비스(F.R.Leavis)의 관점은 우리에게 시사해주는 바가 크다. 그는 소위 '이론'에 의지한 문학비평에 대해 철저히 비판적이었던 바, 그의 실제비평은 단순히 작품의 문학성에 대한 꼼꼼한 분석이나 가치평가에 치우친 것은 아니었다. 그는 '이것은 어디에 위치하는가', '이러저러한 것과는 어떤 관계에 놓이는가', '상대적으로 얼마만큼 중요해 보이는가', '그러한 자리매김을 통해 이루어진 하나의 구성물은 어떤 의미를 생산하는가'와 같은 규범과 기준, 근본적인 가정들을 구체적인 작품 이해의 준거로 사용한 것이다.[23]

이러한 그의 생각은 문학전통 전체라든가, 현대사회와 역사에 대

---

23) 김영희, 『비평의 객관성과 실천적 지평』(창작과비평사, 1992), pp.92~99.

한 근본적인 성찰 등의 문제와 연관되어 있으며, 이때 비평의 객관성을 확보하기 위해 동원되는 '원리'는 고정된 원일반론적인 진술이 아니라 하나의 문제를 해결하는 방식에 관한 것이었다. 즉 그에게 있어서 비평적 성찰이란 단순히 문학적 사유에 국한되지 않고 문학에서 이루어지는 삶에 대한 가치판단적 탐구로 이어지며, 그런 의미에서 문학비평은 예지와 감수성의 훈련과도 같은 것이라 보았다. 즉 비논리는 아니되, 철학적인 형식논리를 넘어서는 총체적이고 전인격적인 예지를 발휘하는 것이야말로 비평의 궁극적 목표가 되어야 하며, 이때 비로소 문학적 인식의 창조성이 실현된다고 본 것이다.

이처럼 비평적 관점에서의 문학읽기가 바탕이 될 때, 논술은 문학적 경험이 현실적 문제에 대한 인식과 만나며, 담론 구성 주체의 반성적 사유를 이끌어내고, 그 결과 담론의 상황과 판단의 기준, 표명된 견해의 주체적 이해를 통과한 보다 창의적인 모습의 글쓰기가 될 수 있을 것이다. 그것은 단순한 설득적 글쓰기만도 아니요, 텍스트의 비인칭적 해설도 아닌 주체의 내면적 울림의 목소리가 스스로에게 투영되어 또 다른 사회적 메시지로서의 소통을 예비하는 담론의 형태를 띠고 나타날 수 있을 것이다.

V. 결론

문학교육의 중심과제인 텍스트 수용과정에서 파생되는 비평적 독서와, 그에 수반되는 이해의 표현으로서 논술의 형태화의 문제는 단순히 읽기와 쓰기 능력의 통합교육이라는 교육과정상의 목표의식의 차원을 넘어서, 하나의 인지적 과업으로서 문학과 문학교육을 바라보고는 관점을 필요로 한다. 문학에 대한 이러한 관점은 궁극적으로 기존의 문학교육에서 작품의 이해와 감상으로 대치되었던 본래적인 의미의 비평 교육의 의의를 재인식할 수 있는 중요한 토대로 작용한다.

그런 의미에서 문학 텍스트에 대한 비판적 해석과 가치평가의 과정을 통해 '문학 논술'로 개념화되는 글쓰기의 가능성의 탐색은 문학비평의 객관성 확보의 측면과 논술의 창의성 혹은 창조력 확보의 측면을 동시에 만족시키는 새로운 담론의 공간을 필요로 한다. 이를 위해서는 무엇보다 문학적 경험의 의미화와 그 과정에서 이루어지는 통찰력으로써 문학적 감수성의 표현이 수반되어야 한다. '표현인문학'의 총체적이면서도 전환적인 관점은 이러한 인식적 요구를 충족시키는 데 중요한 준거가 된다.

그러므로 '문학 논술'이 단순히 '문학'과 '논술'의 물리적 결합으로 그치지 않기 위해서는 문학 텍스트의 수용과정에서 비판적인 해석과 가치평가의 활동이 이루어져야 하는 바, 특히 비평의 객관성을 확보하기 위해서는 기존의 문학교육에서 금과옥조처럼 개념화되었던 '이해와 감상'의 준거틀로부터 '해석과 비판'의 개념으로의 이행이 필요하다. 이러한 논의를 바탕으로 문학 논술의 가능성을 위한 몇 가지 관점과 전망을 제시하면 다음과 같다.

첫째, '문학 논술'의 형태화는 무엇보다 비평 교육의 관점에서 접근할 필요가 있다는 것이다. 이를 수행하기 위한 비평적 태도와 안목, 그리고 텍스트에 대한 비판적 해석의 과정이 함께 고려되어야 하는 바, 이는 근본적으로 독서주체의 문학적 경험의 자기인식과 문학적 감수성의 발현을 매개로 이루어져야 한다.

둘째, '문학 논술'의 성립 여부에 대한 논란에도 불구하고 문학 텍스트가 단순히 논술의 도구로써 사용되는 것은 바람직하지 않다는 것이다. 여기에는 '문학 논술'의 내용성에 대한 규정과 접근방식에 따른 형태화의 차원에 대한 구별이 전제가 되어야 한다. 즉, '문학 논술'은 문학적 경험의 자기표현을 위한 내용이 되어야 하며, 글쓰기의 형태로서 제시될 수 있는 다양한 방식들은 용인될 수 있다.

셋째, 이러한 의미에서 '문학 논술'의 형태화가 의미를 지니려면 무엇보다 기존의 논술적 글쓰기의 평가 준거가 보여주는 논리지상주의나 수월성 교육의 차원에서 벗어날 필요가 있다. 수용자의 문제에 대한 반성적인 판단, 주체적이고도 의미탐색적인 이해, 현실과의 관련 속에 형성되는 창의적 견해와 같은 요인들이 평가의 척도가 되어야 한다.

문학이 추구하는 시적 진실은 역사적 진실이나 원론적 진리와는 다르다. 시적 진실이 언어를 통해 미적 가치의 창조를 지향하지만, 다른 한편으로 비판적이고 예언적인 기능을 통해 인식적이고도 윤리적인 가치를 창조한다는 점은 곧 그것을 경험하는 수용자로 하여금 동일한 맥락에서 자신의 고유한 비평적 의미를 현실의 차원으로 재구성하게 한다. '문학 논술'은 바로 이처럼 인간과 삶의 문제에 대한 반성적 실천 속에서 그 형태가 충실하게 구현될 수 있을 것이다.

■ 참고문헌

구인환 외,『문학교수 · 학습방법론』, 삼지원, 1998.
──── ,『문학 독서교육 어떻게 할 것인가』, 푸른사상, 2004.
김대행 외,『문학교육원론』, 서울대출판부, 2000.
김동환,『문학연구와 문학교육』, 한성대출판부, 2004.
김미영 외,『문학교과서 속에 숨어있는 논술』, 살림출판사, 2005.
김성진,『문학교육론의 쟁점과 전망』, 삼지원, 2004.
김승종 외,『문학감상과 글쓰기』, 역락, 1005.
김영희,『비평의 객관성과 실천적 지평』, 창작과비평사, 1993.
문학과문학교육연구소 편,『문학교육의 인식과 실천』, 국학자료원, 2000.
송문석,『인지시학』, 푸른사상, 2006.
우한용,『문학교육과 문화』론, 서울대출판부, 2001.
이상옥,『문학, 인문학, 대학』, 서울대출판부, 2000.
임경순,『문학의 해석과 문학교육』, 역락, 2003.
정대현 외,『표현인문학』, 생각의 나무, 2000.
정재찬,『문학교육의 현상과 인식』, 역락, 2004.

남민우, 「텍스트 가치평가 활동을 위한 시교육 연구」, 서울대 박사논문,
        2006.
양정실, 「해석 텍스트 쓰기의 서사교육 방법 연구」, 서울대 박사논문, 2006.
임경순, 「문학 수업에서 글쓰기 교육의 방향과 유형」, 「문학교육학」 15호,
        2004.12.
──── , 「총체적 언어교육으로서의 국어교육과 문학교육의 중요성」, 「문학교
        육학」 19호, 2006.4.

Doubrovsky, S., Todorov, T, 윤희원 옮김,『문학의 교육』, 하우, 1996.
Louise M. Rosenblart, 김혜리 외 역,『탐구로서의 문학』, 한국문화사, 2006.
Mclenburg, N, 허창운 옮김,『변증법적 문예학과 문학비평』, 동서문화사, 1991.
Pappe, J, Roche, D, 권종분 옮김,『문학논술』, 동문선, 2001.

논술 능력 신장을 위한
사고력 중심의 문학교육

남민우 (한국교육과정평가원 연구원)

논술 능력 신장을 위한 사고력 중심의 문학교육

I. 머리말

지난 몇 년간 논술 교육 문제가 교육계의 주요 현안으로 부상하였다. 한국대학교육협의회가 최근에 수정 발표한 2008학년도 대학 입학 전형 방법 계획안[1]은 이 문제를 더욱 부각시켰다. 이에 따라 모든 교사와 학생들이 논술 교육에 대해 깊은 관심을 갖지 않을 수 없게 되었다. 각자의 입장에 따라 그 관심은 다양하겠지만, 교사들의 관심은 '논술 교육의 효과적이며 타당한 방법은 무엇인가'로 요약되며, 학생들의 관심은 '어떻게 학습하면 논술에 효과적으로 대응할 수 있는가'로 요약된다.

대학 입학 전형 방법의 하나로 제시되고 있는 논술 고사는 통합 교과적 특성을 지니고 있으며 피험자의 비판적 창의적 사고력을 강

---

1) 그 핵심은 논술 비중을 강화하겠다는 것으로 상세한 내용은 한국대학교육협의회 (univ.kcue.or.kr), 「2008학년도 대학입학전형계획 주요사항」, 2007.3 ; 교육부 보도자료[2007.3.21, 교육부(www.moe.go.kr)의 대학진학정보센터 게시판] 참조.

하게 요구하고 있다. 따라서 논술 교육을 적절히 하기 위해서는 국어과 교사나 사회과 교사, 과학과 교사의 협력이 전제되어야 한다. 학습자의 입장에서 보면, 학교에서 배우는 다양한 정규 과목'들'을 통합할 수 통합적 사고력이 요구된다. 따라서 논술 교육의 핵심은 논술에 필요한 사고력의 신장에 있다. 이 글이 '논술을 위한 사고력 중심의 문학교육'을 논하고자 하는 까닭도 이 때문이다. 이후에서는 논술에 필요한 사고력이 무엇인지 살펴보고, 이러한 관점에서 논술을 위한 문학교육의 방법에 대해 논하고자 한다.

Ⅱ. 논술과 사고력

1. 논술에 필요한 능력

논술에 필요한 사고력을 파악하기 위해서는, 현재 대학에서 요구하는 논술 고사의 의미와 구조를 분석하여 논술에 필요한 능력을 명료화할 필요가 있다.

논술은 '제시된 주제에 관하여 자신의 의견이나 생각을 논리적으로 서술하는 글쓰기'를 의미한다. 논술의 구체적인 예로는 일반적인 글쓰기 영역에서의 '논설문', 전문적인 글쓰기 영역에서의 '논문' 등이 대표적이다. 또한 대학 입학 전형으로서의 논술 고사는 통합 교과적 논술에 해당한다.[2] 다양한 교과와 학문 영역에서 선정된 '복수의 제시문들'과 '단일 또는 복수 논제'로 결합되어 있는 구조 하에서, 논리적 글쓰기를 요구하는 형태를 취하고 있다. 이와 같은

---

2) 김중신, 「국어교육과 통합 교과 논술의 방향」, 『국어교육학회 제36회 학술발표대회 자료집』, 2007.4. ; 김동환, 「대학별 논술 고사의 정체성과 방향성」, 앞의 책.

점 때문에 논술에 필요한 능력은 다음과 같이 규정된다.

논술 과정	필요한 능력	의미
제시문 읽기	비판적 읽기 능력	주어진 제시문을 정확하게 이해, 분석, 비판할 수 있는 능력
논술할 내용 생성 및 조직하기	창의적 문제해결 능력	맥락이나 상황을 고려하여 심층적, 다각적, 독창적으로 논의를 전개할 수 있는 능력
	논리적 논증 능력	– 논제에 대해 자신의 의견을 분명하게 지시하고 그에 타당한 논거를 제시할 수 있는 능력 – 전체적으로 체계적 일관성을 유지한 채 논리적 비약 없이 내용을 조직할 수 있는 능력
표현하기	논리적 표현 능력	적절한 어휘나 자연스러운 문장을 사용하고 적절한 비유 등을 이용하여 자신이 말하고자 하는 바를 정확하게 표현할 수 있는 능력(맞춤법, 원고지 사용법 등 포함)

<표 1> 논술에 필요한 능력

이 표3)에 의하면, 통합교과적 논술을 하기 위해서는 첫째, 다양한 분야의 글들을 비판적으로 읽을 수 있는 능력이 요구된다. 그리고 제시된 논제를 고려하여 논술할 내용을 생성하고 논리적 창의적으로 해결책을 찾기 위해 창의적 문제해결 능력과 논리적 논증 능력이 필요하다. 끝으로, 생성한 내용을 논리적으로 서술해야 하기

---

3) 한국교육과정평가원, 「논술의 개념과 특징」, 『대입 논술 지도 방법 연수』, 2006, p.6의 내용을 일부 수정.

때문에 논리적 표현 능력이 뒤따라야 한다. 여기서 논리적 논증 능력과 논리적 표현 능력은 '논리적 능력'이란 한 가지로 통합할 수도 있다. 이런 점을 고려하면, 논술에는 '비판적 읽기 능력'과 '창의적 문제해결 능력'과 '논리적 능력' 세 가지가 요구된다.

2. 사고력의 구조

그렇다면 이러한 세 가지 능력을 기르기 위해서는 어떠한 사고력을 갖추고 있어야 하는가? 이를 파악하기 위해, 사고력의 구조를 표상하는 다음 모형을 살펴보자.

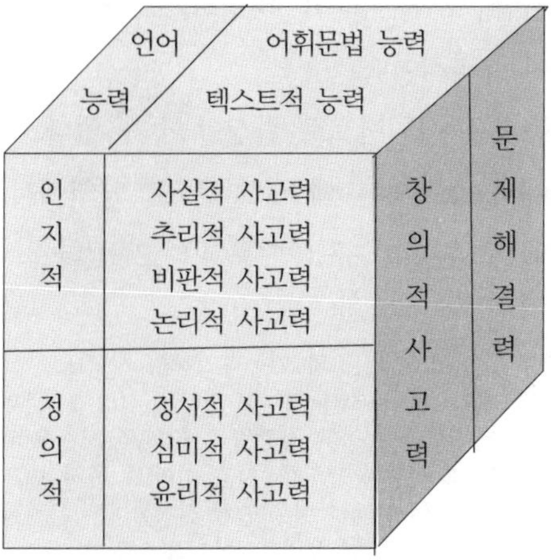

<그림 1> 사고력의 구조 모형

세 가지 차원을 지닌 이 모형[4]에서 '언어 능력' 차원은 사고력

---

4) 김광해 외, 『초등용 사고력 신장 프로그램 개발 연구』, 서울대국어교육연구소, 1998, 제2장 ; 김영채, 『사고력: 이론, 개발과 수업』, 교육과학사, 1998, 제2장. 이

의 기초를, '창의적 사고력과 문제해결력' 차원은 사고력의 작용 과정(태도와 목적)을, '인지적 정의적 사고력' 차원은 사고력의 종류와 특징을 각각 의미한다.

1) 사고력의 기초 : 언어 능력

이제 이 모형에 입각하여 사고력의 세 차원에 대해 살펴보기로 한다. '언어 능력'은 사고력의 기초 능력 차원을 의미한다. 사고는 기본적으로 일정한 지식에 기초한다. 사실, 정보, 명제 등등의 내용이 사고 주체에게 없다면 사고할 수 없다. 그런데 지식은 언제나 언어를 매개로 수용되고 표상된다. 따라서 사고력의 기초 능력은 김영채(1998)처럼 '지식'이라고 명명하기보다는 '언어 능력'이라고 명명하는 것이 효과적이다.

이 언어 능력은 어휘력으로 한정될 수가 없다. 주지하듯 다양한 교과와 영역에서 소통되는 텍스트들은 그 영역에서 고유하게 전제되어 있는 '텍스트문법과 구조5)'를 지니고 있다6). 이것은 해당 영

모형은 사고력이 '인지조작(사고의 기능과 전략), 사고태도(스타일, 기질), 그리고 지식'이라는 세 가지 구성 요소를 지니고 있다는 김영채(1998)의 관점과, 사고력의 기초 능력으로 '어휘력'을 설정한 김광해 외(1998)의 모형을 재구성한 것이다. 김영채(1998)는 사고력과 관련된 언어를 '사고 언어'로 좁혀 보고 있는데, 이런 관점은 언어 능력과 사고력의 관계를 매우 좁게 설정한다는 문제점이 있다. 같은 맥락에서, 김광해 외(1998)처럼 언어 능력을 '어휘력'으로 한정하는 것도 문제이다. 또한, 창의력과 문제해결력을 사고력의 응용 영역으로, 어휘력은 기초 영역으로 보면서도 이 세 가지를 같은 면에 설정하고 있는 타당하지 않다. 사고력의 작용 과정이나 범주화를 효과적으로 표상하기 위해서는, 세 가지를 다른 차원에 제시하는 것이 타당하다.

5) van Dijk, T.A.(정시호 옮김), 『텍스트학』, 아르케, 1980(2001), 제6장 ; 김봉순, 『국어교육과 텍스트구조』, 서울대출판부, 2002.

6) Halliday, M.A.K., *The Language of Early Childhood*, Continuum(Volume 4 in the Collected Works of M.A.K. Halliday), 2003 ; Heinemann, W. & Viehweger, D.(백설자 옮김), 『텍

역에서의 지식을 표상하고 조직하는 원리에 해당한다. 따라서 통합 교과적 논술에서 제시되는 다양한 텍스트들을 읽기 위해서는, 해당 영역의 고유한 용어나 개념을 고립적으로 이해하고 적용하는 능력에만 의존할 수 없고, 그 해당 영역에 고유한 텍스트문법과 구조를 파악할 필요가 있다. 또한 그러한 텍스트문법과 구조에 입각하여 자신의 생각을 언어로 표상하고 조직하는 능력, 즉 '텍스트적 능력'까지 필요하다.

2) 사고력 운용의 태도와 목표: 창의적 사고력과 문제해결력

언어 능력이 사고력의 기초에 해당한다면, 이러한 기초 능력을 활용하는 과정이자 목표에 해당하는 창의적 사고력과 문제해결력의 의미를 살펴보자.

김광해 외(1998)에 의하면, 창의적 사고력은 평범하고 일상적인 사물이나 행위를 새로운 각도로 관찰하고 그 속에서 새로운 의미나 산물을 창조하려는 자세를 의미한다. J. P. 길포드(1988)가 일찍이 언급했듯이, 창의적 사고력은 유창성(많은 아이디어를 생산할 수 있는 능력), 유연성(다양한 유형과 다양한 관점의 아이디어를 생산할 수 있는 능력), 독창성(비상식적인 아이디어를 생산할 수 있는 능력), 정교성(아이디어들을 정교화 하는 능력)을 지니고 있다[7]. 따라서 창의적 사고력의 산물들은 새로움과 적절성을 지니고 있다.

M. 칙센트미하이에 의하면, 모든 인간은 재능을 타고 난다. 하지만 그 재능은 '창의성'과 구분된다. 희소한 것은 재능이 아니라 창

스트언어학 입문』, 역락, 1991(2001).

7) Guilford, J.P., "Some Changes in the Structure-of-Intellect Model", 1988. 여기서는 Starko, A.J., *Creativity in the Classroom*, Longman, 1995, pp.41~43.

의적 인간에게서만 발견되는 심리적 태도이다. 그에 의하면 창의적 인간은 일반적이고 재능 있는 사람들과 달리 '양면성(복합성)'을 지니고 있다[8]. 일반적인 사람들은 보통 한 쪽의 심리적 성향에 기울어지도록 훈련을 받는다. 그런데 일반인들의 심리적 균형은 실상 한 쪽을 중심으로 다른 한 쪽을 '억압'함으로써 갖추어지는 것이다. 그래서 서로 반대되는 성향 중 하나에 집중될 뿐만 아니라, 상반되는 성향이 발현될 경우 그것을 괴로워한다. 하지만 창의적인 사람들은 양극의 성향을 자유롭게 오고가는 것을 즐긴다. 그들은 한 쪽의 손을 들어주지도 않고, 다른 한 쪽을 억압하지도 않기 때문이다.

이 외에도 창의적 인간이 지니고 있는 심리적 특성으로 강조해야 할 점은 '도전 정신과 강한 의지'이다. A.J. 크로프리가 강조하듯, 창의적 인간에 대해 기성 사회나 학교는 처음부터 호감을 보이지는 않는다. 그러한 반감은 적대적이기까지 하다[9]. 대개의 사람들은 이 비호감의 반응 때문에 자신의 사고력이나 재능을 창의성으로까지 발전시키지 못한다. 이런 점에서 창의적 사고력은 사고력의 운용 과정에서 주체가 지니는 '심리적 태도'를 의미한다.

이러한 창의적 사고력에 밀접하게 연관되어 있는 것이 문제해결력이다. 사유의 동기는 언제나 문제해결에 대한 목표의식이라 할

---

8) Csikszentmihályi, M.(노혜숙 옮김), 『창의성의 즐거움』, 북로드, 1996(2003), pp.69~91. 창의적인 사람들이 지닌 대표적인 10가지 복합성들은 '(정신적) 활력과 게으름의 공존, 명석함과 천진난만함의 공존, 장난기와 극기 또는 책임감과 무책임함의 공존, 상상(공상)과 현실적 의식의 공존, 외향성과 내향성의 공존, 겸손과 자존심의 공존, 양성적인 성정체성의 공존, 반항적 개혁적 성향과 보수적 전통적 성향의 공존, 자기 일에 대한 애착과 초연함의 공존, 쉽게 즐거워하다가 쉽게 상처 받는 특성의 공존' 등이다.
9) Cropley, A.J.(김선 옮김), 『교육과 창의성』, 집문당, 1995, 제4, 5장.

수 있다. 일반적인 사고력이든 창의적인 사고력이든 그 목표의식은 동일하다. 물론, 창의적인 사람들은 문제해결의 동기가 내재적 자발적이며, 그렇기 때문에 스스로 문제를 발견하고 규정하려는 경향이 강하다. 대안 제시를 할 때에도 새로운 방향을 과감히 탐색한다. 따라서 창의적인 사람들이 목표 달성에 동원하는 방식 또한 일반적이지 않을 수도 있다. 그러나 일반적인 사람들은 '주어진 문제'를 해결하는 데 익숙하다. 또한 새로운 대안을 제시하기보다는 기존의 평가 기준에서 볼 때 적절한 수준에 그치는 대안을 제시한다. 그래서 목표 달성에 동원하는 방식은 일반적이다. 하지만 어떤 쪽에 속하든 언제나 사고 활동은 문제해결의 과정과 유사한 단계를 내포한다. 이런 점에서 문제해결력은 사유 활동의 전체적인 과정을 표상한다. 달리 말해, 문제해결력은 '문제의 발견 → 문제의 정의 → 대안의 탐색 → 계획의 실행 → 효과의 확인'라는 사유 활동의 전체 단계를 의미한다. 감추어진 문제를 발견하고 그것을 명료화하면서 타당한 해결 방법을 생각해 내는 사유 활동의 동기와 목표를 의미한다.

바로 이런 점 때문에 문제해결력은 창의적 사고력에 일정한 방향을 제시하는 지도와 같은 중요한 역할을 한다. 막연한 창의적 사고력은 맹목적으로 새로운 것만을 생각해 내려는 위험성을 지니고 있다. 하지만 무목적적인 새로움 추구는 사회적으로 무용하다. 창의적 사고력을 적절하게 운용하기 위해서는 사회가 직면하고 있는 가치 있는 문제를 발견하고 그것을 해결할 수 있는 방법을 제시하려는 자기통제력(self-regulation)이 필요하다. 이러한 자기 통제력에 해당하는 것이 문제해결력이다. 이처럼 문제해결력은 사고 활동의 동기와

목표, 달리 말해 출발점과 목표점을 표상하고 제어하는 초자아
(super-ego)와 같다.

3) 사고력의 종류와 특징

그렇다면, 사고력은 어떠한 종류로 하위 구분이 가능한가? 이러
한 질문은 교과 '통합'적으로 논술한다는 의미를 정확히 이해하기
위해 요구된다. 즉, '통합'이라는 말은 통합되어야 할 개별적 지식과
영역들이 '이미' 존재함을 암시한다. 그리고 이 개별적 지식과 영역
들은 각 사고력들의 고유한 영역들이다. 따라서 이들을 통합하기
위해서는, 이들의 고유한 특징들을 우선 파악할 필요가 있다. 사고
력의 종류와 각각의 특징을 제시하면 다음과 같다.[10]

종 류		특 징
인지적 사고력	사실적 사고력	대상을 있는 그대로 이해하거나 생성하는 사고력. 대상 에 대한 분석과 종합을 통해 대상의 특성 그 자체에 관 한 정보나 지식을 구성해 내는 사고력
	추리적 사고력	사실적 사고력을 통해 얻게 된 정보나 지식을 바탕으로, 그것을 다른 상황이나 대상에 적용하여 새로운 정보와 지식을 구성해 내는 사고력
	비판적 사고력	자신의 배경지식을 포함한 여러 가지 기준(criteria)에 의 해 정보나 지식, 사상(事象)의 정당성이나 적절성 또는 그것의 가치 및 우열을 평가하는 사고력
	논리적	사고 활동 및 언어 표현 과정을 논리에 맞도록 전개하

---

10) 김광해 외(1998: 14~22)의 내용을 일부 수정함.

	사고력	는 '사고에 대한' 사고력
정의적 사고력	정서적 사고력	대상에 대해 갖게 된 다양한 반응, 연상, 상상을 질서화 하고 체계화하며 이를 바탕으로 새로운 아이디어를 생 산하거나 내면화하는 사고력
	심미적 사고력	대상의 미추(美醜)에 관련된 감정을 질서화하고 이를 바 탕으로 추상적 대상을 미적 형태로 실체화하는 사고력
	윤리적 사고력	보편적인 인간으로서 마땅히 갖추어야 할 도리를 스스 로 탐색하고 구성하는 사고력

<표 2> 논술에 필요한 능력

위에서처럼 사고력은 크게 두 가지, 즉 인지적 사고력과 정의적 사고력으로 나눌 수 있다. 양자는 각각 네 가지와 세 가지 하위 사고력으로 세분될 수 있다. 각 사고력들은 고유한 특징을 지니고 있으며, 각 사고력이 지배적 역할을 하는 영역 또한 구분된다. 자연과학이나 사회과학 영역에서는 인지적 사고력이 지배적이지만 인문학적 예술적 영역에서는 정의적 사고력이 지배적이란 견해가 대표적인 관점이다. 그런데 여기서 '지배적'이란 말은 다른 사고력을 완전히 배제한다는 것이 아니다. 언제나 인지적 사고력은 정의적 사고력과 내재적으로 연관되어 있다. 바로 이러한 '내재적 연관성'이 통합교과적 관점을 요구하는 이유에 해당한다.

현재 고등학교 이후의 교육 기관에서는 여러 교과가 분과되어 있는 체제를 유지하고 있다. 그러나 이것은 특정 분야의 지식을 효과적으로 빠르게 익히기 위한 교육적 효율성, 즉 근대교육이 추구한 '인위적' 체제였다. 이 인위적 분과 체제가 근대화 단계에서는 매우 긍정적인 기능을 했지만 탈근대적 세계로 전환되면서 한계에 직면해 있다. 이 한계 의식을 가장 민감하게 인식하고 다양한 사고력들 간의 '내재적 연관성'을 강조하면서 탈근대적 시대의 새로운 지식과 창조적 산물을 추구하는 곳이 바로 대학이다. 논술은 이러한 능력을 측정할 수 있는 가장 효과적 방법이기에 요구되고 있는 것이다.

3. 논술 능력을 구성하는 사고력

이제는 지금까지의 논의를 바탕으로, 논술에 필요한 능력들이 각각 어떠한 사고력과 연관되는지 살펴보자.

용어상으로 보면, '비판적 읽기 능력'은 사고력의 하위 기능인 '비판적 사고력'과 사고력의 기초 능력인 '언어 능력'이 결합된 것으로 볼 수 있다. 김광해 외(1998)의 모형에서 '비판적 사고력'은 특정한 기준에 입각하여 대상의 타당성, 적절성 등을 평가하는 사고력으로 규정된다. 이러한 규정에 입각할 경우, 비판적 읽기 능력은 다른 하위 기능들을 내포하지 않는 것으로 생각할 수 있다. 그러나 논술에서 요구하는 비판적 읽기 능력은 제시문에 대한 정확한 이해, 분석과 비판을 통한 심층적 이해라는 의미를 내포한다. 그렇기 때문에 '비판적 사고력'이라는 특정한 하위 기능만을 포함하는 것은 아니라고 보아야 한다. 논술은 제시문에 대한 정확한 이해와 심층적 이해의 과정을 요구하기 때문에, '비판적 읽기 능력'은 인지적 영역의 사고력 전반과 연관된다고 하겠다.

그렇다면, '창의적 문제해결력'은 어떠한 사고력과 연관되는가?

직접적으로는 위 모형 중에서 '창의적 사고력'과 '문제해결력'에 연관된다. 그러나 창의적 문제해결력은 정의적 영역에서의 심미적 사고력과도 밀접한 연관이 있다. 흔히, 창의적 사고력은 발산적 사고력으로 여겨진다. 즉, 가능한 한 많은 대안들을 창안해 내려고 하며 그러한 대안들이 합리적이어야만 한다고 생각하지 않는 경향이 강하다. 또한, 우연성의 개입을 환영하며 비약을 허용하면서 대안을 찾아 나간다. 이런 특성의 사고력은 정의적 영역의 심미적 사고력, 즉 예술적 상상력과 밀접한 연관이 있다. 그렇기 때문에 창의적 문제해결력은 사고력의 작용 과정 차원의 두 사고력 및 정의적 영역의 심미적 사고력과 연관된다고 규정할 수 있다.

끝으로, '논리적 능력'은 어떠한 사고력과 연관되는가? 앞서 언급한 바와 같이 이 능력은 타당한 논거를 발견하고 그것을 조직함으로써 주장을 정당화할 수 있는 논증 능력 및 논술에서 요구하는 텍스트문법과 구조에 합당하게 글을 조직할 수 있는 표현 능력으로 대별된다. 따라서 논리적 논증 능력은 인지적 영역에서의 비판적 사고력과 논리적 사고력에, 논리적 표현 능력은 언어 능력에 연관된다.

여기서 주목할 점은, 논리적 표현 능력이 어휘문법 능력보다는 텍스트적 능력, 특히 논술텍스트의 보편적 구조에 따라 자신의 텍스트를 표현할 수 있는 능력과 좀더 직접적으로 연관된다는 점이다. 그렇다면 과연 논술에 필요한 텍스트적 능력은 무엇인가? 흔히 논술텍스트는 형식 단락을 기준으로 서론—본론—결론으로 구성된다고 여겨진다. 그러나 형식 단락에 대한 지식으로는 논술텍스트답게 텍스트를 구성하기가 어렵다. 논술텍스트의 구조에 대해서는

'필수적 구성 요소들과 그것의 기능들'이 무엇이냐에 관한 지식이 필요하다. 논술 텍스트는 견해를 달리하는 독자와 필자 간의 내재적 대화 구조를 지닌 텍스트이다. 또한 논술 텍스트는 기본적으로 문제-해결 구조로 이루어져 있다[11]. 즉, 해결될 필요가 있는 문제점을 내포한 상황 제시 부분, 현재 상황에 대한 부정적 평가를 내림으로써 새로운 해결책을 위한 문제 설정 부분, 새롭게 설정된 문제를 해결할 수 있는 해결책 제시와 정당화 부분, 마지막으로 자신의 해결책에 대한 긍정적 부정적인 평가를 통해 점검하는 부분 등을 지니고 있다. 이러한 요소들의 기능을 명료하게 파악하고 그에 따라 구성 요소들을 조직할 수 있는 능력이 논리적 표현 능력에 해당한다.

지금까지의 논의를 바탕으로 논술에 필요한 능력과 이에 직접적으로 연관되는 사고력을 밝히면 다음과 같다.

논술 능력	사고력
비판적 읽기 능력	인지적 영역의 사고력들 + 언어 능력
창의적 문제해결 능력	창의적 사고력 + 문제해결력 + 심미적 사고력
논리적 논증 능력	비판적 사고력 + 논리적 사고력
논리적 표현 능력	언어 능력(특히 텍스트적 능력)

<표 3> 논술 능력에 필요한 사고력

---

11) 원진숙, 『논술 교육론』, 박이정, 1995, pp.74~76.

이처럼 논술 능력을 신장시키기 위해서는 각 하위 능력을 구성하는 사고력을 계발하는 학습이 집중적으로 이루어질 필요가 있다.

그런데 위 표를 보면, 사고력 중에서 정서적 사고력과 윤리적 사고력이 포함되어 있지 않음을 알 수 있다. 그것은 왜일까? 우선, 전자가 포함되지 않는 이유는, 논술이 무엇보다도 논리적 사고력을 '지배적'으로 요구하는 영역이라는 점 때문이다. 그러나 앞서도 언급했듯이 '지배적'이라는 뜻은 다른 것을 완전히 배제하는 것은 아니다. '정서적 사고력'은 암암리에 논술에 연관될 수 있는데, 다양한 제시문을 통해 또는 논제 그 자체로서 등장할 수 있기 때문이다. 윤리적 사고력 역시 마찬가지이다. 지금까지 다양한 논술 문제들에서 가장 빈번히 등장한 논제나 제시문은 정서적 윤리적 사고력을 요구하는 경우가 많았다. 이처럼 정서적 사고력과 윤리적 사고력은 논술과 무관한 것이 아니라, 논술의 자료(제시문이나 논제)로서 연관된다는 점을 주의할 필요가 있다.

Ⅲ. 논술과 문학, 그리고 문학교육

이제는 사고력의 차원에서 논술과 문학의 관계를 규명하고, 이에 바탕하여 논술을 위한 문학교육의 방법을 제안하기로 한다.

1. 논술과 문학의 관계

논술은 논리적 글쓰기이기 때문에 문학과 같은 상상적 글쓰기와는 서로 무관하다고 생각하는 경향이 있다[12]. 문학을 통해 형성될

---

12) 한국교육과정평가원, 앞의 책, p.9.

수 있는 언어 능력은 기본적으로 상상적 글쓰기 능력이기에 논술과 거리가 멀다는 관점이다. 과연 이것이 타당한가?

물론 참신한 비유를 생성하고, 설득력이 높은 산문적 문장을 쓸 수 있는 능력은 문학에도 논술에도 필요하다는 반대의 관점이 있다. 이런 점은 문학과 논술의 관련성을 입증할 수 있는 단서임에는 틀림이 없다. 하지만 논술에서의 지배적 글쓰기 유형은 논리적 글쓰기이고, 텍스트문법이나 구조가 문학과는 다르다. 문학적 글쓰기 방법을 통해 문학과 논술을 연관짓는 방식은 부분적 논의에 그칠 수 있다. 문학과 논술의 관계를 분명히 이해하기 위해서는 양자가 연관되는 현상적 방식을 두 가지로 나누어 살펴볼 필요가 있다.

논술과 문학은 두 가지 방식으로 상호 관계된다. 마치 정서적 윤리적 사고력이 논술에 연관되듯이, 문학 텍스트가 논술의 제시문으로 선정됨으로써 형성되는 관계가 첫째이며, 문학적 활동 속에 내재되어 있는 사고력 중에서 논술 능력에 관여적인 사고력의 존재 여부에 따라 형성되는 관계가 둘째이다. 그런데 전자는 우연적 관계이기에 이 방식은 문학과 논술의 관계를 말해 줄 수 없다. 하지만 후자는 문학적 사고력 중에서 논술에 필요한 사고력을 규명함으로써 문학과 논술의 관계를 명료화할 수 있는 장점이 있다.

앞에서 언급했듯이, 심미적 사고력은 논술에서 요구되는 창의적 문제해결력과 항상적으로 관계한다. 문학은 심미적 사고력 중심의 산물이다[13]. 이 부분이 사고력 차원에서 문학과 논술이 필연적으로

---

13) 김광해 외(1998)에서는 심미적 사고를 '내용과 형식, 표현의 미추 판단력', '인물과 구성, 텍스트 전체에 대한 호오 판단력', '상황과 장면, 인물, 정서의 형상화 능력'으로 보고 있다. 필자의 관점에서 보면, 상상력은 형상화 능력에, 미추 판단력과 호오 판단력은 윤리적 미적 기준에 의한 비판력에 해당한다. 따라서 문학은

연관된다는 점을 밝힐 수 있는 단서가 된다. 심미적 사고력의 핵심적 부분은 상상력이다. 상상력은 '모형 구성 능력'에 해당한다. 즉 삶과 세계의 이상적 형태에 관한 모형을 구성할 수 있는 능력에 해당한다. 우한용(1997)은 이러한 상상력을 그 기능에 따라 세 가지로 구분하고 있다.[14)]

인식적 상상력은 세계에 대한 형식화 기능(ordering power)으로, 문학을 통한 세계 개시의 능력에 해당한다. 조응적 상상력은 현실에 대한 인식 비판 기능(critical consciousness)으로, 문학을 통한 세계와의 상호 조정 작용을 뜻한다. 초월적 상상력은 (상상) 가능한 모형 창조의 기능(vision of the world)으로, (새로운) 세계에 대한 통찰력으로 (현재의) 세계를 재구성하는 능력을 뜻한다.

문학적 활동이 이러한 기능들의 상상력으로 이루어지는 것이라면, 논술에 필요한 사고력과의 유관성을 밝히는 데 매우 시사적이다. 첫째, 인식적 상상력은 비판적 읽기 능력과 연관된다. 비판적 읽기 능력은 제시문들을 정확하게 이해, 분석, 비판할 수 있는 능력이다. 이를 달리 말하자면 제시문들과 논제가 탐색하고 비판하기 바라는 문제적 상황의 명료화 능력이라 할 수 있다. 즉 파편적으로 흩어져 있는 제시문들과 논제들을 일정한 질서 속에 넣어 하나의 문제적 세계로 형상화하는 능력이다. 이런 점에서 인식적 상상력은 비판적 읽기 능력과 상통한다.

둘째, 조응적 상상력은 문제해결능력과 연관된다. 조응적 상상력

상상력이 초안을 마련하고, 이 초안에 대해 상상력과 미추 판단력, 호오 판단력들이 상호 협상을 통해 형성된다고 볼 수 있다.
14) 우한용, 『문학교육과 문화론』, 서울대출판부, 1997, pp.45~56.

은 현실에 대한 비판 기능을 수행하는 사고력인바, 문제해결능력에서의 문제 제기-해결 구조에 요구되는 사고력과 유사하기 때문이다. 물론, 조응적 상상력의 산물인 문학 텍스트는 논술텍스트처럼 논리적 구조로 문제를 제기하거나 해결책을 제시하지는 않는다. 조응적 상상력은 아이러니의 관찰법으로 세계의 문제를 발견하고 구성한다. 그러나 아이러니는 현실 세계를 선전하고 신화화하는 텍스트들을, 일정한 기준을 전제한 채 비판하는 구조를 취하고 있다. 이런 점에서 조응적 상상력은 문제해결능력에 해당한다.

셋째, 초월적 상상력은 창의적 사고력과 연관된다. 창의적 사고력은 다양한 유형과 관점의 아이디어를 풍요롭게 생성할 수 있는 능력이다. 여기서 아이디어들이란 곧 세계 구성의 단초가 되는 것들에 해당한다. '생각이 세계를 만든다.'는 주장은 공허한 것이 아니다. 논술을 실시하는 이유도 이 때문이라 하겠다. 새로운 생각을 해보도록 하는 것이 곧 새로운 세계를 창조하는 길인 것이다. 이런 점에서 초월적 상상력은 물질적 가시적으로 확인 가능한 단 하나의 세계만을 세계라고 생각하는 편협함에서 벗어나, 세계는 다양하게 존재하며 재구성 가능하다는 인식을 심화시킬 수 있는 창의적 사고력에 해당한다.

2. 논술 능력 신장을 위한 문학교육

지금까지의 논의에서 보면, 문학은 사고력의 차원에서 논술과 필연적 관계를 지닌다. 따라서 논술 능력 신장을 위한 문학교육은, 우연적으로 논술의 제시문으로 선정될 가능성이 있는 문학작품을 찾아 교육하는 방식으로 접근하기보다는, 문학적 상상력으로서의 사고력 중에서 논술과 연관되는 사고력을 교육 내용의 중핵으로 삼는 방식으로 접근하는 것이 생산적이다.

또한 이러한 접근법은 문학작품의 내용 파악에 중점을 두는 해석과 주해 중심의 문학교육 방법을 벗어날 필요가 있음을 강조한다. 일반적으로 문학수업은 내용 파악 중심으로 이루어지는 경우가 많다. '이 구절의 의미는 무엇인가?'와 같은 단순한 차원에서부터 '이 작품의 주제는 무엇인가?'와 같은 주제 파악 단계로 나아가면서 수업이 전개된다. 그러나 논술 능력을 신장시키기 위해서는 문학작품 속에 내재되어 있는 세 가지 상상력의 작용 과정을 파악하고, 이를 논술 능력 신장에 필요한 사고력과 연관지어 교육하는 방법으로 전환될 필요가 있다. 이후에서는 시작품을 예시하면서 논의하기로 한다.

1) 인식적 상상력을 통한 비판적 읽기 능력 신장

먼저, 인식적 상상력을 바탕으로 논술에 필요한 비판적 읽기 능력을 신장시킬 수 있는 문학교육 방법을 살펴보자.

복도에 즐비한 아이들의 사물함
번호대로 숫자만 두세 개 적힌 채
자물쇠 꼭꼭 잠긴 아이들의 세계
어쩌다 살짝 들여다보면
그 좁은 곳에도 저마다 살림살이 다르다
좋아하는 배우의 사진도 붙여 놓고
친구의 편지도 꼭꼭 숨겨 놓고

(중략)
같은 교복에 같은 단발머리 찰랑거리며
같은 선생에게 같은 교과서를 배우지만
하나도 같은 마음 없듯이
저 작은 사물함도 신기하게 제각각이다
지금, 아이들은
복도까지 줄지어 앉아 시험을 치고 있다
꼭 같은 문제에 꼭 같은 답을 써내려고
한 글자라도 다른 답을 쓸까 봐
아이들은 끙끙 용을 쓰고
사물함은 꼭꼭 입 다물었다
　　　　　　　　　　　　　　－ 조향미, 「표정이 있는 사물함」에서

　　앞서 언급한 대로, 문학의 인식적 상상력은 논술에 필요한 비판
적 읽기 능력과 상통한다. 문학의 인식적 상상력은 비판적 읽기 능
력처럼 대상을 정확하게 이해, 분석, 비판하면서 현실 속의 문제적
상황을 명료화하는 기능을 한다. 이 작품은 이러한 비판적 읽기 능
력의 바탕이 되는 사고력을 신장시키는 데 효과적인 기능을 할 수
있다. 논술 상황으로 가정하자면, 이 시 속에서 화자는 크게 두 부
류의 대상(제시문)들을 정확하게 이해, 분석, 비판하면서 대상(제시
문) 속의 문제적 상황을 명료화하고 있기 때문이다.
　　두 부류의 대상(제시문)들이란 '아이들의 사물함'과 '학교가 아이
들에게 제공한 교육용 대상들'이다. 화자는 '복도에 즐비한 아이들
의 사물함'을 겉모습부터 시작하여 그 속까지 자세히 살펴보고 있
다. 그러한 사실적 사고 활동 과정을 통해 아이들의 사물함의 특징
을 종합적으로 파악한 후, 그러한 사물들의 특징으로부터 아이들의

특성, 즉 '개성적인 아이들'이라는 새로운 정보를 추리해 내고 있다. 그리고 화자가 사물함에서 찾아낸 각양각색의 살림살이들을, 자신이 새롭게 추리해 낸 정보의 근거들로 제시하고 있다는 점에서도 논리적 사고력이 돋보인다.

이러한 사고 활동 과정은 '학교가 아이들에게 제공한 대상들'에 대해서도 동일하게 전개되고 있다. '같은 교복, 같은 단발머리, 같은 선생, 같은 교과서, 꼭 같은 문제, 꼭 같은 답' 등등을 사실적으로 파악하고 이로부터 새로운 정보, 즉 '획일적인 교육'이라는 명제를 추리해 내고 있다. 역시 이러한 명제의 근거들 역시 논리적으로 크게 어긋나지 않는다.

화자는 이러한 두 대상들에 대한 사실적 추리적 논리적 인식의 결과를 활용하여, 두 대상들이 구성하는 현실 속의 문제점을 명료화한다. 즉, 아이들의 성장을 도모한다는 교육이 그 명분과는 달리 되려 아이들을 '끙끙 용을 쓰'게 만들 뿐이라는 점을 제시한다. 이러한 문제적 교육 현실은 마침내 '사물함' 속의 아이들의 개성을 '꼭꼭 입 다물'게 만드는 결과를 초래하고 있다고 비판한다.

이처럼 이 작품에서 문학의 인식적 상상력은 두 부류의 대상물들에 대해 비판적 읽기를 통해 각각의 대비적 특성인 '개성'과 '획일성'을 부각시키면서, 하나의 뚜렷한 문제적 상황을 개시(開示)하고 있다. 논술 능력을 신장시키기 위한 문학교육은 이러한 인식적 상상력(비판적 읽기 능력)이 어떻게 전개되고 있는지를 중심으로 이루어져야 할 것이다. 이런 방법에 의한 문학교육은 낱낱의 시구의 의미를 밝히고 주제를 찾는 해석 중심의 일반적 문학교육과는 초점을 달리 한다.

2) 조응적 상상력을 통한 문제해결력 신장

둘째, 조응적 상상력을 바탕으로 논술에 필요한 문제해결능력을 신장시킬 수 있는 문학교육 방법을 살펴보자.

>가을 연기 자욱한 저녁 들판으로
>상행 열차를 타고 평택을 지나갈 때
>흔들리는 차창에서 너는
>문득 낯선 얼굴을 발견할지도 모른다.
>그것이 너의 모습이라고 생각지 말아 다오
>오징어를 씹으며 화투판을 벌이는
>낯익은 얼굴들이 네 곁에 있지 않느냐.
>황혼 속에 고함치는 원색의 지붕들과
>잠자리처럼 파들거리는 TV 안테나들
>흥미 있는 주간지를 보며
>고개를 끄덕여 다오
>　　(중략)
>되도록 생각을 하지 말아 다오
>놀라울 때는 다만 '아!'라고 말해 다오
>보다 긴 말을 하고 싶으면 침묵해 다오
>침묵이 어색할 때는 오랫동안 가문 날씨에 관하여
>아르헨티나의 축구 경기에 관하여
>성장하는 GNP와 증권 시세에 관하여
>이야기해 다오
>너를 위하여
>나를 위하여.

>　　　　　　　　　　　　　－ 김광규, 「상행」에서

이미 언급한 대로, 문학의 조응적 상상력은 논술에 필요한 문제해결능력과 연관된다. 문학의 조응적 상상력은 문제해결능력처럼 현실 속의 문제적 상황을 명료화할 뿐만 아니라 해결 방법까지 제시하는 기능을 한다. 이 작품은 이러한 문제해결능력의 바탕이 되는 사고력을 신장시키는 데 효과적인 기능을 할 수 있다. 이 시 속에서 화자는 대화 구조를 취하여 가상의 청자에게 문제적 상황을 명료화하고, 자기 나름의 독창적인 문제해결 방법을 제시 및 정당화하려 하기 때문이다. 이와 같은 대화 구조는 문제해결 과정을 내포하고 있는 논술텍스트의 구조적 특징인 '내재적 대화 구조'와 상통한다는 점에서 더욱더 문제해결능력을 신장시키는 데 효과적이다.

화자의 조응적 상상력은 우선 문제 상황을 제기한다. 그가 제기하고 있는 문제 상황은 '차창에서의 낯선 얼굴과의 만남'이라는 상황이다. 이 상황이 문제적인 까닭은 차창에 비친 얼굴이 과연 '진정한 나'인가라는 문제를 내포하고 있기 때문이다. 또한 이 시는 누구라도 그러한 문제적 상황에 직면할 수 있음을 독자에게 알리기 위해, '너'라는 2인칭 대명사를 선택하고 있다. 그런데 이러한 구조는 문제해결 과정의 필수적 단계인 문제해결 방법의 제시와 정당화 단계를 내포하게 만들었다. 결과적으로 이 시의 구조는, 논술에서의 '문제해결 방법 제시 단계-해결 방법의 정당화 단계'가 지니는 내재적 대화 구조와 유사하게 되었다. 만약, 이 시가 '나'의 경험담을 고백하는 시였다면 '너'라는 2인칭 대명사를 선택하지 않았을 것이고, 그저 내적 독백의 구조를 통해 자문자답하는 형태에 불과했을 것이다.

하지만 타자를 상대로 하는 대화 구조를 취함으로써 자기 나름의 문제해결 방법의 정당화 과정을 밟는다. 화자가 5행 이후 제시하는 모든 해결책들, 예를 들어 '되도록 생각을 하지 말아 다오 / 놀라울 때는 다만 '아!'라고 말해 다오'와 같은 해결책들이 여러번 반복되는 이유는 자기 해결책의 정당성을 주장하기 위해서인 것이다. 다양하게 변주하면서 제시하는 화자의 해결책들은 궁극적으로 '너를 위하여 / 나를 위하여' 합당하다는 정당화로 귀결된다.

주목할 점은 화자가 궁극적으로 제시하고자 하는 문제해결 방법은 언표화 되어 있지 않다는 점이다. 아이러니의 수사법을 통해, 화자는 자신이 진정 말하고 싶은 해결방법을 언어로 표현하지 않고 있다. 물론, 이러한 아이러니적 문제해결 방법은 논술의 텍스트문법이 잘 허용하지는 않는다. 문학의 텍스트문법이 좀더 잘 허용한다는 점은 분명하다. 그러나 이러한 아이러니의 수사법은 자기의 문제해결 방법의 정당성을 설득하는 데 긍정적인 기능을 하고 있다. 그리고 그것 자체가 일종의 창의적인 문제해결 방법인 것이다[15].

이처럼 이 시는 '문제 제기 - 해결책 제시'의 과정을 밟으면서 논술에서 필요한 문제해결능력을 발휘하고 있다. 이러한 점에 주목하면서 이 작품을 교육할 때 문학교육은 논술에 필요한 문제해결력 신장에 효과적이라 하겠다.

---

15) 물론 아이러니적 방법을 활용하여 논술 텍스트를 구성하는 것은 좋은 평가를 받기 어려울 수 있다. 김중신(2007: 33)에 의하면, 학생의 논술 답안에 대해 논리성, 창의성, 표현성의 세 가지 기준하에 현장 교사들에게 채점하도록 실험했더니, 창의성 면에서는 높은 점수를 받은 경우 그것이 곧 논리성이나 표현력까지 높은 점수를 받을 수 있게 영향을 주지는 않는 경향이 있다고 한다.

3) 초월적 상상력을 통한 창의적 사고력 신장

셋째, 초월적 상상력을 바탕으로, 논술에서 필요한 창의적 사고력을 신장시킬 수 있는 문학교육 방법을 살펴보자.

> 그랬으면 좋겠다 살다가 지친 사람들
> 가끔씩 사철나무 그늘 아래 쉴 때는
> 계절이 달아나지 않고 시간이 흐르지 않아
> 오랫동안 늙지 않고 배고픔과 실직 잠시라도 잊거나
> 그늘 아래 휴식한 만큼 아픈 일생이 아물어진다면
> 좋겠다 정말 그랬으면 좋겠다
>
> 굵직굵직한 나무등걸 아래 앉아 억만 시름 접어 날리고
> 결국 끊지 못했던 흡연의 사슬 끝내 떨칠 수 있을 때
> 그늘 아래 앉은 그것이 그대로 하나의 뿌리가 되어
> 나는 지층 가장 깊은 곳에 내려앉은 물맛을 보고
> 수액이 체관 타고 흐르는 그대로 한 됫박 녹말이 되어
> 나뭇가지 흔드는 어깨짓으로 지친 새들의 날개와
> 부르튼 구름의 발바닥 쉬게 할 수 있다면
>   (하략)
>
>   — 장정일, 「사철나무 그늘 아래 쉴 때는」에서

다른 상상력들과 달리 문학의 초월적 상상력은 논술에 필요한 창의적 사고력과 연관된다. 문학의 초월적 상상력은 창의적 사고력처럼 다양한 아이디어를 풍요롭게 생성할 수 있는 능력이다. 이 작품은 이러한 창의적 사고력을 신장시키는 데 효과적인 기능을 할 수 있다. 이 시 속에서 화자는 '살다가 지친 사람들'을 위한 새로운 세계의 모습을 다양하고 풍요롭게 생성하고 있기 때문이다.

이 시에서 화자가 어떤 점에서 창의적 사고력을 보여주고 있는지 살펴보자. 창의적 사고력의 특성은 앞서 살핀 대로 유창성, 유연성, 독창성, 정교성을 지니고 있다. 달리 말해, 새로우면서도 적절한 생각들을 제시할 수 있다. 그런데 이 시에서 화자는, 제1연에서는 누구나 꿈꿀 수 있는 범용한 상상의 세계에 대한 갈망을 제시하고 있다. '오랫동안 늙지 않고 배고픔과 실직 잠시라도 잊'을 수 있는 세상은 누구나 항상 상상하는 것이기 때문이다. 그래서 적절할 수는 있으나 새롭지는 않은 생각들을 보여줄 뿐이다.

하지만 제2연 이후부터는 범용한 상상의 세계를 넘어 독창적인 상상의 세계를 창조하여 제시한다. '그늘 아래 앉은 그것이 그대로 하나의 뿌리가 되어 / …… / 부르튼 구름의 발바닥 쉬게 할 수 있다면'이라는 생각은 매우 풍부하고도 새롭다. 물론, 이런 생각들을 다른 사람들이 제시할 때, '그 정도쯤이야!'라고 평가절하 할 수 있다. 하지만, 2연 이후 청산유수처럼 자연스럽고도 다양하게 새로운 생각들을 쏟아내기란 쉽지 않다. 마치 콜럼버스의 달걀 세우기 일화처럼, '남이 하면' 쉬워 보이지만 정작, 자신이 이러한 생각을 하기란 쉽지가 않다.

이처럼 만약 이 시가 제1연에서 끝나거나 제1연에서 시작하지 않았다면 창의적 사고력이 나타났다고 하기에는 적절하지 않다. 제1연에서 끝났다면 독창성이나 정교성의 부재일 것이고, 제1연에서 시작하지 않았다면 적절성을 잃고, 기발한 생각에 그쳤을 것이기 때문이다. 요컨대 이 시는 초월적 상상력이자 창의적 사고력의 발현 과정과 특성을 구체화하여 제시하고 있다. 이러한 점에 주목하여 문학교육이 이루어질 때, 논술에 필요한 창의적 사고력을 신장시키는 데 문학교육이 기여할 수 있을 것이다.

Ⅳ. 맺음말

지금까지 이 글에서는 현행 대학 입학 전형 요소의 중요 변인으로 등장한 논술 고사에 대비하기 위해 문학교육이 취해야 할 교육 방법에 대해 논하였다. 그 핵심은 논술에 필요한 사고력을 신장시키는 데 문학교육이 핵심을 두어야 할 것이 무엇인가였다. 문학교육은 사고력의 차원에서 학생들의 논술 능력을 신장시키는 데 기여할 수 있다. 이 점을 분명히 인식하면서, 학생들의 사고력을 신장시키기 위해 문학 작품 속에서 전개되고 있는 인식적 조응적 초월적 상상력을 주목해야 한다는 점을 강조하였다. 이 세 가지 상상력에 대한 교육을 핵심으로 할 때, 문학교육은 교과통합적 논술에 필요한 사고력을 신장시킬 수 있을 것이다. 이러한 방법은 기존의 문학교육이 취하고 있는 방식, 즉 작품의 내용에 대한 해석과 주해 방식에서 벗어날 때 가능하다. 작품의 내용을 일일이 풀어주는 방식은 문자풀이에 해당하지 사고력 신장에 도움이 되지 않기 때문이다. 요컨대, 논술에 필요한 능력, 특히 다양한 교과를 통합적으로 이해하고 활용하여 새로운 문제해결방법을 제시할 수 있는 능력을 신장시키기 위해서는, 뜻풀이 중심의 문학교육이 아니라, 문학작품 속에 전개되는 사고력의 발휘과정을 주목하는 문학교육이 되어야 한다.

제3부
문학과 논술의 현황과 방법 모색

문학을 활용한 논술 고사에 대한 비판적 검토

양정실 (한국교육과정평가원 연구원)

문학을 활용한 논술 고사에 대한 비판적 검토

Ⅰ. 들어가며

일반적으로 문학 텍스트는 향유와 감상의 대상으로 간주되고, 논술 텍스트는 비문학적인 글로 여겨진다. '문학하기'는 주로 감상과 해석 활동으로 간주되고 '논술하기'는 실용적인 글을 생산하는 활동으로 받아들여진다. 이처럼 문학과 논술의 거리감을 뒷받침해 주는 인식틀은 '문학 : 비문학, 텍스트 소비 : 텍스트 생산'의 이분법이다. 이러한 인식틀에 대한 엄정한 반성이 미흡함에도 불구하고 문학과 논술을 관련짓는 '실천'은 이미 존재하고 있다.

문학과 논술을 관련짓는 실천이 이루어지게 한 동인은 문학교육적 요구이다. 문학교육에서는 '글쓰기를 통해 완성되는 문학 텍스트 체험'이라는 점에서, 문학적 경험을 최종적으로 자기화하는 활동의 일환으로 논술하기 및 그 결과물로서의 논술 텍스트 생산을

* '이 글은 문학교육학 23호(2007년 8월. 한국문학교육학회)에 게재된 바 있음'.

요구한다.

논리적이고 명료한 표현에 대한 요구는 얼핏 보기에 문학의 의미에 대한 기술(記述)과 동거하기 힘든 것 같다. 문학 작품의 의미를 기술해야 할 때, 적절한 말을 찾기 힘들었던 경험, 자신이 애써 해놓은 표현이 불충분하거나 부분적으로 오도된 것이라는 느낌을 가지는 경험을 하는 경우가 적지 않다. 문학에 대해 깊이 있는 해석을 할 수 있는 학생이 문학에 대한 일관된 혹은 통찰력 있는 분석을 글로 쓸 수 없는 경우도 있다. 이런 점에서 "표현된 반응은 표현을 하는 주체가 느끼거나 포착한 반응을 적절히 재현하지 못한다"(Hansson, 1985 : 212)는 지적은 경험적 지지를 받게 된다. 이러한 관점을 확장할 경우, 문학 텍스트를 읽고 쓴 논술은 문학 텍스트에 대한 해석을 불충분하고 부분적으로만 드러내고 있을 뿐이다.

그러나 논술을 구성하는 과정 자체가 해석을 정당화·정교화하는 과정과 동일하다고 볼 수도 있다. Hansson에 의하면, 문학 텍스트를 읽고 그 결과를 언어로 보고하는 과정에서 어려움은 곳곳에서 일어나는데, 특히 학생들은 자신이 읽기를 통해 목격하거나 느낀 것을 담론적 언어로 명료화하기 위해 사용해야 하는 언어적 자원을 찾는 데 어려움을 느낀다(Hansson, 1991 : 114). 그런데 이 언어적 자원을 찾는 것은 해석을 표현하고 정당화하는 방법을 모색하는 과정으로서, 이 자체가 바로 논술을 구성하는 과정 그 자체와 다르지 않다. 선다형 질문이나 단답식과 비교해 보면 분명하게 알 수 있듯이, 일관성을 지니고 적절한 예시와 일반화, 원인과 결과를 드러내는 글쓰기는 독자로 하여금 문학에 대한 이해를 더 많이 드러내도록 하는 데 기여한다.

그러나 문학과 논술이 관련되는 실천을 추동하는 더 영향력 있는 축은, 문학교육적 필요성이나 요구라기보다는 대입 논술 고사의 존재이다. 대학 입학이 학교 교육과정 운영을 좌우하는 우리 현실에서, 대입 논술 고사의 영향력은 적지 않다고 할 수 있다. 이 대입 논술 고사에서 주어지는 제시문 중 문학 텍스트가 중요하게 자리 잡는다.2) 이러한 현상 자체가 문학 텍스트와 논술의 관계에 대한 실용적, 이론적 관심을 촉발하는 배경이 된다. 문학교육의 관점에서 이 현상을 살펴볼 이유도 바로 여기서 제기된다. 문학 텍스트를 활용한 논술 시험은 의식적이든 무의식적이든, 문학을 읽는 방법, 문학을 읽고 글을 쓰는 방법을 학생들에게 가르치고 있기 때문이다.

이 글은 대입 논술 고사에서 문학 텍스트를 활용한 문항이 다수 출제되었다는 점에 착안하여, 문학 텍스트를 활용한 논술 고사의 방향을 비판적으로 검토하고 있다. 앞질러 말하자면, 이러한 검토·정리의 과정에서 문학 텍스트를 활용한 논술 시험이 일정한 방향성으로 포괄된다는 것이 본 논의의 결론이다.3) 문학 텍스트를 활용한 논술 과제 제시가 응당 그럴 수밖에 없는 심층구조를 지니고 있다는 관점으로 이 현상을 설명할 수도 있을 것이다. 즉, 현실에 존재

---

2) (주) 유레카앰인비가 2000~2006년까지 서울대, 연세대, 고려대, 서강대 등 18개 주요 대학의 논술 기출 문제(총 474건)를 분석한 결과, 문학 작품이 21.7%를 차지한다는 통계를 제시한 바 있다. 비문학이 73.2%, 기타가 5.2%로 정리되었다. 여기서 비문학은 일반 사회과학 서적 및 논문류에 해당한다.
　　http://km.naver.com/list/view_detail.php?dir_id=80810&docid=33511406(2007. 5. 23 검색) 통계 이전의 일차 자료를 확인하지 못했으므로 비공식적인 자료이기는 하지만, 대입 논술에서 문학 텍스트가 활용되는 상황을 짐작하기에는 충분하다.
3) 출제된 논술 문항을 확보하기 위해, 1998년부터 2007년까지의 기출 논술 문항을 충실히 정리해 놓은 사이트(http://my.dreamwiz.com/ghdud99/main.htm. 운영자: 강호영 교사)의 도움을 받았다.

하는 논술 과제들이 그 심층구조의 표현이자 반영이자 변형이라고
보는 관점이 가능하다. 그러나 그것이 선험적인 것이라기보다 학습
된 것이고 관습적인 것이라고 볼 여지도 존재한다. 즉, 문학 텍스트
를 활용한 논술 과제에 대한 사전 경험의 유사성4), 문학 텍스트를
활용한 논술 과제에 대해 의미를 부여하는 방식의 유사성5), 논술
과제를 구성할 때 조건과 구속의 유사성6)으로 설명할 수 있다. "문
학 텍스트를 활용하여 논술 과제를 구성한다."는 이름 아래 일정한
종류의 추상화, 단순화 등을 수행하는 데 익숙해 있기 때문에 그러
한 작용이 자연스럽고 명백하며 자의적이지 않은 것처럼 보이는 것
이다. 이 글에서는 후자의 관점 즉, 이러한 작용을 수행하는 의도와
능력이 생득적인 것이라기보다 학습된 것이라는 관점을 취한다. 따
라서 지금까지 나타난 논술 과제들이 '문학 텍스트를 활용한 논술
의 본질'에서 이탈된 것이라거나 그것에 포함된 것이라고 선규정하
기보다는, 특정한 어떤 이에 의하여, 어떤 경우에, 어떤 목적으로,
일련의 원칙들에 조응하여 구성된 것이라고 보고자 한다.7) 이러한
관점은 이 글이 현실에 근거하되 그 현실을 비판적으로 극복할 수
있는 과제를 모색해야 한다는 실용주의적 사고를 전제하고 있기 때
문이다.

---

4) 우리는 문학 텍스트를 활용한 일정한 틀의 논술 과제를 이전부터 접해 왔으며 그
   경험은 새로운 논술 과제 생산에도 개입하게 된다.
5) 출제 의도나 원칙을 통해 자료를 선택한 이유나 문항을 구성한 이유를 정당화할
   때 유사한 논리들이 동원된다.
6) 논술 고사가 고등학교 교육과 대학교육의 경계에서 시행된다는 점, 교육과정 운영
   의 일부가 아니라 '선발시험'의 일환이라는 점, 대학의 자율성과 국가의 통제 사
   이에서 줄타기를 하고 있다는 상황 등을 언급할 수 있을 것이다.
7) 이러한 관점은 서사이론을 전개하는 Smith(1981:213-214)에서 아이디어를 얻은 것
   이다.

Ⅱ. 문학 텍스트를 활용한 논술 고사 문항의 경향 분석

1. 논제의 출처로서의 문학 텍스트[8]

논술 고사에서 문학 텍스트는 특별한 대우를 받지 않는다. 인문 또는 사회 계열에서 특히 선호되는 읽기 제재라는 점이 눈에 띄지만, 이 경우에도 여타의 텍스트와의 차별성이 부각되지 않는다. 또 문학 텍스트만 제시되는 논술 과제도 있지만, 다른 비문학적 텍스트와 함께 제시되는 경우가 더욱 많다. 특히 최근에 '통합 논술'이라는 이름 아래 교과 간의 소통·통섭을 지향하여 이루어지는 논술 시험에서는 이러한 경향이 더욱 강화된다.

논술 시험에 활용된 문학 텍스트는 여타의 텍스트와 마찬가지로, 일차적으로 논제의 출처로서 의미를 갖는다. 사실 문학과 문학이 아닌 것의 경계에 대해 의문을 제기하는 현대적 관점에서 본다면, 문학 텍스트에 특권적 속성이 있다는 명제는 단언될 성질의 것이 아니라 증명되어야 하는 것이다. 문학 텍스트의 특권에서 출발하기보다 모든 언어활동이 세계에 질서를 부여하는 행위임을 인정하고, 일반적 텍스트와 문학 텍스트가 세계에 질서를 부여하는 것은 본질

---

8) 문학 텍스트와 비문학 텍스트의 구분이 통용되고 있지만, 그 경계가 불분명하고, 경계 짓기가 지닌 이데올로기에 대한 비판도 적지 않다. 논술 역시 현실 속에서 그 개념 망이 '설득과 논증을 기반으로 한 글쓰기로서의 논술', '독해력과 문제해결능력을 기반으로 한 논리로서의 논술', '통합된 개별 교과 지식에 기초한 논리적·비판적·창의적 사고력 중심의 논술 개념'으로 그 개념역이 확장·변용되고 있다고 한다(원진숙, 2007). 이 글에서 '논술'은 대입 논술 고사라는 시험 자체와 동일시되며, '문학'은 시·소설·수필·희곡의 허구적인 작품을 의미한다. 현실을 설명·비판하는 데 치중하여 '논술'과 '문학'의 본질로 상승하는 논의에 이르지 못한 것은 이 글의 한계이다.

적 차이라기보다는 정도의 차이라는 인식(Holquist, 2002)으로부터 출발하는 것이 보다 정당한 측면이 있다.

K대 2008학년도 논술 고사 2차 인문계열 예시문항에는 제시문 (가), (나), (다)가 모두 문학 텍스트로 구성된 문항이 있다. 이에 대해서 주어진 논술 과제는 다음과 같다.

(가) 황현의 「절명시」
(나) 김승옥의 「무진기행」
(다) 프로스트의 「가지 않은 길」
논제1. 제시문 (가)와 (나)에는 고민하는 인간의 모습이 나타나 있다. 글쓴이가 고민하고 있는 상황을 비교하여 설명하시오.
논제2. 학생이 제시문 (가)와 (나) 중 한 상황에서 제시문 (다)와 같은 선택을 해야 한다고 할 때 그 선택은 어떤 것인지 구체적으로 밝히고, 그렇게 선택한 이유를 논술하시오.

위의 논술 과제는 서로 다른 시대와 공간과 장르의 문학 텍스트들이 갈등·선택이라는 내용에서 갖는 상호텍스트성을 부각하여 논제를 설정하고 있다. 문제는 이러한 논제가 문학 텍스트 읽기 경험을 논제와 문제 해결 과정 속에 반영하기에 적절하게 구성되어 있는가 하는 점이다. 논제1은 「절명시」의 화자와 「무진기행」 마지막 부분에 드러난 주인공의 심리적 갈등이 어떤 상황을 배경으로 하는 것인지를 찾도록 하고 있다. 논제2는 「가지 않은 길」처럼 인생의 기로에 서 있을 때 어떤 선택을 할 것인지를 밝히도록 하고 있다. 이 논제들을 해결하기 위해 문학 텍스트 읽기 경험이 관여되는 지점은 「절명시」의 화자와 「무진기행」의 주인공이 처한 갈등 상황 파악하기, 「가지 않은 길」이 보여주는 선택 상황에 처해보기이다. 그리고 자신의 선택을 논증하는 과정에서 「절명시」나 「무진기행」의 내용을 언급하는 것이 부수적으로 뒤따르게 된다.

문학 텍스트로부터 갈등 상황을 포착하고 갈등 상황에서 어떠한 선택을 할 것인지를 묻는 위와 같은 논제가 도출될 수 있는 근본적인 이유는, 문학이 우리 삶에서 이루어지는 갈등과 선택의 상황을 잘 보여주기 때문이다. 황현의 「절명시」는 국권 찬탈이라는 사회적 상황 속에서 선택의 문제를, 「무진기행」은 아내와 일상과 세속적 삶이 있는 서울로 갈 것인지 자신의 본질을 경험하고 과거의 자신과 현재의 자신의 연결점을 찾을 수 있는 무진에 남을 것인지의 선택의 문제를 다루고 있다. 「절명시」와 「무진기행」은 타자들이 어떠한 갈등 상황을 겪고 있으며 그 상황 속에서 어떠한 선택을 했는지를 직접적으로 보여줌으로써, 우리 삶에서 이루어지는 선택의 문제에 대해 성찰하는 계기를 제공한다. 그러나 위의 논제는 문학 텍스트에서 성찰로 이어지는 계기보다는 문제 상황을 조건화하는 데 문학 텍스트를 활용하고 있는 것이다. 문학 텍스트에서 이루어지는 타자들의 선택에 대해 깊이 있는 파악과 이를 통한 삶의 성찰이 요구되지는 않는 것이다. 따라서 문학 텍스트 읽기 경험은 주어진 문학 텍스트를 사실적으로 이해하고, 자신의 판단과 선택을 대입시키는 정도에서 한정되어 있다. 이러한 현상은 일차적으로, 자료 제시형 논술에서 텍스트(자료)가 해석의 정당성을 가늠하는 최종적 요인으로 인식되는 상황과 관련이 있는 것으로 판단된다.

텍스트에 대한 창의적, 비판적 해석 능력은 창의적이고 논리적인 표현 능력과 함께 논술 고사에서 측정하고자 하는 중요한 평가 요소로 거론된다. 논술 고사의 출제 의도에서는 주어진 읽기 제재에 관한 다양한 해석 가능성이 인정되고 있다. 그러나 그것을 "잠재적으로" 인정하는 것과 논술 과제를 제시할 때 의식적으로 관여시키는 것은 차이가 있다. 대부분의 자료제시형 논술은 자료에 대한 요약이나 내용 파악으로부터 문제 해결이 출발하도록 기획된다. 이때 자료는 논술을 이끌어가기 위한 명료한 명제의 형태로 파악되어야 한다. 자료는 논술의 출발점을 제공해 주면서 또한 논술의 방향을 한정시키는 이중적 역할을 수행하기 때문이다. 따라서 문학 텍스트가 자료로 제시되었을 경우에, 문학 텍스트의 사실적 해석을 요구하는 데 그치는 경우가 많다. 즉 문학 텍스트의 다양한 수준에 대한 주의 깊은 다시읽기가 요구되지 않는 것이다.

이저에 의하면 읽기 과정은 "마음이 한꺼번에 느슨해지기도 하고 민첩해지기도 하는 극히 복잡한 행위이며 의미를 선택하고 조정하면서 의미를 확장하는 행위이며, 텍스트 상호적이고 텍스트 내적인 연관에 의해 생산되는 지속적으로 변경 가능한 투사들로 빈틈에 직면하고 그것을 채우는 행위이다"(Salvatori, 1983 : 661~662). 쓰기가 불확실성과 모호성을 다루는 과정인 만큼이나 읽기 역시 불확실성과 모호성을 견뎌야 하는 과정이다. 그러나 문학 텍스트를 활용한 논술 시험에서 문학 텍스트는 모호하거나 불확실한 대상으로 간주되지 않는다. 문학 텍스트는 논제의 출처로서 메시지, 정보, 중심 생각 등의 단위들로 환원되어버리는 경향이 있다.

이러한 사태는 논술에 활용되는 문학 텍스트의 범위가 상당히 폭넓다는 사실과도 관련이 있는 것으로 보인다. 특히 논술 고사에는 이미 많은 세계 문학 작품들이 활용되고 있다. 문학의 보편성을 염두에 둘 때 외국의 문학 작품들이 다수 도입되고, 특히 서구 중심의 문학뿐만 아니라 제3세계의 문학까지 포함하고 있는 것은, 우리 문학교육에도 시사하는 바가 크다. 문제는 이러한 다양한 작품군의 도입이 학교에서 이루어지는 교육의 범위와 상관없이 이루어져 왔다는 점이다. 이때, 문학 텍스트를 이미 읽은 학생, 특히 그 텍스트를 논제와 관련하여 비판적으로 해석한 경험이 있는 학생은 좋은 논술을 생산할 가능성이 높다. 그러나 논술에 활용된 문학 텍스트를 접해보지 못한 학생도 있을 수밖에 없다. 이러한 상황에서 문학 텍스트를 처음 접하는 학생이 논술을 개시할 가능성을 원천적으로 봉쇄할 수는 없다. "제시문의 내용도 고등학생이면 누구나 읽었음직한 것이었으며 설령 그 책들을 읽지 않았어도 내용 파악에는 어려움이 없도록 평이한 지문을 제시문으로 택하였다. 단 평이한 내용 속에서도 함축적이고 다양한 해석이 가능한 제시문으로 독해력과 창의력이 뛰어난 학생은 탁월한 답을 쓸 수 있도록 하였다."(2002년 B대 출제 의도)라는 언급 속에는 이토록 복합적인 사정이 전제되어 있다. "설령 그 책을 읽지 않았어도 내용 파악에는 어려움이 없"는 문학 텍스트를 제시했다고 했는데, 이는 문학 텍스트에서 읽어낼 '무엇'인가의 수준이 깊지 않을 것임을 알려준다.

자주 논술 시험의 전범으로 거론되는 프랑스 바칼로레아의 경우, 고등학교 교육과정과의 관련성을 명백히 하며 1년 전에 다음 해 바칼로레아 출제 범위가 미리 발표된다. 2004~5년도 문학 바칼로레아 프로그램의 경우 분석 대상과 작품은 다음과 같다.

A 영역 : 위대한 문학 모델—중세부터 고전시대[17세기]까지 프랑스의

모델
 - 작품 : Continuations에서 발췌한 크레티앙 드 트루아의 Perceval
ou le Roman du Graalde[페르시팔 혹은 성배 이야기]
 - 이 작품에 대한 분석에는 교사가 선택한, 신화와 연관된 일련의
작품 혹은 텍스트에 대한 대강의 독해가 부수되어야 한다.
B 영역 : 구어와 이미지-문학과 영화
 - 작품 : 프란츠 카프카의 소송
 - 영화 : 오손 웰스의 소송(1963년 버전)
C 영역 : 문학과 사상 논쟁 도덕가들과 권력
 - 작품 : 장 드 라 부뤼에르의 Les Caractères[인간의 이모저모]
이 장들의 대한 분석에는 교사가 선택한 발췌문에 대한 전체적인
대강의 독해가 보충적으로 부수되어야 한다.
D 영역 : 현대 문학-현대 프랑스 작품이나 프랑스어로 된 작품들
 - 작품 : 장 지오노의 Un roi sans divertissement[권태로운 왕]9)

여기서 네 영역으로 구분된 작품들이 매년 바뀌는 것이 아니라
두 영역의 것은 연속되고 두 영역에서는 바뀐다. 위의 경우, 크레티
앙 드 트루아의 「페르시팔 혹은 성배 이야기」와 장 지오노의 「권태
로운 왕」은 이미 2003-4년의 프로그램에 있었던 것들이다. 그리고
2005-2006년 프로그램에는 B 영역과 C 영역의 작품이 그대로 유지
된 채, A 영역과 D 영역의 작품이 바뀐다. 이처럼 핵심적으로 읽을
대상이 미리 정해져 있고 이것이 집중적으로 교수·학습의 대상이
됨으로써, 바칼로레아의 안정성과 예측가능성이 높아진다. 또한 실
제 논술 시험에서 문학 텍스트에 대한 심도 있는 해석을 요구할 수
있는 터전이 제도적으로 마련된다고 할 수 있다.

---

9) http://yz2dkenn.club.fr/sujets_de_devoir_type_bac.htm

2. 부과된 관점으로 읽기

문학을 읽고 논술을 한다고 할 때 문학을 읽는 주체와 논술을 하는 주체는 동일하다. 따라서 논술을 하는 주체의 논술 동기는 문학 텍스트 읽기와 표현 욕구로부터 출발하는 것이 일반적이다. 즉 대개의 경우, 독자는 「자신이 선택한 문학 텍스트」를 읽고, 「자신이 선택한 문제의식」에 대하여 쓴다. 교육적 상황에서는 문학 텍스트와 논제 선정의 주체가 유동적이다. 특정한 의도에 따라 교사가 정해 줄 수도 있고, 학습자가 스스로 정하도록 요구할 수도 있다. 그러나 평가와 선발을 위해 이루어지는 논술 고사에서는 문학 텍스트 선정자와 논제 선정자가 모두 문학 텍스트 읽기 및 논술의 주체와 다른 사람이다. 피험자와 선발자는 차라리 이해관계에서 양극단에 있는 사람이라고 할 수 있다.

이 때문에 논술 시험의 상황에서는 문학 텍스트 읽기로부터 출발하는 일반적인 표현 과정의 반대 과정이 실현된다. 일반적인 과정에서는 문학 텍스트를 읽고, 읽기에서 촉발된 표현 동기를 지니고, 문제의식을 가다듬고 이와 관련된 자료를 참고하고 그 내용을 정리하며 자신의 문제의식을 상세화하고 자신의 논지를 구성하면서 글을 엮게 된다. 독자의 문제의식이나 논지는 읽기에 선행하는 것이라기보다는 읽기의 과정에서 발생하고, 읽기와 쓰기가 이루어지는 과정에서 이에 대한 구체화·상세화가 이루어진다고 할 수 있다.

그런데 논술 과제 해결 과정에서는 이와 다른 양상이 나타난다. 논술 고사에서는 주어진 논제를 전제로 하여 다양한 텍스트를 읽고,

그것들의 관계를 파악하고, 그것을 통해서 글에 담겨 있는 생각이 무엇인지 알아내고 글로 설명하는 과정이 요구된다(이병민, 2006: 152).[10] 평가에 임할 때 '답을 하기 전에 문제를 먼저 읽으라.'는 일반적인 조언은 여기에서도 적용되어, 학생은 다른 이가 설정한 논제를 전제하고, 그 논제에 초점을 두어 문학 텍스트를 대하게 된다. 제시된 읽기 방향을 따라서 문학 텍스트를 바라보게 되는 것이다. 따라서 문학 텍스트를 활용한 논술 문항에서 문학 텍스트에 대한 풍부하고 다양한 접근이라는 것은 목적적으로 지향되지만 실제로 요구되는 다양성은 '주어진 논제'에 한정되어 있게 된다. '논술 대비 문학'이라는 기획으로 이루어지는 상업적 출판은, 학습자가 문학 텍스트를 자기식으로 다양하게 읽도록 하는 데 초점을 두기보다는 다른 이가 선정한 논제를 접하도록 하고, 논제를 연습함으로써 논술 시험에 대비하도록 한다. 이러한 독서 문화를 비판할 수는 있지만, 작금의 논술 시험이 이러한 방식을 통해 준비할 수 있는 체제라는 점도 부인할 수 없다.[11]

예외적으로 논제를 학생 스스로 발견하도록 하는 논술 시험이 출제된 적이 있다. 2000년 E대에서는 황순원의 「송아지」라는 단편소설을 제시문으로 하여, "이 글을 읽고 나름대로 논제를 찾아 자신의 견해를 1,300자 이상 1,400자 이내로 논술하시오"라는 논술 과제를 제시한 바 있다. 이러한 과제 제시는 사실 평가 상황보다 교

---

10) 이병민은 이런 점에서 논술 고사가 제시된 지문을 읽고 이해한 것을 글로 확인하는 독해시험의 성격이 강하며, 지식의 적극적 활용보다는 수동적 이해에 초점을 두고 있다고 비판하고 있다(2006:152).
11) 논술 교육 혹은 논술 시험의 대안으로 일컬어지는 프랑스 바칼로레아의 경우에도 이 시험 준비를 위한 각종 수험서와 요약집이 출간되고, 학원과 개인지도도 성행하는 것으로 알려져 있다.(강무섭, 1992. 한대호, 2005에서 재인용)

육적 상황에서 선호될 것으로 여겨진다. 평가 상황에서는 예상 답안 구성의 어려움, 채점의 어려움 등이 예견되고 또 이러한 논제 발견식 과제만을 시행한다면 그 또한 천편일률적인 논술 과제라는 비판을 받을 수도 있다. 그러나 논제 발견을 당연히 출제자의 몫이라고 간주하고, 그 논제와 학습자, 그리고 문학 텍스트 이 삼자의 관련성을 중시하지 않는 우리의 사고에 충격을 주는 사례로 의미있다고 본다.

3. '자신의 삶'과 관련짓기

논술이 논리적인 작업임에 틀림없지만 동시에 논술 주체의 세계관이나 가치관 등의 논술적 자아가 반영되는 주관성의 면모도 함께 견지해야 한다(원진숙, 2007 : 217). 글을 쓴다는 것이 결국 자신의 생각과 사고, 관점을 드러내는 행위이기 때문이다. "중고등학교 학생들의 현실적인 경험과 연관되는 주제"(2001 M대 출제 지침)라는 등의 언급은 학생들이 주어진 텍스트와 논제를 자신의 삶을 연관지어 사고하고 이를 논리적으로 서술하리라는 기대를 내포하고 있다. 물론 학생들에게 다양한 텍스트들을 개인적 경험과 연관짓도록 요구하는 것은 문학교육에서도 상식적인 것이다. 따라서 문학 텍스트를 활용한 논술에서 자기를 드러내는 구체적인 국면들이 어떻게 상정되어 있는가는 문학교육의 관점에서도 흥미로운 부분이다. 그런데 문학 텍스트를 활용한 논술에서 개인적 경험과 텍스트 읽기 사이의 연관은 제한적 방식으로만 이루어진다. 그 전형적인 것으로 다음과 같은 예를 들 수 있다.

(가)와 (나)는 현대인의 삶의 양식의 어떤 측면들을 보여주는 글이
다. 이 두 글에 비추어, (다) 시의 화자가 희구하는 삶의 방식을 설명
하고 이러한 삶의 방식에 대해 자신의 견해를 논술하시오. (1999 T대
인문)
　(가) 엘빈 토플로의 「미래의 충격」
　(나) 에리히 프롬의 「소유나 삶이냐」
　(다) 박목월의 「산이 날 에워싸고」

　다음 세 제시문에 나타난 인간관계의 특징을 분석하고, 그 밑바탕
에 깔려 있는 공통된 논리를 자신의 관점에서 비판하시오.
　(가) 「춘향전」
　(나) 이청준의 「소문의 벽」
　(다) 다리오 포의 「메디아 왈츠」
　　(2000. O대 인문)

　인간은 때때로 극복하기 어려운 역경과 고통에 처한다. 그런데 이
러한 상황을 이해하고 거기에 대처하는 방식은 사람에 따라 다를 수
있다. 카뮈의 소설 『페스트』에는 페스트로 인한 재난의 상황(제시문
A)에서 고통받는 오랑 시(市) 주민들의 사고와 행동이 나타난다. 제시
문 (가), (나), (다)의 세 인물(기자 랑베르, 신부 파늘루, 의사 리유)이
각각 역경에 대처하는 방식을 정리하고, 그들의 사고 방식과 행동 양
식을 자신의 인생관과 관련지어 비판적으로 논술하라.(2000. I대)

　아래 두 제시문에서 석저와 자베르가 처한 문제 상황을 분석하고
그에 대한 자신의 견해를 논술하시오.(2003. B대)
　(가) 「여씨춘추」
　(나) 빅토르 위고의 「레미제라블」

제시문들을 관련짓는 방식이나 제시문에서 이끌어낸 논제의 종류는 각기 다르지만, 모두 공통적으로 제시문에 대한 객관적 해석을 제시할 것을 요구하고, 자신의 견해를 이에 부가하도록 하는 방식을 취하고 있다. 즉, 문학 텍스트로부터 무엇을 읽을 것인가를 정해 주고, 학생에게 이를 설명·분석·정리한 후 이후에 자신의 견해, 관점, 인생관을 드러낼 것을 요구하고 있다. 이러한 논제의 구조는, 문학이 독자가 자신의 관점을 투여하고 텍스트 속에 드러난 삶의 모습과 자신의 삶의 관점을 견주어 볼 수 있는 좋은 매개라는 점과 맥 닿아 있다. 그런데 독자는 문학에 자신의 관점을 투영하기도 하지만, 또한 문학으로부터 일정한 관점을 환기받고 자신의 관점을 성찰하는 기회를 제공받기도 한다. 문학 텍스트 속에 제시되는 삶의 모습과 독자의 관점은 일방적으로 영향을 준다기보다는 서로를 규정하고 형성하는 관계에 있다고 보는 것이 타당할 것이다. 예컨대 「레미제라블」에서 독자는 자베르가 법과 양심이라는 두 가치 사이에서 고민하고 이를 자살로써 결론지었다는 점을 아는 것에서 그치는 것이 아니라, 그의 그러한 고민과 결론으로부터 결과적으로 자기인식을 얻게 된다. 그러나 위의 논술 과제에서는 석저와 자베르가 처한 문제 상황으로부터 무엇인가를 배우는 독자라기보다는 석저와 자베르가 처한 문제 상황을 제3자로서 객관적으로 기술하는 독자를 전제하고 있다.[12]

---

12) 좀 더 근본적으로 따지자면, 「레미제라블」을 읽은 독자는 자베르가 처한 문제 상황의 의미를 저마다 다양하게 인식할 수 있다. 그런데 논술 문항은 인물의 문제 상황을 「여씨춘추」의 석저의 문제 상황과 대응하기를 요구함으로써 인물이 처한 문제 상황을 '법이라는 가치와 양심이라는 인간적 가치'(2003 B대 출제 의도) 사

학생들이 문학을 읽고 쓴 에세이에서 문학이 학생의 개인적 삶과 사회적 삶에 미치는 영향은 다방면으로 이루어지는데 이를 다음의 6가지로 정리한 연구가 있다(McGinley, Kamberelis etc., 1997:56—61).

1) 가능한 자아에 대한 탐구 또는 구상 – 문학은 인물의 삶을 통해 가능한 자아, 역할, 책임을 탐구하고 구상하는 수단으로 기능한다.
2) 개인적 경험에 대한 기억과 재생 – 문학은 자신의 삶의 개인적 경험이나 관심을 기술하거나 묘사하기 위한 수단으로 기능한다.
3) 문제적 감정에 대한 성찰 – 문학은 자신의 삶에서 중요한 도덕적, 윤리적 딜레마에 관련되었을 때 문제적인 감정과 상황을 성찰하고 대상화하기 위한 수단으로 기능한다.
4) 상상적 삶에의 참여 – 문학을 통해 독자는 인물의 경험과 업적을 공유할 수 있다.
5) 사회적 관계 중재 – 문학은 동료, 가족, 공동체 구성원 사이의 사회적 관계를 이해하고, 확증하고, 중재하는 수단을 제공한다.
6) 사회 문제와 사회적 이슈에 대한 이해 – 문학은 중요한 사회적 사안과 사회적 문제에 대한 자각을 불러일으키고 개발하는 수단을 제공한다.

앞부분의 것이 주로 개인적 삶과 관련이 있다면 뒷부분은 주로 사회적 삶과 관련이 있는데, 이 둘의 구분이 중요한 것은 아니다. 문학 텍스트가 독자의 삶에 주는 영향이 다채롭다는 것을 전제함으로써 논술에 드러나는 자아의 상(像)도 좀 더 다양하게 포괄될 필요

이의 선택의 문제로 한정하도록 유도하고 있다. 이를 바탕으로 논술을 수행할 때, 피험자는 문학의 독자로서 자신의 전모를 드러내기 위해 노력하는 주체라기보다 자기에게 주어진 제한된 담론 상황 속에서 선택할 뿐인 주체로 능동성이 위축된다.

가 있다고 본다.

4. 문화적 문식성 요구

문화적 문식성은 참된 문식성을 구성하는 '문화적' 내용, 즉 문화적 정보의 요체를 뜻한다(Hirsh, 1983). 즉 문화적 문식성은 개인이 사회·문화적 소통에 참여할 때 기본적으로 갖추어야 하는 문화 지식이다.[13] 이 지식은 전통에 대한 인식, 문화적 유산과 그 가치에 대한 인식, 전통으로부터 무엇인가를 배울 수 있는 능력, 어떤 문화의 장단점을 이해할 수 있는 능력 등으로 구체화된다. 고전적 관점의 문화 개념에 입각한 이러한 관점 하에서는 문화의 개념이 '전통'이라는 수직적 범주를 중심으로 형성됨으로써 전통적 가치를 지닌 문화 텍스트를 중심에 두게 된다(박인기, 2002 : 26~27). 따라서 문화적 문식성은 주로 문학 텍스트의 선정과 직접적으로 연관되어 있다. 1997년 12월 서울 지역 12개 대학이 결의한 논술 고사 시행 방침에 있는, "한국 및 동서고금의 고전을 포함한 다양한 소재에서 출제한다."는 항목이 이에 준한다. 논술 시험에서는 논술 과제의 형식보다 읽기 제재의 다양성을 통해 이전의 논술 문제와의 차별화를 꾀하는 경향이 많다. 이에 따라 고전이라는 이름 하에 새로운 문학 텍스트들을 들여올 것이고 고전에 포괄되는 문학 텍스트의 목록은 확장될 것이다. 이렇게 당연시되어 통용되는 고전의 범주가 과연

---

13) 문화적 문식성을 주창한 허시의 경우에, 문화적 문식성이 제기되는 것은 문식성 교육의 맥락에서이다. 읽기, 쓰기의 기본적인 원리를 가르침으로써 단시간 내에 읽는 방법 및 쓰는 방법을 가르칠 수 있다는 문식성 관점을 비판하면서, 읽기와 쓰기를 잘 가르치려면 학생들에게 전하고자 하는 '특정한' 문화적 어휘들을 선정해야 하는 어려운 결정을 내려야 한다고 말한다(Hirsh, 1983:143).

타당한지, 누구에 의해 고전이라고 지칭되는 것인지에 대해서는 근본적인 성찰이 필요한 것 같다. 또 고전이라서 논술 시험에 도입되는 것인지, 논술 시험에 도입됨으로써 고전으로 추인되는 것인지 따져볼 필요가 있다. "고전적 문헌을 활용하여 논술 고사가 중고등학교 학생들에게 독서의 기회를 갖게 한다"(2001학년도 M대 출제지침)는 출제 의도 혹은 출제 지침에서 엿보이는, 논술 시험을 통해 문화적 문식성을 확대하려는 관점이 과연 유의미한지도 생각해봐야 할 문제이다.

한편, 문학 텍스트를 활용한 논술에서 문화적 문식성은 문학 텍스트의 조건으로 전제되어 있을 뿐만 아니라, 학생이 펼쳐 보여야 하는 능력으로 전제되어 있는 것으로 보인다. 학생들은 고전적 문학 텍스트를 읽을 수 있을 뿐만 아니라, 문학 텍스트를 현재화하여 이해하도록 하는 논술 과제에 응답하면서 '전통으로부터 무엇인가를 배울 수 있는 능력'을 입증해야 한다. 이는 과학적 지식이나 원리, 사회 현상 자료 등이 읽기 제재로 제시되었을 때와는 달리 문학이나 사상서가 읽기 제재로 제시되었을 때 특별히 제기되는 요구로 보인다.

문학 텍스트를 활용한 논술 시험에서 문화적 문식성을 요구하는 것은 그 자체가 문제적이지는 않다고 여겨진다.[14) 문제는 그 문화적 문식성의 기준이 무엇 혹은 누구인가이다. 논술 시험에서 문화적 문식성의 보유자이자 판정자는 논술 시험의 출제자이다. 학생은 자신이 문학 텍스트를 읽고 이해한 것이 '문화적으로 교육받은 사

---

14) 프랑스의 바칼로레아에서도 폭넓은 문화적 문식성은 쓰기 능력, 구술 능력과 함께 바칼로레아에서 성공하기 위한 핵심 요소이다(Donahue, 2003:64).

회를 대표하는 사람들이 가진 규범에 상응하는 단어와 개념의 옷'(Hansson, 1991 : 114)을 입도록 해야 한다. '평소의 풍부한 독서, 다양한 지적 경험과 교양'이 문화적 문식성을 갖추는 방법으로 제시되지만, 이 독서와 지적 경험과 교양이 풍부할 뿐만 아니라, 출제자의 그것과 동일한 자장 속에 있어야 할 필요가 있다.

즉 문학 텍스트를 활용한 논술 시험에서 문화적 문식성은 해석 공동체의 권위라는 문제와 맞닥뜨리게 된다. 해석 공동체라는 말을 대중화시킨 피시는 '해석 공동체의 권위'에 대해 논할 때, 기존 해석 공동체의 권위와 그것이 제출하는 해석들의 권위가 근본적으로 설득적인 것이지 강제적인 것이 아니라고 본다. 권위는 논쟁의 힘으로부터 나오며 따라서 더 강력한 힘에 의한 도전('교섭')에 개방되어 있다고 보는 것, 이것이 피시의 해석 공동체의 성격을 말해준다(Shepherd, 2001 : 145). 그러나 논술 시험의 상황 속에서 해석 공동체의 권위는 이미 출제자(채점자)에게 주어져 있으며 학생은 이 권위에 의해 일방적으로 평가된다. 이런 점을 염두에 둘 때, 문화적 문식성은 피험자가 보여주어야 할 능력으로 요구할 것이기도 하지만, 출제자 편에서도 자신들이 전제하는 문화적 문식성이 과연 바람직한 것인지 성찰할 필요성이 있다.

Ⅲ. 나가며

대입 논술에서 문학 텍스트가 제시문으로 활용되는 현상은 문학 텍스트 읽기를 공공의 영역으로 가져오는 효과를 지니고 있다.

그런데 많은 경우 문학 텍스트는 논술 시험을 대비하기 위한 소비재로 여겨지고 있으며, 실제 논술 시험에서도 문학 텍스트의 쓰임은 소비재 차원을 넘어서지 못하는 경우가 많은 것 같다. 이 글에서는 대입 논술에서 문학 텍스트가 활용되는 양상을 네 가지 측면을 중심으로 살펴보았다. 문학 텍스트가 논제의 출처로 다루어지고, 문학 텍스트 읽기는 문항이 함축한 특정한 관점을 전제로 하여 수행된다는 점, 논술 과정에 문학 텍스트를 자신의 삶과 관련짓고 문화적 문식성을 소유하고 있음을 입증하라는 요구가 제시된다는 점이 그것이다. 논술 과제를 구성하기 위해 문학 텍스트가 압축 또는 발췌되고 의미가 한정되는 과정에서 문학 텍스트에 대한 독자의 풍부하고 다양한 해석의 가능성이 상대적으로 간과되고 있음을 확인할 수 있었다.15)

비유를 계속하자면, 문학 텍스트는 소비재라기보다 자본재로 접근되어야 한다고 본다. 문학 텍스트는 단지 논술 시험에 활용되는 것이 아니라, 그간 논술 시험에 가해졌던 비판을 넘어설 수 있는 방편으로 '제대로' 활용되어야 한다. 논술이 창의적 독해 능력을 실질적으로 요구하며 자아의 다양한 모습을 담을 수 있는 넉넉한 품이 되기 위해서는 문학의 특수성을 반영한 논술 과제 구성 전략을 마련할 필요가 있다. 이 글은 그러한 연구로 나아가기 위한 출발점에 서 있다.

---

15) 문항 자체의 특성에 대한 검토에 치중하여 출제 의도, 채점 기준, 채점 과정, 예시 답안 그리고 피험자들의 실제 답안 등을 종합적으로 다루지 못했는데, 이에 대해서는 다른 자리를 기약하고자 한다.

■ 참고 문헌

강무섭(1992), 「입시위주 교육의 실상과 대책Ⅲ」, 한국교육개발원, 1992.
박인기(2002), 「문화적 문식성의 국어교육적 재개념화」, 『국어교육학연구』
(V.15).
원진숙(2007), 「논술 개념의 다층성과 대입 통합 교과 논술 시험」, 『국어교육』
(V.122).
이병민(2005), 「논술 시험은 우리에게 무엇인가?:논술 시험의 사회문화적 고
찰」, 『교육비평』(V.19).
────(2006), 「논술 고사의 성격 및 타당성 고찰」, 『국어교육』(V.121).
한대호(2005), 「프랑스와 한국의 대학입시제도의 비교연구—바칼로레아와 수
학능력시험을 중심으로」, 『서양사학연구』(V.13).

Donahue, C.(2004), "Writing and Teaching the Disciplines in France", *Art & Humanities in Higher Education*(V.3, N.1), Sage Publication.
Hansson, Gunnar(1985), "Verbal scales in research on response to literature", in *Researching Response to Literature and the Teaching of Literature:Point of Departure*(ed. C. R. Cooper), Ablex Publishing Corporation.
Hansson, Gunnar(1991), "Kinds of Understanding, kinds of difficulties in the reading of literature", in *The Idea of Difficulty in Literature*(ed. A. C. Purves), State Univ. of New York Press.
Hirsh, E. D.(1983), "Reading, writing and cultural literacy", in *Composition and Literature*(ed. Winifred Bryan Horner), Univ. of Chicago Press.
McGinley, W., Kamberelis, G., Mahoney, T., Rybicki, D. M., Oliver, J.(1997), Re-Visioning Reading and Teaching Literature Through the Lens of Narrative Theory, in *Reading Across Cultures: teaching literature in a diverse society*, Teachers College Press.
Seitz, James, E.(1992), "A rhetoric of reading", in *Rebirth of Rhetoric:Essays in*

language, culture and education(ed. Richard Andrews), Routledge.

Shepherd, D.(2001), "Bakhtin and the reader", in *Bakhtin and Cultural Theory* 2ed.(eds. K. Hirschkop & D. Shepherd), Manchester Univ. Press.

Smith, Babara Hernstein(1981), "Narrative version, narrative theories", in *On Narrative*(ed. W. J. T. Mitchel), Chicago Univ. Press.

Williams, Kevin(1998), "Assessment and the Challenge of Scepticism, in Education", Knowledge and Truth: beyond the postmodern impasse(ed. David Carr), Routledge.

http://km.naver.com/list/view_detail.php?dir_id=80810&docid=33511406
http://my.dreamwiz.com/ghdud99/main.htm
http://yz2dkenn.club.fr/sujets_de_devoir_type_bac.htm

문학을 활용한 논술 문항 구성 전략

류 수 열 (전주대학교 국어교육학과 교수)

문학을 활용한 논술 문항 구성 전략

I. 논의의 목적

논술이란 무엇인가? 답하기 까다로운 질문은 아니다. 인상적인 수준이라 할지라도 '어떤 사상(事象)에 대해 자신의 입장을 논리적으로 밝힌 글' 정도의 규정이라면, 논술에 대한 개념은 충분히 드러낸 것으로 보인다. 형식과 분량을 세세히 따지지 않는다면, 우리는 일상적으로 논술을 하고 있는 셈이다. 인스턴트식품을 먹지 않는 것이 좋다는 취지로 어린 아이들을 설득할 때에도, 거짓을 말한 사람에게 그것이 왜 거짓인지를 납득시킬 때에도 우리는 논술을 행하는 것이다.

그런데도 논술이 사회적인 쟁점으로 비화되고 정책적 차원에서 방침이 정해지고 규제가 가해지는 것은, 그것이 시험이라는 사회 제도의 외양을 하고 있기 때문일 것이다. 특히나 인생사의 가장 결정적인 고비에 버티고 선 대학 입시의 관문으로 논술이 정착되고 있는 사정으로 인해, 그에 대한 반응은 더없이 민감해지고 논란은 뜨거워지고 있는 것으로 보인다.

여기에 더해 이른바 '통합교과형 논술'이 등장하면서 중등교육 현장에서는 이에 대비한 논술 지도 방안이 뜨거운 감자로 떠올랐다고 한다. 이는 이른바 'WYTIWYG 현상(What you test is what you get.)'의 한 사례가 아닌가 한다. 'WYTIWYG 현상'이란 시험이 교수 -학습 과정과 내용, 방법 등 교실 현장의 대부분을 통제하는 현상을 뜻한다. 목표가 내용을 규정하고 내용이 방법을 규정하며, 최종적으로는 이러한 요소들이 평가를 규정하는 것이 정상적인 절차이겠으나, 정반대가 되어 버린 것이다. 게다가 논술 교육이 학습자들의 사고력 대신 글쓰기의 형식적 절차에 지도의 초점을 맞추게 됨으로써, 학습자 개개인의 개성보다는 서론-본론-결론의 형식적 완결성을 추구하는 경향을 보이고, 그 결과 학생들에 의해 작성된 논술은 박제화되어 가고 있다는 진단도 보인다.

이 글은 이러한 논술 교육의 폐단을 조금이나마 완화하고 논술 고유의 교육적 의의를 회복할 수 있는 한 방안으로서 문학 작품을 활용한 논술 문항 구성 전략을 다룬다. 문학은 공식적·비공식적으로 논술의 중핵적인 자료로 인정받아 왔고, 그 활용도 또한 높았던 것이 사실이다. 그리고 문학을 활용한 논술 문항도 다양한 유형을 보여주고 있다. 논술 자료로 문학이 활용되어 온 역사를 통해 문학의 논술 자료적 가치는 이미 충분히 검증되었고, 그 활용 방안 또한 다각도로 실현되었던 것으로 보인다.

따라서 이 글에서는 왜 문학이 논술의 자료로 활용되어야 하는가 하는 문제에 관한 논의는 생략하기로 한다. 그리고 이미 출제되었던 문학 논술 문항을 통해 문학이 활용되는 양상을 분석하는 일은 생략하기로 한다. 대신 이 글에서는 논술의 교육적 가치 회복에 기여하기 위해서는 어떤 문항 구성 혹은 문항 출제 전략을 새롭게 구사할 수 있는가 하는 문제를 논의의 중심에 둔다. 문학을 논술 자료로 활용하는 만큼, 문학 고유의 특성과 자질을 최대한 실현할 수 있어야 하고, 또 그것이 논술 자체의 교육적 가치 회복에 기여할 수 있도록 문항이 구성되어야 하며, 그 결과 논술을 작성하는 학습자들의 논술 작성 경험이 개인적·사회적 삶에 대한 성찰과 지적 성장의 계기로 작용할 수 있도록 해야 한다는 것이 문제의식의 출발점이다. 이는 달리 말해 이 글이 입시용 논술의 도구성이나 실용성을 일단 배제한 채, 개별 교과 교육을 정상화시킨다는 다소 이상적인 목표를 염두에 두고 있다는 뜻이기도 하다.

II. 전제적 문답

현재 논술에 대한 논란의 이면에는 논술에 대한 몇 가지 오해가 도사리고 있는 것으로 보인다. 이에 몇 가지 질문과 대답을 통해 논술에 대한 오해를 풀어보고자 한다. 이는 문학을 활용한 논술 문항 구성 전략의 전제로도 작용할 것이다.

1. 논술은 장르적 완결성을 갖추고 있는가?

우리 교육사에서 논술이 대학 입시의 제도적 장치로서 등장한 것은 1986학년도 신입생 선발에서였으나, 이듬해에 한 차례 더 시행된 뒤 사라졌다. 그러다가 1994년에 다시 도입되어 오늘날까지

이어져 오고 있다. 그러니까 논술은 자연발생적인 장르가 아니라 인위적인 평가 도구로 고안된 글쓰기라 할 수 있다. 그런가 하면 개별 교과 단위에서 평가의 도구로 활용되는 논술도 있다. 이 경우의 논술은 수행 평가 방법 중의 하나로서 주관식 유형으로 분류되는 서술식 평가 유형이다.

물론 논술이 전대미문의 전혀 새로운 글쓰기 유형은 아니다. 넓게 보아 설득을 목적으로 하는 글이고, 그렇기 때문에 논리적인 성격을 가지는 글이다. 5세기경에 집필된 중국의 문학 이론서 『文心雕龍』만 보더라도, 설득적 성격을 가진 문체로서 '논변〔論說과 辨說〕', '의대〔議論과 對策文〕'를 충실히 설명하고 있고, 천자를 독자로 삼는 '장표(章表)'나 '주계(奏啓)'라는 문체에 대한 설명도 한 자리를 차지하고 있다. 논술의 연원적 자질을 발견할 수 있는 이들 장르의 글쓰기가 우리나라 사대부들에 의해서도 무수히 실천되었으니, 논(論), 문(文), 서(書), 기(記), 소(疏), 차(箚), 전(箋), 표(表), 책문(策文) 등이 바로 그것이다. 근대 이후 이러한 성격을 가진 글의 대표적인 장르는 신문의 사설이나 칼럼이었을 것이다. 일반적인 사건 기사가 사실이나 정보를 위주로 구성되는 데 비해, 사설이나 칼럼은 신문사 전체 또는 그 구성원, 혹은 외부 필자들의 주관적 입장을 피력하는 글쓰기 유형이다. 사설이나 칼럼 또한 태생적으로는 인위적인 장르였으나, 오랜 세월을 거쳐 오면서 내재적으로 생성된 고유한 문법을 지니고 있다.[1]

---

1) 이렇게 보면 '논술'의 어의(語義)는 두 가지 층위에서 별개로 고려해 볼 필요가 있다. ① 텍스트 유형으로서의 논술과 ② 텍스트 목적으로서의 논술이 그것이다. ① 은 주로 평가 도구로 활용되는 논술에 해당되며, ②는 설득을 목적으로 한 제반 의사소통을 포괄하는 개념이다. 이 글에서는 ①에 주된 초점을 맞추되, 개별 교과

어떤 글쓰기가 장르로 성립되기 위해서는 그 장르가 고유하게, 경우에 따라서는 독점적으로 갖추어야 하는 고유한 자질이나 속성을 필요로 한다. 시가 시답기 위해서 운율이나 이미지를 갖추어야 하는 것과 같다. 그러나 논술은 아직 고유한 내적 장치나 규범을 지니고 있지 못하다. 그것은 탄생 이후의 세월이 짧은 탓도 있지만, 근본적으로는 입시라는 특정한 상황에서 평가 도구로만 활용되는 상황적 특수성에 기인한다. 즉 논술은 아직 일상적인 의사소통의 한 장르로 대접받지 못하고 실용성에 근거한 도구로만 존재할 따름인 것이다. 이를 글쓰기의 준비 과정에서 필수적으로 요구되는 수사론적 상황 분석의 준거를 적용해 보면 다음과 같이 정리된다. 즉, 현재의 논술이란 입시 관문을 통과해야 하는 '상황' 속에서, 출제자에 의해 일방적으로 부과된 '쟁점'에 대해, 채점자를 유일한 '대상(독자)'로 하여, 점수를 더 높게 받기 위한 '목적'으로 쓰는 것이다. 그러다보니 암묵적으로 인정된 몇 가지 형식적 요건에 초점을 맞추게 되고, 바로 이러한 사정으로 인해 논술은 박제화되어 가고 있는 것이 아닌가 한다.

만일 논술이 한 개인의 지식과 경험이 총동원된 사고력을 바탕으로 작성되는 글로서 그 가치를 인정할 수 있다면, 우선 논술을 제도적 도구의 굴레에서 해방시키는 것이 급선무이다. 그리하여 누구나 일상적으로 쓸 수 있고 또 써야 하는 한 장르로 성장해나가도록 견인할 필요가 있다. 그러기 위해서는 아직도 미완의 상태인 논술의 장르적 문법을 개방적으로 구축해 나가야 한다. 현재 상태에

_____

단위에서 활용되는 경우와 대입 전형에서 활용되는 경우를 모두 포괄하는 의미로 쓴다.

서 암묵적으로 합의되고 있는 것은 논술이 논리적인 성격의 글로서 설득을 목적으로 하는 글 유형이라는 정도이다. 여기에 논술이 논술답기 위해서 어떠한 자질이나 속성을 가져야 하는가가 규범으로서 정립되어야 한다. 이 과정에서 문학을 활용한 논술이 어떤 역할을 할 수 있을 것으로 짐작된다.

2. 논술에서 '나'는 무엇인가?

흔히 정보 전달을 목적으로 하는 글의 생명을 객관성에서 찾곤 한다. 전자 제품 사용 설명서 정도의 글에서는 객관이 미덕일 수 있다. 그러나 신문 기사 정도의 글만 하더라도 객관이란 하나의 허황된 신화에 불과하다. 있다면 거기에는 상호주관성이 있을 뿐이다. 하물며 한 개인 혹은 특정 집단의 주관적 입장이나 이해관계를 선명하게 드러내야 하는 설득적인 글에서 객관을 미덕으로 내세울 수는 없다. 그렇다면 당연히 논술에서 '나'의 존재는 필수불가결하다. 더욱이 모든 논술문을 떠받치는 주제 의식의 출발점과 귀결점이 '나' 혹은 '우리'라면, 이를 배제한 논술은 애초에 성립 불가능하다.

논술에서는 대체로 인칭 대명사 '나'를 그대로 노출하지 않는다. '필자'라는 단어로 치환되어 나타날 수도 있다. 혹은 한국어 문형의 특성에 따라 자연스럽게 주어가 생략될 수도 있고, 글쓰기 주체를 지칭하는 어떤 단어도 의도적으로 은폐될 수 있다. 개인적 경험을 주장의 근거나 사례로 드는 것이 편벽될 수 있다는 우려에서 나온 암묵적 규범으로 판단된다. 객관적이고 보편적인 사례나 근거의 필요성은 누구도 부인하지 못한다. 그래서 그러한 우려는 타당하다고 본다.

그러나 문제는 '나'의 노출을 금기시한 결과 위장된 객관성만 강화하고 논술적 수사만 부풀리게 된다는 데 있다. '나'의 개인적 경험일지라도 그것이 논거로서 타당성을 지니고 사례로서 전형성을 지닌다면 충분히 서술에 포함될 수 있는 것이다. 오히려 '나'의 노출을 적극적으로 권장하고 '나'를 보여주도록 유도하는 것이 논술의 박제화를 막는 유력한 방안이 될 수도 있다. 논술 평가의 경험자들이 보고해 주고 있는 가장 흔한 문제점인 이른바 '천편일률적' 답안은 결국 '나'의 정체성이 제거된 답안과 다르지 않은 것이다.

이러한 입장에서 본다면, 상징성, 함축성, 전형성 등을 핵심 자질로 거느리는 문학 작품은 더더욱 중요한 논술 자료로 간주된다. 자료로 제시되는 문학 작품을 읽어내는 단계부터 논술 작성자 개개인의 '나'가 투영될 것이기 때문이다. 개성과 창의성의 미덕을 유독 강조하는 입장에서라면 더더욱 그 필요성이 커진다.

3. 논술은 평가 도구일 뿐인가?

수학은 양식의 과학이라고 한다. 수학자들은 이 세계의 한 일정한 측면을 들여다보고 그 복잡성을 벗겨내어 그 안에 숨겨져 있는 골격을 드러내 보여준다. 이 과정에서 세상의 어떤 면을 보느냐에 따라 수학은 여러 분야로 갈라진다. 예를 들어 산술과 수론은 수와 셈의 양식, 기하학은 형태의 양식, 확률론은 우연의 양식 등에 초점을 맞추게 되는 것이다. 이와 같이 수학은 그 각각의 양식을 이용하여 우리로 하여금 미처 볼 수 없었던 것을 볼 수 있게 만들고 마침내 그것을 이해할 수 있게 만든다.

따라서 수학을 왜 배우는가 하는 질문에 대해 연산 능력의 실제적 필요성을 근거로 답하는 것은 소박하다 못해 빈곤하다. 수학은 그야말로 순정한 논리적 양식의 학문이라는 점, 그래서 수학 교육이 추구하는 목표가 단순 연상 능력이 아니라 논리적 사고력 함양에 있다는 점이 간과된 것이다. 연산은 그야말로 기계적인 것이어서 컴퓨터와 같은 기계가 훨씬 신속 정확하게 답을 가르쳐 준다. 그래서 외국의 경우 수학 교실에서 전자계산기를 활용하는 것을 허용하기도 한다고 한다.

논술의 정체성 또한 이와 유사한 맥락에서 접근해 볼 수 있다. 논술을 단지 도구적 관점에서만 보게 되면, 그것이 내재적으로 그리고 본질적으로 지니는 교육적 가치를 외면하게 된다. 그래서 결국 문항 구성 과정에서 집중적으로 따지는 것은, 답안 작성 방향이 지나치게 열려 있지는 않은가, 혹은 채점 과정에서 공정성과 객관성을 기할 수 있는가 하는 등등의 문제이다. 이러한 고민은 논술이 평가 도구인 한은 당연히 수반되어야 하겠지만, 학습자로서 왜 논술을 써야 하는가 하는 교육 내재적인 질문을 망각하게 만들 수밖에 없다.

그렇다면 논술이 내재적으로 혹은 본질적으로 지니는 교육적 가치란 무엇인가? 다시 말해 논술 능력이란 본질적으로 무엇이어야 하는가? 논술이 글쓰기인 이상 논술 능력은 필연적으로 사고력의 문제로 귀속된다 할 것이다. 논술 능력이 단순히 문장을 매끄럽게 써내는 표현 능력을 넘어서는 지점에 위치해 있다면, 그것은 논술이 사고력을 요구하는 글쓰기이기 때문이다. 따라서 논술 교육은 학생을 평가하기 위한 도구로서가 아니라 학생의 사고력을 높이는 글쓰기 교육의 일환으로 자리매김해 둘 필요가 있다.[2]

모든 언어활동은 사고력과 무관하지 않다. 그 중에서도 논술문은 특히 같고 다른 점을 근거로 대상들을 유형화하는 분석적 사고력, 하나의 사상(事象)으로부터 얻은 지적 결론을 다른 사상에 적용하거나 일반화시키는 유추적 사고력, 대상 혹은 현상의 시비와 정오, 진위와 선악을 평가하는 비판적 사고력, 인과 관계와 의미의 상하 관계 등에 근거한 논리적 사고력과 직접적으로 연관된다.

주목할 만한 사실은 이러한 모든 사고력이 문학 읽기 능력에서 출발할 수 있다는 점이다. 상호텍스트적 작품 읽기가 이루어질 경우 여러 작품에 등장하는 인물이나 시적 화자들, 그리고 그들이 겪고 있는 갈등은 결국 몇 가지 유형으로 나누어진다. 문학 감상을 통해 감동을 얻고 공감을 할 수 있는 것은 기본적으로 유추적 사고가 가능하기 때문이다. 인상적인 수준에서라도 비평이 이루어진다는 것은 비판적 사고력이 실현되고 있다는 증거이다. 그리고 이 모든 사고의 과정은 필연적으로 논리를 동반하게 된다. 문학 읽기가 이러한 것은 문학이 여타 장르의 글에 비해 훨씬 더 상징적이고 함축적이며 전형적이기 때문이다. 따라서 문학을 활용한 논술은 논술 쓰기의 본래적 목적인 사고력 향상에 가장 전면적으로 부합하는 문항 구성 전략이라 할 수 있겠다.

---

2) 이 점에 관한 개괄적인 설명으로는 김대행(2006) 중 「사고력을 위한 문학교육」을 참조할 수 있다.

4. 통합교과적이지 않은 논술의 주제가 있는가?

최근에 논술이 뜨거운 감자로 떠오른 이유 중의 하나는 그 교육의 어려움 때문이라고 한다. 이른바 '통합교과형 논술'을 특정 교과를 담당하고 있는 교사 개인이 독자적으로 책임지는 것이 불가능하다는 것이다. 어떤 경우 '통합교과형'이라는 수식어의 규정력이 논술 교육 자체의 실현 가능성마저 차단하는 수준으로 커져 있는 것이다.

이에 독자적으로 성립된 교과, 독자적으로 실행되는 교과 교육이 과연 있는가 하는 질문을 던져볼 필요가 있다. 교과의 독자성 혹은 고유성은 경우에 따라 교과 교육의 전문성을 떠받치는 근거로도 활용된다. 그러나 그것은 지난 20세기 학문의 분화화가 초래한 특수한 현상이었을 따름이지, 교과 그 자체의 내재적 속성은 아니다.

무릇 하나의 학문이 독자적으로 성립되어 있음을 보여주는 것은 그 학문 자체의 내적 체계이고, 그것을 가시적으로 확인시켜 주는 것은 그 학문 고유의 전문 용어이다. 교과 또한 이에 준해서 독자적 성립 여부를 판가름할 수 있을 것이다. 교과란 곧 교육내용이라 할 수 있는데, 그것은 조직된 지식의 분야로도 설명되고, 교수 목적 달성을 위해 정비된 지식이나 기능의 범주로도 규정되며, 동질적 문화국면들의 논리적·체계적 조직 묶음으로도 정의된다. 결국 인류의 문화유산을 체계적이고 논리적으로 조직한 것이 교과라 할 수 있다.

그런데 이러저러한 교과 분화의 중심에는 결국 인간이 놓여 있다.[3] 모든 분과 학문과 개별 교과란 인간의 관심사가 발현되는 특정한 국면인 것이다. 따라서 인간을 매개로 모든 개별 교과는 통섭적 연관망을 형성할 수밖에 없다. 그 통섭의 네트워크가 복합적인가 단순한가 하는 차이가 있을 따름이지 여타의 교과와 완전히 독립적으로 존속될 수 있는 교과란 있을 수 없는 것이다. 다시 말해 '통합교과형 논술'이란 논술 중의 어떤 한 종류를 지칭하는 개념이 아니라, 논술의 본래적 성격이나 취지를 드러낸 용어일 따름이다(김영정, 2005). 이런 관점에서 본다면, 이른바 '통합교과형 논술'은 불필요한 수식어를 달고 있는 새삼스러운 신조어로서 동어반복에 가깝다 할 것이다.

따라서 논술은 정규 교과 수업에 질곡으로 작용하는 것이 아니라 오히려 정규 교과 수업의 입체화와 활성화를 위해서 반드시 필요한 교수－학습 방법이자 평가 도구로 자리매김 되어야 한다. 이른바 'WYTIWYG 현상'마저도 이 차원에서는 긍정적으로 해석될 수 있다. 이 현상은 적어도 교육의 과정(process)을 기준으로 보면 자연스럽지 못하지만, 평가의 통제력을 적극적으로 활용할 수 있다는 점에서 통합교과형 논술을 전략적으로 실천할 필요도 있는 것이다.

문학은 이 차원에서도 중핵적인 위치를 차지한다. 삼라만상 중에 문학 작품이 다루지 않는 것이 없기 때문이다. 분과 학문에서 다루는 모든 대상은 문학의 주요 소재 혹은 제재였다. 다만 거기에서는

---

3) 피닉스(P. H. Phenex)는 인간의 본성을 바탕으로 '의미의 영역'을 6가지로 구별하였고, 피터슨(A. D. C. Peterson)은 교육내용을 '지적 활동의 주양식(主樣式)'으로 규정하면서 네 가지 양식으로 나눔으로써 각각 학문 및 교과 구별의 체계를 제시했다. 피닉스의 '의미의 영역'은 ① 상징적 의미, ② 실험적 의미, ③ 심미적 의미, ④ 실재적 의미, ⑤ 윤리적 의미, ⑥ 총괄적 의미이고, 피터슨의 네 가지 양식은 ① 윤리적 양식, ② 실증적 양식, ③ 도덕적 양식, ④ 심미적 양식의 네 가지를 든다. (이홍우, 2000 ; 5장 및 6장 참조)

대상들을 개념화하는 언어가 구사되는 반면, 문학에서는 그것을 형상화하는 방향으로 언어가 운용되는 차이가 있을 따름이다. 문학이 통합교과형 논술에서 그 통합의 중심축 혹은 교량으로 자리 잡을 수 있는 것은 이러한 이유 때문이다.

5. 감화적 · 문학적 수사는 논술의 금기인가?

언어의 기능이나 용법은 여러 가지 기준에 따라 다양하게 나누어질 수 있지만, 정보 전달의 기능 · 용법과 심리 감화의 기능 · 용법이라는 오그덴과 리차즈(C. K. Ogden & I. A. Richards)의 이분법은 가장 흔하게 통용되는 구별법이다. 전자는 지시적, 전달적, 과학적 용법 등의 별칭을, 후자는 정서적, 감화적 용법 등의 별칭을 지닌다. 전자의 용례로 흔히 동원되는 것은 어떤 대상에 대한 사전식 설명이고, 후자의 용례로는 흔히 비유와 같은 문학적 표현을 든다.

일반적으로 설득을 목적으로 하는 논술의 언어는 이 중에서 전자의 기능에 기댄다. 이는 모호하지 않고 명료해야 하며, 장황하지 않고 간결해야 한다는 글쓰기의 원칙에서 파생된 것이다. 그러나 이러한 원칙은 모든 글쓰기에서 두루 적용되어야 마땅한 것이다. 물론 전략적으로 모호하게 혹은 장황하게 글을 쓰는 경우가 없지는 않지만, 불필요한 장식적 수사는 문학에서마저도 금기 사항이다.

문제는 논술의 언어가 주로 지시적 용법 혹은 전달적 기능을 발휘한다는 기술적(descriptive) 진단이, 논술에서는 언어의 정서적, 감화적 기능을 전적으로 배제해야 한다는 식의 규범적(prescriptive) 처방으로 곧장 치환된다는 점이다. 그러나 이는 별개의 차원이다. 언어의 두 가지 기능이나 용법이 선명하게 구별될 수도 없거니와, 설사 그렇다 하더라도 두 가지가 배타적일 수도 없다. 따라서 두 가지 용법을 구별하여 지시적, 과학적 기능을 절대적인 덕목으로 추구하는 것은, 무매개적 비약과 성급한 일반화의 결과일 따름이라 하겠다.

설복(說伏/說服)을 목적으로 하는 종교적 담론은 물론이고 사회적 이슈에 대한 신문사의 입장을 전파하는 신문 사설에서 속담이나 비유적 표현이 곧잘 등장하는 이유를 고려해 보면, 설득이 오직 근대적 이성의 영역이 전담하는 역할은 아님을 쉽게 수긍할 수 있다. 이성적 설득만이 가치를 갖는다는 합리주의적 신념은 이 점에서도 동의하기 어렵다. 다소 범박하게 말한다면, 논술이 텍스트의 목적상 설득 장르에 포함된다면, 설득에 기여할 수 있는 효과적인 글쓰기의 기법이나 장치는 모두 동원될 수도 있는 것이다. 논술이 '감동'을 목적으로 구성되는 글은 아니라 할지라도, 언어적 감화적 용법이 실현된다면 적어도 독자의 '공감'을 유도하는 데 지대한 역할을 할 수 있기 때문이다.

언어의 감화적 용법이 논술에서도 허용되고 장려되어야 하는 당위는 그것이 글을 쓰는 주체의 독창성과 개성을 드러낼 수 있는 유력한 단서라는 데서 찾을 수 있다. 가령 어떤 사태나 현상을 비유적으로 표현할 경우, 상투화된 비유를 예외로 하면, 그 표현에는 당연히 글을 쓰는 주체의 개성과 독창이 녹아들게 마련이다. 나아가 거기에는 대상을 바라보는 시각과 인식과 신념이 투영될 수밖에 없는 것이다.[4] 따라서 비유를 비롯한 감화적 표현이 단지 수사적인

---

4) "은유는 가장 시적이면서 그래서 가장 위험한 것"이라는 명제(올리비에 르불, 1994 : 154)가 겨냥하는 바도 바로 이것이다.

효용만을 갖는다는 것도, 또 그것이 문학의 전유물이라는 것도 커다란 오해라 하겠다.

언어의 감화적 용법이 단지 수사적 효용의 울타리에 갇혀 있을 수 없다고 보는 것은, 결국 감화적 표현이 정의적 사고력을 밑받침으로 삼고 있기 때문이기도 하다. 운율, 반복, 과장, 대구, 위트나 유머 등이 연설에서도 자주 활용되는 이유도 메시지 전달의 감화적 효용성에 있다. 따라서 이러한 장치들을 문학적 기교로만 간주하면서 논술에서 이를 배제해야 한다고 하는 것은, 감화적 통달이라는 의사소통의 중요한 덕목을 간과하는 일이 아닐 수 없다.

III. 논술 문항 구성 전략의 변인

평가 도구로서의 논술 문항은 논술을 통해 측정하고자 하는 목표가 무엇인가에 따라 그 구성 전략이 달라진다. 배경 지식(절대적 양, 정확성, 활용 능력 등), 독서 체험, 독서 능력, 표현 능력(내용 조직 능력 포함), 사고력, 창의력 등 논술 작성에 필요조건으로 작용하는 요소는 무수히 많을 것이다. 평가의 목표는 곧 한 편의 논술을 작성하고자 할 때 동원되는 모든 요소 중 무엇에 초점을 맞출 것인가를 말한다.

일반적인 논술 문항은 주어진 텍스트(지문)를 읽고 발문에서 제시하는 화제에 초점을 맞추어 답안을 작성하라는 요구를 한다. 이 때 주어진 지문은 내용 생성의 단서로 작용하기도 하고, 비판적 독서의 대상이 되기도 한다. 이에 주어진 텍스트에 대한 해석의 개방성을 어느 정도로 존중하는가 하는 점을 기준으로 삼아, 각각의 변인들이 작용하는 방향을 가늠해 보기로 한다. 이는 곧 텍스트의 원심력과 구심력 중 어느 방향의 힘을 더 강화할 것인가 하는 문제이기도 하다. 극단적인 경우 지문으로 주어지는 텍스트가 전혀 없는 상태에서 논제만 제시될 수도 있고, 오직 텍스트 자체의 해석과 비평만을 요구할 수도 있다. 논술 작성자들에 의해 주어진 텍스트가 어느 정도 자유롭게 해석될 수 있도록 열어 두면 텍스트의 원심력이, 발문에서 특정한 방향으로 해석을 유도하면 텍스트의 구심력이 강화되는 것이다.

해석의 개방성 정도는 결국 반응의 자유도와 직결될 것이다. 논술에서 반응의 자유도는 그 유형에 따라 연속적이지만, 관습적으로 논술의 유형은 응답 제한형(the restricted response type)과 응답 개방형(the extended response type) 두 가지로 나눈다(이삼형, 1994). 목적과 목표, 상황에 따라 선택되어야 하겠지만, 이왕 문학을 활용한 논술이라면 가급적 응답 개방형이 더 바람직할 것으로 보인다.

1. 독서 체험, 독서 능력, 표현 능력

지문으로 주어진 문학 텍스트에 대한 해석의 결과가 논술 작성에 미치는 영향에 따라 독서 체험, 독서 능력(이해 능력), 표현 능력의 상대적 비중이 달라질 수 있다. 보통 논술 작성자는 일차적으로 지문을 읽는 데 지적 에너지를 투입하게 되는데, 지문의 오독은 곧 논술 내용상의 오류로 이어지기 십상이다. 이러한 일반적인 유형의 논술은 독해력을 포함한 독서 능력 평가도 겸하게 된다. 그것이 의도의 결과이든 그렇지 않든, 독서 능력이 논술 작성, 곧 쓰기 능력에 심대한 영향을 미치는 것은 당연하다.

그런가 하면 독서 능력이 배제된 논술 능력도 상정해 볼 수 있다. 지문에 대한 다양한 해석 가능성을 최소화하도록 발문을 통해 지문 독서의 방침을 미리 정해주거나, 아예 지문을 제시하지 않은 채 화제만 제시하면서 논술을 요구하는 경우이다. 이 경우에는 주어진 지문을 독해하는 절차가 최소화되거나 생략되므로, 독서 능력에 대한 평가도 배제되는 결과를 낳는다.

물론 이 경우에도 기존의 독서 체험마저 아예 무관해지는 것은 아니다. 특히 논술의 내용 생성에 단서를 제공하는 지문이 배제된 경우에는, 기존의 독서 체험이 거의 유일한 내용 생성의 근거가 되고, 독서 능력이 아닌 독서 체험이 평가의 한 초점이 된다. 여기에 독서 체험을 명시적으로 포함시키도록 요구하는 논제일 경우, 독서 체험은 논술 능력에서 매우 큰 비중으로 자리하게 된다.

2. 텍스트 완결성, 상호텍스트성

지문으로 주어지는 텍스트가 단수인가 복수인가도 해석의 개방성에 강력한 영향을 미치는 변인이다. 통상적으로 논술 문항에서는 지문이 복수로 제시되는데, 복수의 문학 텍스트, 복수의 비문학 텍스트, 문학과 비문학 텍스트 복합으로 구성된다. 이 중에서 복수의 비문학 텍스트 지문을 논외로 하면, 텍스트가 복수로 제시되면 단수로 제시될 때보다 해석의 개방성은 현저히 줄어든다. 공통으로 다루고 있는 화제 등 텍스트 상호 간 연결 고리를 발견해야 하기 때문이다.

그러나 문학 작품이 포함된 논제에서 제시문이 단수와 복수인 경우 중 어느 편이 더 바람직한가 하는 문제는 일괄적으로 규정하기 어렵다. 오직 출제 전략에 따른 선택일 따름이다. 단일 제시문이라고 해서 해석의 개방성이 무한정 보장되는 것도 아니고, 또 반드시 해석의 개방성 정도가 크다고 해서 바람직한 논제라 할 수 없기 때문이다.

3. 문제 발견 능력, 문제 해결 능력

발문에서 논제를 제시할 때 화제를 어느 정도로 초점화하는가에 따라, 문제 발견 능력과 문제 해결 능력의 상대적 비중은 달라질 수 있다. 가령 발문에서 텍스트의 내용을 안내함으로써 독서 방향을 제시하는 경우와, 포괄적으로 지문에서 다루고 있는 문제를 스스로 찾아서 그와 관련된 논제를 정하라고 요구하는 경우를 상정해 볼 수 있다. 전자의 경우 논제를 출제진이 제시하고 논술 작성자는 이에 답하는 관계이므로 문제 해결 능력이 중심이 되고, 후자의 경우에는 논술 작성자 스스로 논제를 정하고 그에 대해 의견을 개진하는 절차를 밟으므로 문제 발견 능력이 중심이 된다.

일반적인 논술 문항에서는 문제 해결 능력을 중시한다. 발문을 통해 출제 의도를 뚜렷이 제시하는 것이다. 이는 논술 작성자가 논점을 정리하는 데 필요한 지적 부담을 줄여주는 미덕을 가진다. 그러나 논술 작성자의 문제 발견 능력을 평가하기는 어렵다. 사고력을 총체적으로 평가하는 데 한계를 갖는 것이다. 문학을 제시문으로 활용하는 논술이라면, 문제 발견 능력에 대한 평가도 아우르는 것이 문학 제재의 의의를 살리는 길이다.

IV. 새로운 출제 전략 몇 가지

이제 앞에서 진술한 전제적 문답과 논술 출제 과정의 몇 가지 변인을 함께 고려하면서 구체적인 출제 방안을 제시하기로 한다. 그러나 여기에 소개하는 몇 가지 전략들은 필자의 독창적인 아이디어가 아니다. 논술 관련 경시대회나 신문 등을 통해 이미 활용된 경우도 있다. 다만 논술에서 문학을 활용하고자 할 때, 문학 작품이 제시문으로서 가지는 의의를 최대화하는 방향에서 나름대로 의미가 있다고 판단된 사례를 참조하여 구안해 본 것이다.

1. 단서 최소화 전략

<예시 1-1>
※ 다음에 주어진 글의 어느 한 구절 혹은 문장을 첫 문장으로 삼아 글을 완성하시오
  * 시 한 편이나 소설의 한 대목을 지문으로 제시

<예시 1-2>
※ 다음에 주어진 문장을 첫 문장으로 삼아 글을 완성하시오
  * 시의 한 구절이나 소설 속 문장을 지문으로 제시

대부분의 논술 문항은 주어진 지문을 읽고 그 결과를 논의의 출발점이나 단서로 삼을 것을 요구하고 있다. 그렇게 되면 독서 능력 평가를 겸하는 문항으로서 지문의 구심력을 더 강화하게 된다. 이

와는 반대로 문학을 지문으로 활용하되, 단서를 최소화하는 방향도 고려해 볼 만하다.

<예시 1-1>과 <예시 1-2>는 모두 논술문의 첫 문장을 문학 작품의 한 구절로 시작하라는 요구만 하고 있다. 서론을 작성하는 방법으로 자주 채택되는 인용의 전략을 논술 문항 자체가 흡수한 유형이라 할 수 있다. 이와 같은 문항에서 주어진 구절은 작품 전체의 맥락이나 주제로부터 자유로울 수 있다. 논술 작성자가 임의로 그 뜻을 해석하여 자신의 문제나 현대 사회의 문제와 연결시켜 논지를 전개할 수 있는 것이다.

2. 문제 발견 능력 활성화 전략

<예시 2>
※ 다음에 주어진 시에서 시적 화자의 세계 인식 방법을 서술하고, 그것이 현대 사회의 어떤 문제를 해결하는 데 유용한지 그 미덕을 논술하시오
* 시 한 편을 지문으로 제시

한 편의 문학 작품에서 시인 혹은 작가의 의도(intention)와 작품 자체가 지닌 의미(meaning)를 읽어내고 이를 자기화하여 그 의의(significance)를 발견하는 것은, 문학 읽기의 일반적 과정이다. <예시 2>는 일단 문학 평론가를 논술 작성자의 역할 모델로 상정하고 있다. 평론이 넓은 의미의 논술에 속한다는 점에서 충분히 성립 가능한 논제이다. 논술 작성자가 스스로 작품의 의도와 의미, 의의를 발견하도록 유도하면서 해석의 개방성을 최대한 보장한다는 취지에서

구안된 것이다. 작품에 대한 주관적 평가를 토대로 그것이 '지금—여기'의 시공간에서 어떤 의의를 지니는가를 요구하고 있다. 소설이나 다른 서사 장르의 작품을 제시문으로 활용할 수도 있다.

3. 독서 체험 활성화 전략

<예시 3>
※ 발문
* <조건>1. 문학 작품의 구절을 직접 인용하거나 사례를 활용할 것

문학이 교육적으로 두루 가치있는 이유 중의 하나는 독자로 하여금 이 세상의 질서와 삶의 섭리를 두루두루 경험하게 만든다는 데 있다. 그리고 문학을 통해 경험한 바는 하나의 전형으로 자신의 삶에 밀착해 들어오게 된다. 삶의 특정한 국면에서 시의 한 구절, 소설 속 인물이나 서술자의 언어가 살아나게 되는 것이다.

<예시 3>이 겨냥하는 것은 논술 작성자가 문학 독서 체험을 얼마나 자신의 삶에 의미 있는 것으로 내면화하고 있는가를 평가하는 것이다. 본문 중에 자신의 독서 체험을 직접 끌어들여 자신의 주장을 뒷받침하는 사례나 논의의 단서로 활용하면, 내용을 풍부하게 함은 물론이고 논지 전개도 자연스러워질 수 있다. 인용하는 경우 그 단위는 구절 단위, 문장 단위, 이야기 단위 모두가 가능할 것이다.

4. 요약 능력 연계 전략

<예시 4>
※ 다음에 주어진 이야기를 요약하고 이를 서론으로 삼아 …… 논술
하시오

<예시 3>의 독서 체험 활성화 전략에서는 기억력에 의존하는
인용을 요구하지만, <예시 4>는 요약 능력과 연계시킨 유형이다.
요약이 논술 자체는 아니지만, 경우에 따라 요약이 논술 문항과 함
께 제시되기도 한다. 그러나 대부분 요약과 논술이 별도로 위치하
는데, 두 가지 능력을 연계시키면 이와 같은 유형이 가능하다. 단
이 경우 요약의 대상이 되는 이야기는 자체로 완결성을 가져야 하
므로, 비교적 분량이 적은 설화나 우화와 같은 서사 장르가 적절할
것이다.

5. 자기 초점화 전략

<예시 5>
※ 다음에 주어진 세 작품에 등장하는 인물(혹은 화자)의 가치관을
비교하여 평가하고, 그 중에서 자신과 가장 가까운 가치관을 가진 인
물(혹은 화자)을 택해 그것이 현대 사회에서 지니는 의의에 대해 논술
하시오
* 두 개 이상의 복수 지문 제시

일반적으로 논술에서 글쓰기 주체를 직접적으로 드러내는 것은
금기시된다. 그러나 논술이 개인의 주체적인 판단과 태도를 겨냥하

는 유형이라면, 논제 자체에서부터 글쓰기 주체의 노출을 유도해
볼 만하다. 모든 논술이 '지금-여기-우리'의 문제로 귀결되어야
하는 것이 공리인 이상 '나'의 존재를 글에 드러내도록 요구하자는
것이다.

「예시 5」는 이러한 취지에서 창안된 유형이다. 발문에서 '자신과
가장 가까운 가치관을 가진 인물'이라는 단서를 명시적으로 제시했
으므로, 이를 고려하는 과정에서 논술 작성자는 필수적으로 '나'의
삶을 성찰하게 될 것이고, 그 결과 자기를 초점화한 논술을 작성하
게 될 것이다.

6. 범교과 연계 전략

문학은 삼라만상을 모두 다룬다. 인류가 보편적으로 겪어 왔던
사회 문제, 한 인간의 생애에서 필수적으로 나타나는 곡절들이 가
장 빈번하게 등장하는 문학의 소재이다. 생로병사의 한 생애, 그 과
정에서 겪게 되는 만남과 이별, 사랑과 미움, 투쟁과 좌절이 모두
문학의 가장 전통적인 레퍼토리이다. 분단과 통일, 민주주의, 양성
평등, 사회적 약자 혹은 소수자, 인권, 소외, 저출산 고령사회, 세대
간 단절, 생태 위기 등과 같은 시사적인 문제도 문학은 비껴가지
않는다. 오히려 문학은 어떤 분야보다 앞서서 인간의 문제를 제기
할 정도로 촉수가 민감하다. 따라서 문학은 범교과적 차원에서 논
술의 자료로 활용될 수 있고, 또 그렇게 되어야 한다.

V. 맺음말

논술이 평가 도구인 한, 논술을 통해 학습자의 능력을 측정하고 그 결과를 선발, 분류, 예언 등에 이용하는 것은 피할 수 없다. 그러나 다른 한편으로는 꼭 같은 이유로 그것은 또한 교육 목표 달성에 관한 증거로 이용되어야 마땅하다. 달리 말해, 논술이 단지 그 결과로서 작성자의 현재 위치를 알려주고 그것이 당연히 그의 미래까지 예언해 준다고 보는 대신, 그에게 필요한 학습 동기를 어떻게 촉진시킬 것인지, 그가 어떤 과정을 거쳐 어느 정도로 지적 성장을 해 왔는지를 알려주는 단서로 활용되어야 한다는 것이다. 교육의 목표란 궁극적으로 한 개인의 성장에 놓여 있기 때문이다.

이 글에서 관심을 기울인 것도 논술이 평가 도구라는 실용적 목적을 떠나 한 개인의 성장에 기여할 수 있는 방법이 무엇인가 하는 점이었다. 그러기 위해서 논술은 정규 교과 시간의 정상적 진행을 방해하는 장애물이 아니라 오히려 정규 교과의 정상화를 위해 동원될 수 있는 유력한 기제여야 하고, 자신의 개성과 정체성을 드러내는 통로여야 하며, 사고력 발달을 촉진하는 직접적인 수행이어야 함을 밝혔다. 이를 토대로 논술에서 문학을 활용할 때, 문학의 교육적 가치와 의의를 살릴 수 있는 논제를 개발하는 데 필요한 몇몇 전략을 사례로 제시해 보았다.

거듭 말하거니와 논술이 교육적 가치를 회복하기 위해서는 우선 대입이라는 제도에 의해 덧씌워진 실용주의적·형식주의적 굴레를 벗어나야 한다. 선발과 분류라는 실용적 목적을 넘어 개인의 성장이라는 교육 본질적 목표가 전면에 포진해야 하고, 이에 따라 출제와 수행과 채점의 전 과정이 실행되어야 한다. 그리고 이에 대한 교육도 논술 텍스트의 형식적 요건에 집중하는 경향을 넘어, 역시 한 개인의 삶을 드러내도록 유도하는 수준에 이르러야 한다. 교육의 대상이 되는 무엇이든, 그것이 실용으로 치우치면 본질을 잃어버리게 되고, 형식으로 경도되면 삶을 놓쳐버리게 되는 결과를 낳게 되는 것이다.

■ 참고 문헌

김대행, 『문학교육 틀짜기』(개정판), 역락, 2006
김영정, 「논술의 개념과 특징(수정본)」 http://logic.snu.ac.kr(서울대 철학과 김영
　　　정 교수 강의 게시판)의 '자료실' 중 '비판 창의 자료' 게시판, 2005.
이삼형, 「논술의 평가」, 『논술 지도의 실제』, 서울특별시교육연구원, 1994.
이홍우, 『교육과정 탐구』(증보), 박영사, 2000.

올리비에 루불, 홍재성·권오룡 역, 『언어와 이데올로기』, 역사비평사, 1994.

문학 논술의 교수·학습 과정 및 방법

유영희 (대구대학교 국어교육학과 교수)

문학 논술의 교수·학습 과정 및 방법

I. 논술과 통합교과형 논술, 그리고 문학 논술

논술이 다시 화두로 떠오르고 있다. 말 많은 대학 입시와 연결되면서 관심이 집중되고 있다. 일찍이 1980년대 중반부터 1990년대 중반, 2000년대 중반까지 거의 10년마다 나타나는 현상이다. 또 시작이구나라고 눈을 다른 곳으로 돌리고 싶은 마음도 생긴다. 그때도 어떻게 진행되었으니까 이번에도 어떤 방식으로든 해결 방안을 찾아가겠지, 다른 분야 연구하기도 바쁜데 논술까지 신경 쓸 필요 있을까라는 생각도 떠오른다.

그런데 이번에는 문학 논술이란다. 할 수 없이 논술 관련되는 논의를 거칠게나마 점검해 보지 않을 수 없었다. 그 과정에서 다시 한번 놀랄 수밖에 없었다. 왜 그 동안의 논술 관련 논의는 특별한 진전 없이 반복되어 오기만 한 것일까. 개념을 이야기해도, 글쓰기 방법을 이야기해도, 전략을 이야기해도 몇몇 논의로 요약이 가능했다. 글쓰기와 글읽기는 일정한 상관관계가 있으므로 읽기와 논술을 연계해서 가르쳐야 한다. 글쓰기와 말하기는 일정한 상관관계가 있으므로 논술과 토론을 연계해서 가르쳐야 한다. 논술은 글쓰기의 일종이므로 결과보다는 과정 중심 지도를 해야 한다. 논술은 읽기, 사고하기, 토론하기, 쓰기의 네 단계를 거쳐 효과적으로 지도할 수 있다 등등. 그런 반복된 논의가 '논술'을 지도하기 위한 필연적인 과정인지, 논술의 속성이 그러하기 때문에 그런 논의가 반복되는 것인지 의문이 생기기 시작하였다.

문학 논술이라면 조금 다른 시각에서 접근할 수 있지 않을까. 그래서 문학 논술을 언급해야 하는 까닭은 무엇인지, 그것의 의미는 무엇인지, 어떻게 접근해야 하는지 등등에 관해 이야기할 힘을 얻었다. 적어도 기존의 논의와는 다른 관점에서 논술에 관한 이야기를 할 수 있지 않을까.

'논술' 개념도 다소 진화해 온 것이 사실이다. 물론 그 의미는 여전히 모호하다. "비판적 읽기와 창의적 문제 해결하기를 기반으로 한 논리적 글쓰기"(김영정, 2006 : 155)라고 정의하는 경우가 있는가 하면, "자율적 판단의 주체로서의 논술자가 주어진 텍스트에 관하여 자신의 세계관, 가치관 등을 반영하는 견해를 논리적으로 설득력 있게 제시하는 것"(김광수, 2006 : 129)이라고 정의하는 사람도 있다. 또 "어떤 문제나 쟁점에 대한 자신의 생각이나 주장을 다른 독자에게 설득시키기 위해 합리적 논증 과정을 통해서 해결하고 그 결과를 언어로 서술하는 글쓰기 방식"(원진숙, 2007 : 213)으로 규정하는 경우도 있다. 이 모든 개념 속에서 '논리', '설득', '논증'이라는 공통된 화소를 추출해낼 수 있다.

2000년대 논술은 '통합교과형 논술'로 재규정되고 있다. "통합교과형 논술의 강조점은 크게 4가지로 요약된다. 첫째는 암기를 통한 지식 중심 교육에서 사고력 중심 교육으로, 둘째는 결과 중심적 교육에서 과정 중심적 교육으로, 셋째는 교과 내 칸막이식 교육에서 교과 영역 간의 소통교육으로, 넷째는 주입식 교육에서 자기 주도적 교육으로의 변혁이 그것이다. 이 네 요소는 따로 독립적으로 작동하는 것이 아니라, 서로 엉켜 하나의 통합된 구조물로 작동하고 있다."(김영정, 2006 : 155) 서울대학교의 통합교과형 논술이 지니고 있는 특성을 종합적으로 기술한 내용이다. 대학 입시 정책에서 몇몇 주요 대학이 차지하는 비중을 고려해 본다면 서울대의 이러한 발표는 현장 교육에 막대한 영향을 끼치고도 남으리라.

그런데 이 '통합교과형'이라는 수식어로 인해 가뜩이나 모호한 '논술'의 성격은 더욱 모호해져 버렸다.[1] 1990년대까지의 '논술'은 작문 과목에서 흔히 이야기하는 '논증적 글쓰기'와 유사한 의미로 사용되었다. 아직까지도 그러한 개념은 '논술'과 관련해서 유효한 듯하다. 그런데 여기에 '통합교과형'이라는 수식어가 붙었다. 이에 대해 몇몇 논자는 다음과 같이 그 성격을 규명해 보고자 하였다.

통합교과형 논술 개념의 도입을 논술 평가의 맥락에서 짚어보면, 지금까지는 결과 중심적인 평가만을 하여 암기를 통한 점수 획득이 어느 정도 가능했으나, 앞으로는 최종적으로 씌어진 글뿐만 아니라 그

---

[1] "논술 고사의 성격과 정의를 살펴보면, 우리는 명확하게 논술 고사가 무엇인지 정의하기 어렵다는 것을 알게 된다. 그리고 여러 가지 성격의 시험들이 다양하게 얽혀 있으며, 그 정체성이 매우 모호한 시험이라는 것을 알게 된다. 그리고 때에 따라서 매우 다른 의미로 사용된다는 것을 알 수 있다."(이병민, 2005:86)

최종적인 글에 이르는 중간 과정까지도 평가를 하여 암기를 통한 점수 획득을 가급적 막고 논리적－비판적－창의적 사고에 대한 평가를 보다 더 중시하겠다는 취지를 읽어낼 수 있다.[2]

통합형 논술 지도의 핵심은 학생들로 하여금 통합적, 창의적 사고를 통한 문제해결력을 배양하는 데 있다. 그리고 이를 위해서는 통합적, 창의적 사고를 할 수 있는 능력 즉 잠재력을 키워주어야 한다. 이 능력은 '통합적 지식의 주입'을 통해서가 아니라 개별 교과의 내용들에 대한 심화 학습을 통해서 얻어질 수 있다. 개별 교과 내용에 대한 폭넓고, 깊이 있는 앎으로부터 자연스럽게 우러나는 영역 전이적 통찰력, 응용력이 바로 통합형 논술의 핵심 소양인 것이다.[3]

특정 논점 하나에 집중해 글을 쓸 것을 요구해 온 기존의 논술 시험과 달리 통합 교과 논술은 논점을 여러 개 제시해서 학생의 종합적이면서도 창의적인 사고력을 측정하려고 한다. 더욱이 교육과정에서 접할 수 있는 모든 종류의 자료들－교과서, 고전 지문, 통계 자료, 그래프, 미술 작품 등－을 다수의 제시문으로 출제함으로써 자료 분석력을 요구하고, 적게는 2개에서 많게는 5개에 이르기까지 다수의 복수 문항을 출제하고 각 문항당 500－600자 안팎의 답안을 요구함으로써 서론－본론－결론이라는 전통적인 글쓰기의 틀에 얽매이지 않고 문항에서 요구하는 내용만 명쾌하게 답할 것을 요구함으로써 글쓰기보다는 사고력의 다양한 측면을 보다 정확하게 채점할 수 있도록 하고 있다.[4]

---

2) 김영정(2006), 통합교과형 논술의 특징, 『철학과 현실』 제69호, 2006년 여름호, 철학문화연구소
3) 원만희(2007), '논술형 수업' 모형: 개별 교과 심화학습을 위한 '비판적 읽기와 쓰기', 『철학과 현실』 제72호, 2007년 봄호, 철학문화연구소
4) 원진숙(1995a), 논술 능력 신장을 위한 지도 방안 연구－상호작용적 논술 지도 프로그램을 중심으로, 『새국어교육』 제51호, 한국국어교육학회.

'논술'은 엄밀히 말해 논리적인 글쓰기나 설득적인 글쓰기와 같은 글쓰기의 한 장르에 속하지 못한다. 논술은 한국에서 대학 입학 전형을 위해 만들어 낸 입학 고사의 한 유형이다. 특히 통합 논술은 자신의 견해를 한 편의 유기적인 글로 완성하는 작문 능력이나 논리 능력을 주로 평가하지 않는다. 통합 논술은 각 교과 간 지식의 통합, 이러한 통합을 통한 주어진 문제의 해결 능력, 문제 분석 능력, 독해 능력 등을 주로 평가한다.[5]

결과 중심의 평가가 아닌 과정 중심의 평가, 지식의 주입을 통한 교육이 아닌 개별 교과의 심화 학습에 터한 지식의 전이를 통한 교육, 글쓰기의 기술을 습득하기 위한 교육이 아닌 사고력을 신장시키기 위한 교육 등으로 요약되는 위의 논의들은 논술과 '통합교과형 논술'의 개념 차이를 일반인이 이해할 수 있는 수준으로 명확하게 제시해 주고 있지 못하다. 게다가 위에서 확인할 수 있는 바와 같이 몇몇 논자들은 통합교과형 논술이 기존의 논술과 다른 글쓰기의 유형이라고 언급하고 있는데, 지금까지 치러 왔던 기존의 논술 시험도 학교 수업에서 행해왔던 기존의 논증적 글쓰기도 기본적인 목표나 정신은 통합교과형 논술을 시행하면서 주장하는 내용과 그다지 차이가 나지 않기 때문에 학부모나 학습자, 교육 관계자들은 더욱더 혼란을 겪을 수밖에 없다. 이러한 혼란스러움이 통합교과형 논술은 논술이 아니라 학습자의 지식을 측정하는 본고사의 다른 이름이라는 주장을 낳는 데 일조하기도 하였다.

본고에서 논하고자 하는 문학 논술은 기본적으로 순수한 의미에

---

5) 임칠성(2006), 통합 논술 첨삭 지도 방법 고찰, 『새국어교육』 제74호, 한국국어교육학회.

서의 '통합교과형 논술'의 연장선상에 위치해 있다. 그러나 통합교과형 논술이 일정한 정답을 염두에 두고 구성된 다분히 입시 편의를 위한 문항 형태[6]라고 한다면 문학 논술은 학습자의 창의력과 논리 구성력, 다양한 사고력을 측정하기 위한 평가 도구라고 할 수 있다. 즉 통합교과형 논술은 학생 선발을 목적으로 하는 평가 도구라면 문학 논술은 학습자의 언어 능력을 신장하는 것을 목적으로 하는 평가 도구이다. 그러므로 통합교과형 논술은 대학 입시와 같은 특수 목적과 관련하여 객관적인 평가를 하는 데 중점을 두지만 문학 논술은 국어 교과에서 이루어지는 통합적 글쓰기의 실현이라는 목적에 초점을 기울이고 있다고 할 수 있다.

문학 논술은 학습자의 정형화된 사고의 틀을 수정해 줄 수 있는 의미 있는 유형이라고 할 수 있다. 우리 사회에는 그간 이분법적 사고가 만연해 왔다. 다른 사람의 견해는 들으려고도 하지 않고 자신의 견해만을 강변하는 토론자, 모 아니면 도일 뿐 중간은 의미가 없다는 사람들의 인식 등에서 그러한 사고를 발견할 수 있다. 이러한 사고방식은 교육 현장에도 적용되어 학습자들은 문제를 해결할 때 정답 아니면 오답이라는 생각에서 벗어나지 못하고 있다. 사회 현상이나 문학 작품을 바라볼 때에도 학습자들은 이분법적 사고를 그대로 적용하곤 한다.[7]

---

6) "통합논술을 입시방편으로만 생각하는 풍토는 아쉽다. 통합논술은 다중시민성, 능동적인 정보 생산자, 비판적 사고와 창의력을 겸비한 사람을 필요로 하는 지식정보화 사회의 요구에 부응하는 것이다. 또한 공교육 정상화의 기틀을 마련하는 길이기도 하다."(권영부, 2006:193)

7) "이분법적 사고과정의 특징은 다른 견해를 받아들이지 못하며, 항상 정답과 오답을 구분하려 하고, 자신의 견해에 대한 반박을 자신의 정체성에 대한 반박으로 받아들인다. 이러한 이분법적 사고에서 벗어날 수 있는 성장의 단초는 다양성에 노

문학 논술은 말 그대로 '문학'과 '논술'이 결합된 글쓰기라고 할 수 있다. 먼저 '문학'의 개념에 대해 고찰해 보면, 사실 그 동안 '문학'이 '논술'에 전혀 사용되지 않았던 것은 아니기 때문에 특별히 의미를 부여할 필요가 없다고 심상하게 넘어갈 수도 있을 것이다. 그러나 '문학'이 '논술'에 활용되는 측면은 제재 차원에서 문제 상황을 제시하기 위한 도구로 사용되는 것이 일반적이었다. 오히려 '문학'은 '논술'과는 거리가 있는, 전혀 성격이 다른 장르로 인식되어 왔다. 그래서 논술은 쓰기나 작문 영역에서 취급해야 할 장르이지 문학 영역에서 취급할 장르는 아닌 것으로 인식되어 왔다.

그렇다면 '논술'은 어떤 의미를 지니는 개념인가. 우리는 흔히 '논술' 하면 논술, 논설문 등을 생각하지만, 대화, 토론, 심층면접, 연설, 심지어 독백도 논술일 수 있다.[8] '논술'에서 요구되는 가장 핵심적인 글의 성격은 논리성일 것이다. 논리성이 결여되어 있는 글을 우리는 논술이라고 부르지 않는다. 이 때 '논리적'이라는 개념에 상반되는 개념으로 '비논리적'이라는 말을 생각해 볼 수 있다. '비논리적'이라는 말은 추론이나 논증의 '타당성'을 지키지 않는다는 뜻이다. 또는 서술적인 의미로 사용되는 경우로서 '논리와 관련 없는'을 뜻할 수도 있다. 이러한 의미에서 본다면 예술이나 문학은 '비논리적'이라고 할 수 있는데, 이러한 관점에서 일기, 수필, 자기소개서, 실험보고서, 설명서 등도 자연스럽게 '논술문'이 아닌 것으

출되는 것이다. 다양한 의견이 존재하고, 교수도 정답을 알 수 없으며, 실체에 대한 다양한 모델과 이론 그리고 설명이 존재한다는 경험과 인식이다. 결국 모든 것이 진리도 아니고, 모든 것이 틀리지도 않는다는 인식으로 발전하게 되는 것이 이 분법을 벗어난 다음 단계의 인식이다."(이병민, 술 시험은 우리에게 무엇인가?-논술 시험의 사회문화적 고찰,『교육비평』2005년 겨울호, 제19호, 교육비평사)

8) 김광수(2006), 철학과 논술,『철학과 현실』제69호, 2006년 겨울호, 철학문화연구소

로 간주되어 왔다. 그러나 꼼꼼히 들여다보며 자기소개서에도 논리
는 있다.9) 다만 논리의 성격이 다를 뿐이다. 물론 논술이 붙어서 자
연스러운 장르가 엄연히 존재하는 것 또한 사실이다. 일기 논술, 수
필 논술, 설명적 논술, 문학 논술 등은 자연스러운데 반해 자기소개
서 논술, 실험보고서 논술 등은 부자연스럽게 느껴진다.10) 논술은
객관적 정보와 지식의 전달을 목적으로 하는 설명적 글쓰기뿐만 아
니라, 주관적 느낌이나 상상력을 통한 예술적 표현을 지향하는 문
예적 글쓰기와도 구별된다. 그러나 최근 화제가 되고 있는 통합교
과형 논술은 세 가지 모두를 포함하는 글쓰기이며, 논리학, 철학,
토론이 내재적으로 습합된 글쓰기라고 할 수 있다.(박구용, 2007:80)
문학 논술은 이 통합교과형 논술과 궤를 같이하고 있지만, 그보다
더욱 교육의 본질에 부합하는 글쓰기라고 할 수 있다. 통합교과형
논술은 주로 논리적 사고력을 측정하기 위한 것이라고 한다면, 문
학 논술은 논리적 사고력뿐만 아니라 창의적인 사고력, 비판적인
사고력의 신장을 도모하며 사회 구성원으로서의 일정한 가치관과
세계관을 기르는 측면에도 초점을 두고 있다. 이에 대해서는 뒷 절
에서 상술하기로 한다.

---

9) 박정일(2006), 논술과 토론의 개념, 『철학과 현실』 제70호, 2006년 가을호, 철학문화
　연구소
10) 어떤 이들은 '일기 논술, 수필 논술' 등이 부자연스럽다고 느낄 수도 있다. 여기
　에서는 용어의 성립을 장르 면에서 성립이 가능한가에 초점을 두었음을 밝혀
　둔다.

Ⅱ. 논술 교육의 현황 및 문학 논술 교육의 필요성

논술 교육이 사회적 붐을 형성하게 된 저변에는 사교육 시장의 상업 논리가 자리잡고 있다. 공교육이 붕괴되고 있다는 사회 인식도 일조를 한 것이 사실이다. 공교육을 믿지 못하는 학부모와 공교육의 위기를 기회로 삼는 사교육, 그 혼란 속에서 갈피를 잡지 못하는 교육 당국과 대학 입시 정책. 그러한 총체적 혼란이 아이러니하게도 논술 붐을 불러일으킨 것이다.

그렇지만 어떤 순간에도 공교육이 희망을 잃어서는 안 된다고 생각한다. 어떤 방식으로든 학부모와 학습자의 고민을 덜어 줄 수 있는 방안이 제도교육 내에서 모색되어야 하고 이는 사교육계의 황금 시장이라고 불리는 논술 교육과 관련해서도 마찬가지이다.

현재까지 공교육 내에서 대입 논술에 대비하고 있는 방식은 네 가지이다. 국어 교사가 논술을 전담하는 경우와 외부 업체에 논술 교육을 위탁하는 경우, 여러 교과가 힘을 모아 학습 효과를 높이려는 의도에서 기획한 팀티칭 형식, 즉 국어, 사회, 도덕 교사 등이 팀을 이루어 논술 지도를 하는 경우, 철학 교사 중심으로 이루어지는 경우 등이 그것이다. 이 중에서 아직까지 대부분의 학교에서는 첫 번째 방식을 택하는 경우가 많다고 한다. 즉 국어 교사가 전담하여 글쓰기 차원에서 논술을 가르치는 경우가 많다.

그런데 통합교과형 논술이 주목받으면서 이러한 방식에 대해 부정적인 시각을 표명하는 경우도 종종 발견할 수 있다.11) 그러나

---

11) 이러한 시각은 주로 철학 전공자들의 글에서 확인할 수 있다. 논술 시장이 국어국문학, 국어교육학, 철학을 전공한 사람들에 의해서 삼분되고 있다는 점에서 일정한 지분 확보를 위한 권력 쟁탈 과정에서 제기되고 있는 의견으로도 볼 수

2007년 개정 교육과정 '작문' 과목의 글의 유형에서도 확인할 수 있는 바와 같이 논증 영역은 그 동안 국어 교과에서 담당해 왔던 고유 영역이다.

지식	
◦ 작문의 성격	
◦ 작문의 과정	
◦ 작문의 맥락	글의 유형
◦ 작문의 기능과 가치	◦ 목적 : 정보 전달, 설득, 사회적
기능	상호 작용, 자기 성찰, 학습
◦ 작문 맥락의 파악	◦ 제재 : 인문, 사회, 과학, 예술
◦ 작문에 대한 계획	◦ 양식 : 설명, 논증, 서사, 묘사
◦ 작문 내용의 생성	◦ 매체 : 인쇄 매체, 다중 매체
◦ 작문 내용의 조직과 전개	
◦ 작문 내용의 표현	
◦ 작문 과정의 재고와 조정	

<2007년 개정 교육과정의 '작문' 과목 내용 체계>

있다.
"현재 논술은 국어과에서 담당하며, 현장에서도 대부분 국어 교사가 담당하는 것으로 되어 있다. 그런데 바로 이점이 논술 교육을 부실하게 만드는 주요 요인으로 작용하고 있는 것이 현실이다. 논술을 국어교사가 담당하는 것은 읽기, 쓰기, 말하기, 듣기를 국어과가 담당하기 때문에 쓰기의 일종인 논술도 당연히 국어 교사가 담당해야 한다는 형식논리에 기반하고 있다. (중간 생략) 컨텐츠 면에서 논술 교육에서는 인문학, 사회과학, 자연과학 전체를 포괄하는 다양한 주제와 쟁점, 그리고 복합적인 문제들을 다룰 수밖에 없다. 그런데 이런 다양한 쟁점들을 과연 문학과 어학 중심의 교육과정으로 대응할 수 있을지는 의문이다. 다음으로 프리젠테이션 면에서는 논술 교육에서 비판적·논리적 사고와 논증 능력을 기르는 것이 필수적인데, 이를 위해서 문학이나 어학의 전문성으로는 역시 대응하기 힘든 것으로 판단된다."(박정하, 2005:201~203)

또 '설득을 위한 글쓰기' ②번 항목에서 "다양한 작문 과제에 대하여 논설문, 비평문, 선언문, 연설문 등 여러 가지 종류의 글을 쓴다."라고 하여 '논설문'이라는 장르를 언급하고 있으며, '교수 · 학습 운용'에서는 "설명문, 안내문, 보고문, 논평문, 논술문 등과 같이 다양한 유형의 글을 쓸 수 있도록 과제를 제시한다."라는 언급이 나타나 있다. 여기에서 논평문과 논술문이 무엇을 의미하는지 명확히 구분하기는 어렵지만 모두 '논술'의 한 형태라는 사실은 충분히 짐작할 수 있다. 이처럼 국어과 교육과정 속에 '논술'과 관련되는 글의 유형이 명시적으로 제시되어 있는 상황이므로 이제 대학 입시 수단으로서의 논술이 아니라 국어교육의 일환으로서의 논술 교육에 대해서도 심각하게 고민해야 할 시점임을 알 수 있다.

물론 지금까지 학교 교육에서 논술 관련 교육을 완전히 포기 내지는 방치했다는 의미는 아니다. 특히 통합교과형 논술과 관련해서는 여러 학교에서 다양한 방법을 시도하고 있으며 일정한 성과를 거두고 있다고 한다. 그 몇몇 사례를 살펴보면, 첫째 방식은 평촌고등학교에서 진행되고 있는 '학생 주도 수업'이다. 학생들이 4~5명씩 모둠을 구성해 교과 내용을 토론하고, 교사는 학생들이 스스로 자신의 이야기를 끌어낼 수 있도록 기다려준다. 둘째, 동북 고등학교의 팀티칭 수업 방식이다. 1학년을 대상으로 방과 후 수업 시간에 수학, 과학, 윤리, 경제 과목 교사들이 모여 함께 가르치고, 수업이 끝난 다음에 문장 쓰기, 개요 잡기 등을 연습한다. 서울 등 여러 교육청에서 권장하고 있는 방식이기도 하다. 셋째, 상명대학교 부속고등학교에서 시행 중인 '독서 토론' 수업이다. 학생들은 교사가 제공한 자료를 바탕으로 서로 발제하고 토론한다. 넷째, 민족사

관 고등학교의 '3단계 방식'이다. 논술 기초교육과 교과별 수업 후 2학년 말에 A4 10장 분량의 종합논문을 쓰고 학생들이 서로 평가하고 동료 첨삭을 하는 과정을 밟는다. 다섯째, 송도 고등학교와 개금 고등학교의 '통합 수업'이다. 교육청 단위로 논술 중심 학교를 만들어 주변 학교와 팀을 짜서 수업하는 방식으로 지역 내 4~5개 학교 논술 교사들이 각 학교를 순회하며 강의한다.(중앙일보, 2006년 11월 26일 기사)

하지만 위의 사례들은 대부분 대학 입시 위주의 논술 교육 사례라고 할 수 있다. 위에서도 언급한 것처럼 이젠 학교 교육과정 내에서 수업 시간에 논술 교육을 시행할 수 있는 효과적인 방안을 모색할 필요가 있다. 본고에서는 그러한 방안의 하나로 문학 논술을 제안하고자 한다.

논술이 학교 수업과 별도로 이루어지는 것이 아니라는 인식은 그간 여러 사람에 의해 공감대를 형성해 왔다. 특히 읽기와 일정한 관련을 맺고 있으며 읽기 교육과 연계하여 수업을 하면 일정한 효과를 거둘 수 있다는 사실에 대해서는 여러 논자가 주장해 온 바 있다.[12] 2006년 연세대 정시 수험생 중 제시문을 제대로 읽어내지

---

12) "스스로 깨닫는 길, 그것은 독서와 글짓기에 있다. 독서삼매(讀書三昧)에서 얻은 감동만이 스스로를 깨우치는 것이다. 그리고 또, 책을 읽고 나서, 그 책에서 느끼고 깨달은 것을 글로 지어서 그 감동을 반추했을 때, 그 깨달음이 행동화되고, 가슴 속 깊이 내면화된다. 그것이 교육이다. 그러므로 독서와 글짓기는 스스로 깨닫게 하는 교육의 핵(核)이다. 또한 논술은 학문 내용을 논리적이고 체계적으로 구술하거나 기술하는 능력이다. 그것은 학문 행위의 기본 바탕이다. 고졸 수준의 기초학력은 다소 부실하더라도 대학교육을 받을 수 있다. 그러나 논술 능력이 부실하면 학문 행위를 제대로 감당할 수 없다. 그러므로 대학 수학능력 가운데 고등학교 졸업 수준의 기초학력보다 훨씬 중요한 것이 논술 능력이다."(박동순, 2000 : 51)
"논술이란 글쓰기 능력과 글읽기 능력을 평가하는 서술형 시험을 말한다. 흔히 논

못한 80%의 수험생은 너무 까다로운 제시문 때문에 글쓰기 능력이나 사고력 등 기타 능력을 평가받지도 못한 채 잘못된 답안을 써내야만 했다고 한다.[13] 논술을 제대로 할 수 있는 능력 중 중요한 한 가지 능력이 텍스트를 제대로 이해하고 해석할 수 있는 능력이라는 사실을 입증하는 사례라고 할 수 있다.

문학 논술은 텍스트와 만나 텍스트를 제대로 이해하고 감상할 수 있는 효과적인 방안이다. 지금까지의 입시교육은 새로운 지식을 무비판적으로 습득하고 암기하여 병렬적으로 수집하는 교육이었다. 예를 들어 입시교육을 잘 받은 학생은 「풀」을 쓴 시인이 김수영이라는 것과 단락별로 변하는 풀의 이미지를 단답형으로 대답할 수 있다. 그러나 그는 「풀」뿐만 아니라 김수영과 만날 수 없고 소통할 수도 없다. 감상은 가능할지 모르지만 비평이 불가능하고, 이해는 가능할지 모르지만 해석은 불가능한 것이다.[14] 학습자에게 비교적 친숙한 문학 작품의 경우에도 상황이 이러한데, 평범한 일상의 주제가 아닌, 매우 추상적이고 철학적인 내용의 주제에 학습자가 접근하기는 쉽지 않다. 그러니 그들의 답은 거의 천편일률적이고 외울 수밖에 없는 비슷한 내용을 반복하는 글이 될 수밖에 없었던 것

술은 글쓰기 능력만을 평가한다는 오해를 하기 쉬우나 요즘 실시되는 논술의 형태는 글읽기 능력에 대한 평가도 중요한 요소를 차지한다." (김도식, 2005 : 147)
"학교 수업에서 이루어지고 있는 읽기, 생각하기, 쓰기 활동을 통합하는 것도 통합논술을 준비하는 것이다. 이제까지 국어과를 제외하고는 읽기, 생각하기, 쓰기 교육을 통합하려는 데 소홀했다. 교과 내용을 이해하고 비판하는 차원에서 일차적으로 활성화시켜야 할 활동이 바로 '읽기, 생각하기, 쓰기' 중심의 교과 운영이다."(권영부, 2006 : 200)
13) 장용호(2007), 현직 논술강사의 고뇌와 갈등, 『인물과사상』, 인물과사상사, 제106호, 2007년 2월호.
14) 박구용(2007), 교육과 논술, 그리고 현대사회, 『철학연구』 제101집, 대한철학회.

이다.

그렇다면 문학 논술은 어떤 글쓰기이며 왜 필요한가. 문학 텍스트는 학습자를 흥미롭게 논술로 이끌어갈 수 있는 익숙한 제재이다. 학습자들은 어렸을 때부터 무수히 많은 문학 작품을 읽고 접하며 성장해 왔다. 그러므로 문학을 활용한 논술은 학습자에게 논술에 대한 두려움과 거부감을 줄일 수 있다.

또 글쓰기의 단계를 고려해 보아도 문학을 활용한 논술이 사회학이나 철학 등을 활용한 논술보다는 접근이 용이하다. 개념 차원에서도 그렇고 텍스트의 수준 차원에서도 그러하다.

논술이 중요하다고 해서 초등학생 때부터 논증적 글쓰기를 주도적으로 훈련하는 것은 좋지 않다. 초등학생의 경우, 논술보다는 자신의 느낌이나 깨달음을 자유롭게 표현하는 감상문 쓰기에 조금 더 비중을 두는 것이 바람직하다. 그 시기에는 인격 형성을 위해 정서 교육이 중요하기 때문이기도 하지만, 논술을 잘하기 위해서도 감상문 쓰기의 과정은 필수적이다. 자신의 느낌을 풍부하게 표현하는 기초 능력이 바탕이 되어야만, 자신의 생각을 논증적으로 표현하는 능력도 배양될 수 있기 때문이다.[15]

논술과 감상문 쓰기를 분리된 과정으로 본다는 점에서 위의 논의에 전적으로 찬성하기는 어렵지만 논증적 능력과 느낌을 풍부하게 표현하는 능력이 일정한 상관관계를 지니고 있다고 보는 점에 대해서는 주의를 기울일 필요가 있다고 본다. 물론 문학 논술은 문

15) 박정하(2005), 고교 논술 교육, 어떻게 할 것인가, 『철학과 현실』 제66호, 2005년 가을호, 철학문화연구소

학 감상문 쓰기와는 그 성격이 다르다. 문학 감상문 쓰기도 논리적인 글쓰기의 일종이라고 할 수 있지만, 문학 논술은 단순한 감상문이 아니라 작품 속에 나타나 있는 인물이나 작가의 의도, 가치관, 세계관 등에 대해 설명하거나[16] 작품에 나타나 있는 여러 사회 현상 등에 대해 짚어 보고 이를 비판적, 창조적으로 읽어 내는 논증적인 글쓰기라고 할 수 있다.

그러므로 문학 논술은 학습자의 삶의 방향을 제안해 줄 하나의 수단으로 활용할 수 있다. 유전공학과 같은 과학 기술의 발전은 우리에게 새로운 윤리의 문제를 던져주고, 생태계에 대한 기술 문명의 작용은 가속화되고 있다. 경제적 기준과 척도가 지배하는 사회적 경향은 효과와 경제성을 행위와 결단의 척도로 만들고, 도덕적 숙고, 종교적 요구와 인간의 희망을 정치 사회적 논의에서 뒷전으로 밀려나게 하였다. 이러한 상황에서 이제 변화의 모습을 분명히 보여 주고, 광범위하면서도 다각도로 가능한 가치론적 관점을 가져다주는 가치교육이 요구된다. 다원적 민주적 사회에서의 가치교육은 교사나 타인의 지배 속에서 이루어져서는 안 되고 가치를 학습자에게 독단적으로 전달하여서도 안 된다. 그렇다고 해서 구속력이 없는 가치 상대주의나 임의성과 무차별성에 떨어져서도 안 된다. 그것은 민주적 토대 위에서 판단과 행위의 능력을 촉진시켜야만 한다.[17]

---

16) "우리는 누구나 세계관과 가치관을 가지고 있고, 논술문에는 그 세계관과 가치관이 반영되어 있기 마련이다. 세계관은 세계의 사실적 측면에 관한 지식과 믿음의 총체인 반면, 가치관은 사실로서의 세계를 유지 또는 변화시키고자 하는 꿈, 소망, 의지, 규범, 당위, 지향적 태도의 총체이다. 이 세계관과 가치관이 어떤가에 따라 우리의 문제의식도 다양한 모습을 띠게 되는데, 논술문에는 불가피하게 이 문제의식이 드러나고 또 그래야 한다."(김광수, 2006:140)

문학 논술은 다가치를 특징으로 한다는 점에서 이러한 가치교육에 매우 유용하다. 문학 텍스트 속에는 많은 인물적 요소가 등장한다. 작가, 화자, 그 외 다양한 가치관과 세계관을 지니고 있는 다양한 인물을 만날 수 있다. 심지어 그 작품을 읽는 독자조차도 하나의 독립된 인물적 요소가 될 수 있다. 한 편의 문학 작품은 다양한 가치관과 세계관이 갈등을 일으키는 열린 공간이므로 학습자들이 문학 논술 활동을 하면서 작품 속에 나타난 가치를 자신의 가치관과 세계관 속에 어떻게 반영할 것인가 하는 점을 반복적으로 고민하면서 서서히 자신의 정체성을 확립해 나갈 수 있으리라고 기대된다.

Ⅲ. 문학 논술 방법의 실제

교육 현장에서는 통합 교과 수업과 통합 논술 수업을 제대로 구분하지 않고 사용하는 경향이 있다. 통합 교과 수업이 제대로 이루어지면 통합 논술은 자연스럽게 가능해진다고 보는 논리인 듯하다. (예: 박형만, 1997) 그러나 통합 교과 수업과 통합 논술 수업을 구분하지 않는 것은 학습자의 논증적 능력을 신장시키는 데 도움을 주지 못한다. 통합 교과 수업은 통합 교과 수업이고 통합 논술 수업은 통합 논술 수업이다.

교육 현장에서 통합교과형 논술에 대비하는 과제는 국어과 교사만의 몫이 아니다. 모든 과목 선생님들이 자신의 수업을 비판적 사

---

17) 강순전(2006), 실천철학: 철학, 논술, 윤리 교육을 위한 학습자 중심의 수업 모델, 『시대와 철학』 제17권 3호, 한국철학사상연구회.

고력 함양 위주로 재편하고 나아가 개별 교과를 유기적으로 통합하는 협력 작업이 학교 단위에서 실행되어야 한다. 하지만 함양된 사고력과 창의성을 하나로 꿰어 글로 표현하는 최종 단계의 책임은 여전히 국어과 교사의 몫이라고 할 수 있다. 물론 특기적성 수업의 일환으로 소수의 지원 학생을 대상으로 논술반을 운영하는 것도 가능하지만, 그보다는 본래 편성된 수업 시간에 학생들의 글쓰기 능력을 신장시킬 수 있는 방안으로 문학 논술을 도입하는 것이 더욱 효율적이며 교육의 목적에 부합한다고 할 수 있다.[18]

본서에서는 2007년 개정 교육과정의 국민 공통 기본 교육과정에서 '문학' 영역과 '쓰기' 영역의 관련성을 점검하여 두 영역의 통합 가능성을 타진해 보고자 한다. 이는 앞 절에서 언급한 바와 같이 읽기와 쓰기가 일정한 상관관계를 맺고 있다는 여러 논자의 견해를 반영한 것이면서 동시에 교육과정 상으로 구현 가능한 실제적인 교육으로서의 문학 논술의 가능성을 타진해 보기 위한 것이다. 2007년 개정 교육과정 문학과 쓰기 영역 성취기준의 통합 가능성을 같은 학년 내에서 점검해 보면 다음과 같은 항목들을 추출해 낼 수 있다.

<5학년>
(쓰기 2) 다른 사람의 입장과 관점에 대하여 찬성하거나 반대하는 글을 쓴다.
(문학 3) 문학 작품은 읽는 이에 따라 다르게 수용될 수 있음을 이해한다.

---

18) 이황직(2007), 작문 교과에서 논술 교육의 전략과 방법, 『한국작문학회 제8회 연구발표회 자료집』, 한국작문학회.

<8학년>
(쓰기 3) 사회적 쟁점에 대한 자신의 의견을 응집성 있게 쓴다.
(문학 2) 다양한 시각과 방법으로 문학 작품을 해석하고 평가한다.
(문학 4) 문학 작품에 나오는 인물의 행동을 사회·문화적 상황과 관련지어 파악한다.

<9학년>
(쓰기 2) 의견의 차이가 드러나는 문제에 대하여 적절한 근거를 들어 논증하는 글을 쓴다.
(문학 2) 문학 작품에 나타난 사회·문화적 상황과 관련지어 창작 동기와 의도를 파악한다.
(문학 3) 문학 작품에 대한 다양한 해석을 비교한다.

<10학년>
(쓰기 3) 시사 문제에 대하여 자신의 관점을 명료하게 드러내는 시평을 쓴다.
(문학 3) 인간의 보편적인 삶의 조건에 비추어 문학 작품을 이해한다.
(문학 4) 문학 작품에 대한 비평적 안목을 갖춘다.

대략적으로 살펴보아도 쓰기와 문학 영역을 통합한 문학 논술 활동 관련 교육과정 성취기준은 충분해 보인다. 같은 학년 내에서뿐만이 아니라 다른 학년과의 관련 속에서, 쓰기만이 아니라 말하기나 읽기, 매체 영역 등과의 관련 속에서 교육과정 항목을 추출한다면 더욱 많은 조합이 나오리라는 사실은 명백하다. 물론 각각의 성취기준을 어떻게 해석하느냐에 따라 문학 논술로의 전이 여부를 최종적으로 판가름해 보아야겠지만, 언뜻 보아도 충분한 연관 관계가 있는 위의 항목과 같은 내용들은 문학 논술과 관련된 학습 목표로 재구성하는 데 전혀 문제가 없으리라 판단된다.

그렇다면 이제 구체적인 텍스트를 중심으로 문학 논술의 교수·학습 방법을 모색해 보기로 하겠다. 다음 두 텍스트는 모두 제7차 교육과정 하에서 개발된 고등학교 '문학' 교과서에 실려 있는 작품이다.

(가)
막차는 좀처럼 오지 않았다.
대합실 밖에는 밤새 송이 눈이 쌓이고
흰 보라 수수꽃 눈 시린 유리창마다
톱밥 난로가 지펴지고 있었다.
그믐처럼 몇은 졸고
몇은 감기에 쿨럭이고
그리웠던 순간들을 생각하며 나는
한 줌의 톱밥을 불빛 속에 던져 주었다.
내면 깊숙이 할 말들은 가득해도
청색의 손바닥을 불빛 속에 적셔 두고
모두들 아무 말도 하지 않았다.
산다는 것이 술에 취한 듯
한 두릅의 굴비 한 광주리의 사과를
만지작거리며 귀향하는 기분으로
침묵해야 한다는 것을
모두들 알고 있었다.
오래 앓은 기침 소리와
쓴 약 같은 입술 담배 연기 속에서
싸륵싸륵 눈꽃은 쌓이고

그래 지금은 모두들
눈꽃의 화음에 귀를 적신다,
자정 넘으면
낯설음도 뼈아픔도 다 설원인데
단풍잎 같은 몇 잎의 차창을 달고
밤 열차는 또 어디로 흘러가는지
그리웠던 순간을 호명하며 나는
한 줌의 눈물을 불빛 속에 던져 주었다

— 곽재구, 「사평역에서」

(나)

"흐유. 산다는 게 대체 뭣이간디……."

불현듯 누군가 나직이 내뱉았다.

그러자 사람들은 그 말꼬리를 붙잡고 저마다 곰곰이 생각해 보기 시작한다. 정말이지 산다는 게 도대체 무엇일까…….

중년 사내에겐 산다는 일이 그저 벽돌담 같은 것이라고 여겨진다. 햇볕도 바람도 흘러들지 않는 폐쇄된 공간. 그곳엔 시간마저도 아무런 흔적을 남기지 않는다. 마치 이 작은 산골 간이역을 빠른 속도로 무심히 지나쳐 가버리는 특급 열차처럼……. 사내는 그 열차를 세울 수도 탈 수도 없다는 것을 잘 알고 있다. 그러면서도 여전히 기다릴 도리밖에 없다는 것, 그것이 바로 앞으로 남겨진 자기 몫의 삶이라고 사내는 생각한다.

농부의 생각엔 삶이란 그저 누가 뭐해도 흙과 일뿐이다. 계절도 없이 쳇바퀴로 이어지는 노동. 농한기라는 겨울철마저도 융자금 상환과 농약값이며 비료값으로부터 시작하여 중학교에 보낸 큰아들놈의 학비에 이르기까지 이런저런 걱정만 하다가 보내고 마는 한숨철이 되고 만 지도 오래였다. 삶이란 필시 등뼈가 휘도록 일하고 근심하다가 끝내는 늙고 병들어 죽는 것이리라고 여겨졌으므로, 드디어 어려운 문제를 풀어냈다는 듯이 농부는 한숨을 길게 내쉰다.

서울 여자에겐 돈이다. 그녀가 경영하고 있는 음식점 출입문을 들어서는 사람들은 모조리 그녀에겐 돈으로 뵌다. 어서 오세요 입에 붙은 인사도 알고 보면 손님에게가 아니라 돈에게 하는 말일 게다. 그래서 뚱뚱이 여자는 식사를 마치고 나가는 손님들에게 결코 안녕히 가세요, 라는 말은 쓰지 않는다. 또 오세요다. 그녀는 가난을 안다. 미친 듯 돈을 벌어서, 가랑이를 찢어 내던 어린 시절의 배고픈 기억을 보란 듯이 보상받고 싶은 게 그녀의 욕심이다. 물론 남자 없이 혼자 지새워야 하는 밤이 그녀의 부대 자루 같은 살덩이를 이따금 서럽게 만들기도 한다. 하지만 그녀는 두 아들을 끔찍이 사랑했다. 소중한 두 아들과 또 그들을 행복하게 만드는 데에 쓰여질 돈, 그 두 가지만 있으면 과부인 그녀의 삶은 그런대로 만족할 것도 같다.

춘심이는 애당초 그런 골치 아픈 얘기는 생각하기도 싫어진다. 산다는 게 뭐 별것일까. 아무리 허덕이며 몸부림을 쳐 본들, 까짓 것 혀 꼬부라진 소리로 불러대는 청승맞은 유행가 가락이나 술 취해 두들기는 젓가락 장단과 매양 한가지일걸 뭐. 그래서 춘심이는 술이 좋다. 아무것도 생각나지 않게 해 주는 술님이 고맙다. 그래도 춘심이는 취하면 때로 울기도 하는데 그 까닭이야말로 춘심이도 모를 일이다.

대학생에겐 삶은 이 세상과 구별할 수 없는 그 무엇이다. 스물셋의 나이인 그에게는 세상 돌아가는 내력을 모르고, 아니 모른 척하고 산다는 것은 절대로 용서할 수 없다. 그런 삶은 잠이다. 마취 상태에 빠져 흘려 보내는 시간일 뿐이라고 청년은 믿고 있다. 하지만 그는 얼마 전부터 그런 확신이 조금씩 흔들리기 시작하는 걸 느끼고 있다. 유치장에서 보낸 한 달 남짓한 기억과 퇴학. 끓어오르는 그들의 신념과는 아랑곳없이 이루어지고 있는 강의실 밖의 질서…… 그런 것들이 자꾸만 청년의 시야를 어지럽히고 혼란을 일으키고 있는 중이다.

행상꾼 아낙네들은 산다는 일이 이를테면 허허한 길바닥만 같다. 아니면, 꼭두새벽 장사치들이 때로 엉켜 아우성치는 시장에서 허겁지겁 보따리를 꾸려나와, 때로는 시골 장터로 혹은 인적 뜸한 산골 마을로 돌아다니며 역시 자기네 처지보다 나을 것이라곤 눈곱만큼도 없는 시골 사람들 앞에서 거짓말 참말 다 발라가며 펼쳐놓는 그 싸구려 옷가지 같은 것인지도 모른다. 어쨌든 그녀들에겐 그따위 사치스런 문제를 따지고 말고 할 능력도 건덕지도 없다. 지금 아낙네들의 머릿속엔 아이들에게 맡겨둔 채로 떠나온 집 생각으로 가득차 있다. 어린것들이 밥이나 제때에 해 먹었을까. 연탄불은 꺼지지 않았을까. 며칠째 일거리가 없어 빈둥대고 있는 십 년 노가다 경력의 남편이 또 술에 취해서 집구석에 법석을 피워 놓진 않았을까……

그러는 사이에도, 밖은 간간이 어둠 저편으로부터 바람이 불어왔고, 그때마다 창문이 딸그락거렸다. 전신주 끝을 물고 윙윙대는 바람 소리, 싸륵싸륵 눈발이 흩날리는 소리, 난로에서 톡톡 튀어오르는 톱밥, 그런 크고 작은 소리들이 간헐적으로 토해 내는 늙은이의 기침 소리와 함께 대합실 안을 채우고 있을 뿐, 사람들은 각기 골똘한 얼굴로 생각에 빠져 있다.

대학생은 문득 고개를 들어 말없이 모여 있는 그들의 얼굴을 하나하나 눈여겨본다. 모두의 뺨이 불빛에 발갛게 상기되어 있다. 청년은 처음으로 그 낯선 사람들의 얼굴에서 어떤 아늑함이랄까 평화스러움을 찾아내고는 새삼 놀라고 있다. 정말이지 산다는 것이란 때로는 저렇듯 한 두름의 굴비, 한 광주리의 사과를 만지작거리며 귀향하는 기분으로 침묵해야 하는 것인지도 모른다.

청년은 무릎을 굽혀 바께쓰 안에서 톱밥 한 줌을 집어든다. 그리고 그것을 난로의 불빛 속에 가만히 뿌려넣어 본다. 호르르르 뼈비꽃이 피어나듯 주황색 불꽃이 타오르다가 이내 사그라져들고 만다. 청년은 그 짧은 순간의 불빛 속에서 누군가의 얼굴을 본 것 같다. 어머니다. 어머니가 주름진 얼굴로 활짝 웃고 있었다.

다시 한 줌 집어넣는다. 이번엔 아버지와 동생들의 모습이 보였다. 또 한 줌을 조금 천천히 흩뿌려 넣는다. 친구들과 노교수의 얼굴, 그리고 강의실의 빈 의자들과 잔디밭과 교정의 풍경이 차례로 떠오르기 시작한다.

음울한 표정의 중년 사내는 대학생이 아까부터 톱밥을 뿌려대고 있는 모습을 곁에서 줄곧 지켜보고 있는 참이다. 대학생의 얼굴은 줄곧 상기되어 있다.

　이 젊은 친구가 어쩌면 꿈을 꾸고 있는지도 모르겠군. 그러면서도 사내 역시 톱밥을 한 줌 집어낸다. 그리고는 대학생이 하듯 달아오른 난로에 톱밥을 뿌려준다. 호르르르. 역시 삐비꽃 같은 불꽃이 환히 피어오른다. 사내는 불빛 속에서 누군가의 얼굴을 얼핏 본 듯하다. 허씨 같기도 하고 전혀 낯모르는 다른 사람인 것도 같은, 확실치 않은 얼굴이었다. 사내의 음울한 눈동자가 간절한 그리움으로 반짝 빛나기 시작한다. 사내는 다시 한 줌의 톱밥을 집어 불빛 속에 던져넣고 있다.

　어느새 농부도, 아낙네들도, 서울 여자와 춘심이도 이젠 모두 그 두 사람의 치기 어린 장난을 지켜보고 있다. 누구도 입을 열지 않았다.

— 임철우, 「사평역」에서

　(가)와 (나) 텍스트는 서로 영향 관계가 있는 작품이라는 점에서 교육 현장에서 통합 교육을 시행하기에 적절한 자료이다. 이 텍스트를 문학 논술과 관련하여 가르치는 방법은 여러 가지가 있을 것이다. 본고에서는 일반적인 논술 쓰기 단계와 문학 작품의 이해와 감상 단계를 결합하여 몇 가지 단계로 구체화해 보고자 한다.

　논술 텍스트는 기본적으로 '문제' 요소에 대한 배경적 정보를 제시하는 '상황(situation)' 요소, 이러한 '상황' 요소에 대한 부정적 평가를 내림으로써 새로운 문제를 제기하고 주장하는 '문제(problem)' 요소, 문제에 대하여 증거를 제시하거나 합리적인 정당화를 토대로 한 논증 과정을 통하여 바람직한 해결 방안을 제시하는 '해결(solution)' 요소, 그리고 이 '해결' 요소에 대한 긍정적·부정적 '평가(evaluation)' 요소 등의 구조적 단위들로 이루어진 '문제해결 구조'로 이루어져 있다. 뿐만 아니라 언표내적 가치를 지닌 화행들 간의

상호작용 관계를 통하여 계층적인 구조를 이루고 있다.[19]

우리가 흔히 논술 쓰기의 일반적 단계로 알고 있는 이러한 과정은 어디까지나 주어진 논제를 학습자가 해결하기 위한 과정이다. 본고에서 상정하고 있는 교수・학습 과정은 사고력을 훈련시키는 데 초점을 기울이고 있으므로 먼저 논제를 설정하고 쓰기 단계를 모색하는 것이 아니라 학습자가 주체적으로 자신의 학습 과정을 선택, 조정해 가는 방식을 염두에 두고 있다.

1단계는 학습 목표 설정 단계이다. 학습자는 학습의 목표가 문학 논술 쓰기라는 사실을 명확하게 인식하고 그에 따라 활동한다.[20] 앞에서 제시한 국민 공통 기본 교육과정의 성취기준과 관련짓는다면 「9학년」 '쓰기 2'항목과 '문학 3' 항목을 결합하여 다음과 같은 학습 목표를 추출할 수 있을 것이다.

> (쓰기 2) 의견의 차이가 드러나는 문제에 대하여 적절한 근거를 들어 논증하는 글을 쓴다.
> (문학 3) 문학 작품에 대한 다양한 해석을 비교한다.
> → 학습 목표 : 문학 작품에 대한 다양한 해석을 바탕으로 하여 적절한 근거를 들어가며 자신의 의견을 논증하는 글을 쓴다.

이러한 학습 목표는 가급적 학습자들 스스로가 도출할 수 있도

---

19) 이황직, 앞의 논문.
20) 이 목표는 한 차시 분량의 목표가 아니다. 문학 논술의 경우에는 문학에 대한 세부적인 이해 과정이 필수적이기 때문에 적어도 3−4차시의 수업이 투입되어야 한다. 특히 쓰기 활동과 시, 소설 제재를 통합하는 수업이므로 수업 시수를 너무 짧게 잡지 않도록 한다.

록 하며, 아직 훈련이 제대로 되어 있지 않은 경우에는 교사가 논의 과정을 거치면서 자연스럽게 제시해 줄 수도 있다.

2단계는 텍스트에 대한 기본적인 이해 단계이다. 특히 문학 논술에서는 텍스트에 대한 이해와 감상이 일정 수준에 도달하지 못할 경우, 객관적 논거를 들어 다른 사람을 설득하는 글을 쓰기는 어렵다. 학습자들은 초등학교 단계에서부터 꾸준히 글을 읽는 연습을 해 왔지만 여전히 글읽기를 원활하게 해 내지 못한다. 작품 속에 담긴 의미를 스스로 생각해 내는 훈련이 제대로 되어 있지 못하기 때문이다. 다른 사람에 의해 주어진 논제를 바탕으로 억지로 사고하는 일을 되풀이 하다 보니 혼자 무엇을 생각해 내야 하는 장면에서는 머뭇거릴 수밖에 없는 것이 학습자가 당면한 현실이다.[21]

곽재구의 「사평역에서」는 1981년 '중앙일보' 신춘문예에 당선된 작품이다. 이 작품을 읽고 임철우는 독자의 입장에서 작가가 되어 1983년에 소설 「사평역」을 썼다. 그러므로 두 작품은 기본적인 정조나 분위기가 비슷한데 세부적인 묘사나 구체적인 설정은 시와 소설의 장르상의 차이 탓이기도 하겠지만 상당 부분 다르다. 두 작품은 모두 작품이 쓰인 시대에서 알 수 있듯이 1970년대와 1980년대의 암울했던 시대상과 소시민의 절망적 삶을 그려내고 있다. 유신헌법과 광주민중항쟁으로 대표되는 시대적 상황을 굳이 언급하지

---

21) "학생들이 논술을 어려워하는 가장 근본적인 이유는 글읽기를 제대로 할 줄 모르기 때문이다. 학생들에게 객관식의 형태가 아니라 서술 형태로 이 글에서 글쓴이가 주장하는 바가 무엇인지를 물을 경우, 상당히 곤혹스러워한다. 학생들은 수능시험 언어 영역에서 답을 잘 찾는다. 그런데 왜 논술 고사에서 제시문의 핵심적인 주장을 찾아 쓰지 못할까? '예시된 것 중에서 찾는 것'과 '스스로 생각해 내는 것'의 차이이다. 학생들은 동일한 문제의 답을 서술하라고 하면 못한다. 우리 교육의 현실이며 아이러니이다."(윤상철, 2007:213)

않더라도 소시민의 삶은 고단하고 서글펐다. 그 삶의 여정을 '사평역'이라는 가상의 공간 속에서 형상화하고 있는 작품이 이 두 작품이다. 학습자들은 2단계에서 작품의 전체적인 의미를 파악하고 작품이 형상화하고 있는 내용이 무엇인지 대략적으로 이해한다. 이 단계에서는 교사의 설명과 학습자의 작품에 대한 정보 탐색이 주 활동이 될 것이다.

3단계는 텍스트의 심층 이해를 통한 논제 추출 단계이다. 학생들이 논술 과정에서 직면하는 가장 심각한 문제는 '지식의 문제'이다. 이때의 '지식'이란 학생들이 주어진 과제로서의 문제를 해결해 나가는 데 필요한 배경지식을 의미한다. 학생들은 주어진 과제에 대한 배경지식에 영향을 받으면서 능동적으로 의미를 재구성해 나가기 때문에 이 '배경지식'을 활성화시키는 작업은 논술 교수·학습에서 중요한 의미를 지닌다.[22] 특히 텍스트를 심층 이해하고 그를 바탕으로 논제를 추출하기 위해서는 그간의 문학 경험이나 논술 경험을 바탕으로 한 배경지식의 활성화가 필수적이다.[23] 이 단계에서는 학습자에 따라 수월하게 원하는 수준에 도달하는 경우도 있고 전혀 감을 잡지 못한 채 자포자기하는 경우도 발생할 수 있다.

텍스트의 심층 이해는 한 방향에서 이루어지지 않는다. 그것은 작가, 독자, 텍스트 등 여러 차원에서 중층적으로 이루어진다. 그러므로 세부적인 어휘 하나하나에서부터 작가의 의도나 화자의 심리,

---

22) 원진숙(1995a), 논술 능력 신장을 위한 지도 방안 연구—상호작용적 논술 지도 프로그램을 중심으로, 『새국어교육』 제51호, 한국국어교육학회.

23) "논술수업을 하다 보면 실제로 학생들은 아직 배워 보지 못한 그 어떤 지식 때문에 애를 먹는 게 아니라, 아는 것도 정리하지 못하기 때문에 어려움을 겪는다. 결과만을 암기했으니 자기 생각이 무엇이었는지를 찾아내는 것조차도 험난할 수밖에 없다."(권희정, 2006:127)

독자의 생각이나 의견에 이르기까지 다양한 국면에서 생각해 볼 수 있다. 이 부분에 대해서 학습자가 일정한 기준에 도달했다고 판단되면, 문학 논술 활동을 수행하기 위해 이 단계를 밟고 있다는 사실을 학습자에게 상기시킬 필요가 있다. 즉 애초에 설정한 학습 목표에 도달하기 위해서는 문학 작품의 이해와 감상에 그치지 않는 '논제 추출' 작업이 이루어져야 함을 상기시켜야 한다. 그 과정에서 몇몇 사례들을 점검할 수도 있다. 예를 들어 "「사평역에서」와 「사평역」은 모두 서민의 고달픈 삶의 모습을 담아내고 있다."나 "「사평역에서」에 나타난 화자의 심리는 「사평역」의 인물을 통해 더욱 구체적으로 나타나 있다."와 같은 명제는 논제로서 적절하지 않다. 이러한 명제는 다양한 관점을 생성해 낼 수 없고 그 자체가 사실에 가까운 명제이기 때문이다. 교사는 학습자가 이러한 명제들이 왜 논제로서 적절하지 않은지에 대해 인식할 수 있도록 교수·학습 과정에서 적절한 처방을 할 필요가 있다.

그렇다면 이 단계에서 적절하다고 판단되는 논제에는 어떤 것이 있을까. 대략적으로 제시해 보면 다음과 같다.

논제 1 : (가)와 (나) 작품에 등장하는 사평역은 실제적인 공간이 아니다. 두 작품에서 이러한 공간이 갖는 의미를 논하고 인간에게 삶의 공간은 어떤 의미를 지니는지 구체적으로 서술하시오.

논제 2 : (가)와 (나)에 나타난 인물의 삶의 양상에 대해 살펴보고, 그들의 삶에 대한 인식과 관련하여 어떠한 자세가 바람직하다고 생각하는지 구체적으로 논하시오.

논제 3 : (가)와 (나) 작품을 중심으로 인간에게 신념이란 어떤 가치를

지니는 것이며 그것은 어떤 작용을 하는 것인지 구체적으로 논하시오

물론 이 논제들은 가능한 논제의 극히 일부분일 뿐이다. 학습자들은 먼저 개별적으로 가능한 논제를 추출한 다음에 모둠별로 가능한 논제와 그렇지 않은 논제를 추리는 활동을 한다. 그 과정에서 교사가 논제 성립 여부에 대한 조언을 해 줄 수도 있다.[24)]

4단계는 논제 결정 및 구체화 단계이다. 모둠별로 학습자끼리 토의를 거쳐 논제를 결정한 후 여러 학습자가 추출한 논제 가운데 모둠에서 구체적으로 토론할 논제를 한 가지 정한다. 사실 논술이 어떤 문제나 쟁점에 대한 논증을 통한 글쓰기이고 토론이 어떤 문제나 쟁점에 대한 논증을 통한 말하기라고 한다면 논술과 토론은 밀접한 관계를 가질 수밖에 없다.[25)] 특히 이 단계에서 수행되는 토론은 학생들에게 자신과 의견이 다른 사람의 입장을 이해하는 훈련 도구로 활용할 수 있다. 게다가 문학 논술은 다양성과 상대주의를 기반으로 하고 있으므로 나 이외에 다른 사람은 해당 논제에 대해 어떤 생각을 가지고 있는지, 왜 그렇게 생각하는지를 꼼꼼하게 점검하도록 하는 것은 매우 의미가 있다.

예를 들어 '논제 2'를 선택했다고 할 때, (가)와 (나)의 화자는 모두 현실 비판 의식을 바탕에 깔고 있지만, (가)의 화자는 다소 관조적인 자세를 유지하고 있으며 (나)에 나타난 인물은 여러 차원에서

---

24) 이 교수·학습은 모둠별로도 가능하고 학급 전체 인원을 대상으로 전체 학습을 하는 방식도 가능하다.
25) 박정일(2006), 논술과 토론의 개념, 『철학과 현실』 제70호, 2006년 가을호, 철학문화연구소.

삶의 문제를 인식하고 있음을 확인할 수 있다. (가)의 화자에게 삶은 고단하지만 희망을 주는 것이고, 중년 사내에게 삶은 흔적 없이 지나가는 기다림일 뿐이고 농부에게는 등뼈가 휘도록 일하다 늙고 병들어 죽는 것이며 서울 여자에겐 돈과 자식이 전부이고 춘심이 같은 경우에는 삶 자체가 의미가 없는 것이며 대학생에게 삶은 구체적 현실과 밀접한 관련을 맺고 있는 것이어야 하지만 아리송하기만 하고 행상꾼 아낙네들에게 삶은 고단한 일상일 뿐인 것이다. 각각의 삶의 모습은 우리가 직면하고 있는 삶의 한 모습이고 그 속에서 어떤 가치를 선택할 것인가 하는 문제는 전적으로 학습자들의 몫이라고 할 수 있다. 물론 9학년 단계의 학습자에게 이 중에 어떤 삶이 가장 의미가 있으며 어떤 자세를 취하는 것이 가장 바람직한가에 대해 묻는 것이 다소 어려울 수도 있다. 그러나 (가)와 (나) 작품에 나타난 인물의 삶의 자세는 인간의 보편적인 삶의 모습과 관련되므로 학습자들 스스로 몇 가지로 쉽게 압축할 수 있다. 현재의 고통을 회피하며 미래를 꿈꾸는 삶의 자세, 고된 노동 속에서도 묵묵히 자신의 삶을 이어나가는 자세, 물질을 추구하는 자세, 삶의 모순을 비판하며 그것을 바로잡기 위해 노력하는 자세 등등. 이 중에서 의미 있다고 판단하는 삶의 자세는 무엇인지 그 까닭은 무엇인지 구체적으로 토의하도록 한다.

이 과정에서 문학 논술의 의의를 제대로 살리기 위해서는 보편적 가치에 매몰되지 않도록 학습자를 독려해야 한다. 논술에서 보편적 가치를 말해야 한다면 누구나 다 하는 뻔한 말을 할 수 있을 뿐이다. 논술은 분명히 개인적 견해를 밝히는 것이다. 그렇다면 개인의 독특한 사고를 보여 주어야 하는 것은 당연하다. 논술에서 '보

편적 가치/ 균형의 추구'를 주장하는 것은 허구적인 이데올로기일 뿐이다.[26]

5단계는 텍스트 내적, 외적 요소를 통한 논증 단계인데, 4단계에서 구체화한 내용과 관련하여 해당 작품 속에서 또는 다른 매체에서 연관되는 정보를 수집하여 논거를 다지는 단계이다. 이 단계에서는 인터넷 검색 등을 통해 인문학 관련 정보, 사회 현상 관련 정보, 통계 수치 등의 다양한 정보를 수집한 후 논거에 부합하는 정보를 효율적으로 선별하여[27] 모둠의 주장을 정당화하는 방법을 습득하게 될 것이다.

4단계에서 고된 노동 속에서도 묵묵히 삶을 이어나가는 농부의 삶의 자세를 선택했다고 한다면 그들의 삶의 모습을 보여 주는 사례를 수집하고, 그러한 삶이 오늘날 의미를 지니는 까닭에 대해서도 고찰해 보아야 할 것이다. 즉 적어도 다른 사람에게 피해를 주며 살지는 않는다는 것, 인간성의 본질을 지키면서 우직하게 살아감으로써 소중한 가치를 실현하고 있다는 것, 노동의 소중함을 인식하고 자연의 섭리를 터득한다는 것 등이 그러한 근거가 될 수 있을 것이다. 그래서 명예, 권력, 부 등을 소유했던 많은 현대인들이 자연 속으로 귀의하여 자신의 손으로 땅을 일구며 살아가는 모습을

---

26) 고길섶(1997), 논술, 점수와의 위험한 줄다리기, 『사회평론 길』 제97호 4권, 월간 사회평론 길.
27) "디지털 시대는 독서 형태를 혁명적으로 바꿔 놓았다. 제한된 텍스트를 달달 외우는 '집중형' 독서가 아니고, 다방면의 많은 독서량을 요구하던 '분산형' 독서도 불필요해졌다. 자기가 필요한 책을 다양하게 검색하는 시대가 되면서 독자의 '읽기'는 매우 경쾌해져서 텍스트를 엄정하게 비판하는 불경한 독서와 (전자)텍스트 그 자체를 편집·생산하는 이른바 '검색형' 독서 유형, 그리고 그것을 가능케 하는 디지털 독서 환경이 갖춰졌다."(구자황, 2007: 399)

많이 발견할 수 있다는 사실 또한 언급할 수 있을 것이다.

6단계는 문제 해결 및 대안 제시 단계이다. 5단계에서 선택한 삶의 자세를 정당화하는 과정에서 잘못된 삶의 자세가 만연해 있는 현실 세계를 비판하고 그러한 세계를 정화하기 위해서는 어떠한 삶의 자세가 요구되는지에 대해 사고하는 과정이다. 특히 5, 6단계에서 학습자에게 비판적 사고 능력이 요구된다. 비판적 사고는 열린 사고 공동체의 구성원들이 서로 동의할 수 있는 판단을 이끌어 내기 위해 공유하는, 또는 공유해야 할 판단의 방법으로서 주장, 논증, 이론, 사건, 행위 등의 텍스트를, 그 논리적 구조, 의미, 논거, 증거, 맥락 등을 고려함으로써, 참이다/거짓이다, 옳다/그르다, 받아들일 수 있다/없다 등 가능하면 폭넓은 동의를 얻을 수 있는 방향으로 주어진 상황 속에서 최선의 판단을 내리고자 하는 추론적 사고이다.[28]

지금까지 거론한 6단계 문학 논술 방법은 구체적인 글쓰기 방법의 전 과정을 단계화한 것이 아니라 논술을 쓰기 위한 사고 과정을 대략적으로 단계화한 것이다. 실질적인 글쓰기는 4단계에서부터 이루어질 수도 있고, 전 과정을 밟은 이후에 이루어질 수도 있다.

이처럼 문학 논술을 통해 부조리한 사회 현실을 간접적으로 체험하고 분석해 봄으로써 오늘의 현실을 제대로 보는 데 도움을 얻을 수 있을 것이다. 특히 상반된 길을 걸어온 작품 속 인물의 인생 역정을 비교해 보면 오늘의 현실 상황이 무엇에서 비롯되었는가에 대한 단서를 얻을 수 있다.[29]

---

28) 김광수(2006), 철학과 논술, 『철학과 현실』 제69호, 2006년 겨울호, 철학문화연구소
29) 장동찬(1996), 문학을 통해 보는 현실과 논술 ―「꺼삐딴 리」와 「한씨연대기」, 『중

Ⅳ. 맺음말

지금까지 문학 논술의 개념과 구체적인 교수·학습 방법에 대해 살펴보았다. 통합교과형 논술의 영역에 걸쳐 있으면서 문학 감상문 내지는 비평문 쓰기의 영역에도 일정 부분 걸쳐 있는 다소 애매한 지점에 문학 논술이 위치하고 있는 것은 사실이지만, 논리적, 이분법적 사고만을 강조하는 논술은 이제 그만 두어야 한다는 사실에 대해서는 어느 정도 공감대가 형성되었으리라고 판단된다. 다른 사람들의 다양한 생각과 논리를 살펴보고 그것이 가지고 있는 장점과 단점을 종합적으로 분석하여 바람직한 대안을 모색하는 실천적 삶과 연결된 논술만이 변화하는 세계, 다가치의 세계에 의미 있는 결과를 도출할 수 있을 것이기 때문이다.

대학이 요구하는 통합교과형 논술이나 문학 논술은 대학입학시험에서 강요할 것이 아니라 중등학교에서 학기말 시험이나 '졸업자격시험' 때 치는 것으로 제도화할 수도 있다.[30] 중등 교육 차원에서 교사와 학습자 간에 충분한 공감대가 형성되고 바람직한 형태로 교수·학습 과정이 진행된다면 자연스럽게 구체적인 평가 제도와 연결시키는 것이 바람직하기 때문이다. 문학 논술이 일정한 평가 도구로 활용된다면 교수·학습 방법도 체계적이고 구체적으로 마련될 것이며 객관적인 평가 기준도 수립될 수 있으리라는 사실은 충분히 짐작할 수 있다.

등 우리교육』, 우리교육(중등), 제76호, 1996년 6월호.
[30] 김두루한(2006), 통합논술, 신문 활용한 교과서 읽기로 시작하자, 『중등 우리교육』 제202호, 2006년 12월호, 우리교육(중등).

한편 문학 논술과 관련하여 "제대로 된 수업이 곧 논술 교육이다."라는 생각이 보편화되어야 한다. 좁게 보아 수능 언어 영역을 올곧게 가르친다면 그것이 바로 논술의 바탕이 될 수도 있다. 교과서의 학습 목표를 분명히 해서 다양한 학습 활동을 유도하고 학생들이 전략적으로 논술에 접근할 수 있도록 교과 내용을 재구성해야 한다.[31] 문학 논술 교육을 하기 위해 교육과정과 관련하여 학습 목표를 설정하고 일정한 단계를 밟는 까닭도 이러한 이유 때문이다.

한편 교육 내·외적인 요인에 비추어 볼 때 문학 논술 교육은 학교 교육을 넘어 평생 교육으로 확장되어야 한다. 동일성과 총체성에 기반을 둔 독단적 주관성의 시대는 이제 과거가 되었다. 미래 사회는 감수성과 의사소통 능력을 갖춘 사람들이 만들어 갈 사회이다.[32] 그러므로 문학 논술과 같은 통합적 활동을 통해 유연한 사고를 기를 수 있도록 학교 교육이 일정한 역할을 담당해야 한다는 사실을 분명히 인식할 필요가 있다.

---

31) 임광찬(2006), 수행평가 활용한 '수업 중 논술 지도', 『중등 우리교육』 제199호, 2006년 9월호, 우리교육(중등).
32) 박구용(2007), 교육과 논술, 그리고 현대사회, 『철학연구』 제101집, 대한철학회.

■ 참고 문헌

강순전(2006), 「실천철학: 철학, 논술, 윤리 교육을 위한 학습자 중심의 수업 모델」, 『시대와 철학』 제17권 3호, 한국철학사상연구회.

고길섶(1997), 「논술, 점수와의 위험한 줄다리기」, 『사회평론 길』 제97호 4권, 월간 사회평론 길.

구자황(2007), 「논술과 대학 글쓰기 교육의 연계성 고찰」, 『반교어문연구』 22집, 반교어문학회.

권영부(2006), 「통합논술과 랑콩트르(Rencontre)」, 『철학과 현실』 제71호, 2006년 겨울호, 철학문화연구소.

권희정(2006), 「자기주도적 사고력이 통합논술의 관건-독서토론수업으로 하는 논술공부」, 『중등 우리교육』 제201호, 2006년 11월호, 우리교육(중등).

김광수(2006), 「철학과 논술」, 『철학과 현실』 제69호, 2006년 겨울호, 철학문화연구소.

김도식(2005), 「논술에서의 오해를 이해로-채점 기준을 중심으로」, 『철학과 현실』 제67호, 2005년 겨울호, 철학문화연구소.

김두루한(2006), 「통합논술, 신문 활용한 교과서 읽기로 시작하자」, 『중등 우리교육』 제202호, 2006년 12월호, 우리교육(중등).

김영정(2006), 「통합교과형 논술의 특징」, 『철학과 현실』 제69호, 2006년 여름호, 철학문화연구소.

박구용(2007), 「교육과 논술, 그리고 현대사회」, 『철학연구』 제101집, 대한철학회.

박동순(2000), 『새국어교육』, 제60호, 한국국어교육학회.

박정일(2006), 「논술과 토론의 개념」, 『철학과 현실』 제70호, 2006년 가을호, 철학문화연구소.

박정하(2005), 「고교 논술 교육, 어떻게 할 것인가」, 『철학과 현실』 제66호, 2005년 가을호, 철학문화연구소.

박형만(1997), 「통합교과를 위한 문학과 논술」, 『중등 우리교육』 제88호, 1997
　　　　년 6월호, 우리교육(중등).

원만희(2007), 「'논술형 수업' 모형: 개별 교과 심화학습을 위한 '비판적 읽
　　　　기와 쓰기'」, 『철학과 현실』 제72호, 2007년 봄호, 철학문화연
　　　　구소.

원진숙(1995a), 「논술 능력 신장을 위한 지도 방안 연구─상호작용적 논술 지
　　　　도 프로그램을 중심으로」, 『새국어교육』 제51호, 한국국어교육
　　　　학회.

──(1995b), 「논술 텍스트의 구조적 특성 연구」, 『국어교육』 제87호, 한국
　　　　어교육학회.

──(2007), 「논술 개념의 다층성과 대입 통합 교과 논술 시험」, 『국어교육』
　　　　제122호, 한국어교육학회.

윤상철(2007), 「논술 교육 사례」, 『철학과 현실』 제72호, 2007년 봄호, 철학문
　　　　화연구소.

이병민(2005), 「논술 시험은 우리에게 무엇인가?─논술 시험의 사회문화
　　　　적 고찰」, 『교육비평』 2005년 겨울호, 제19호, 교육비평사.

이황직(2007), 「작문 교과에서 논술 교육의 전략과 방법」, 『한국작문학회 제8
　　　　회 연구발표회 자료집』, 한국작문학회.

임광찬(2006), 「수행평가 활용한 '수업 중 논술 지도'」, 『중등 우리교육』 제
　　　　199호, 2006년 9월호, 우리교육(중등).

임칠성(2006), 「통합 논술 첨삭 지도 방법 고찰」, 『새국어교육』 제74호, 한국
　　　　국어교육학회.

임칠성·우재학·안선옥(1999), 「토론을 통한 논술 지도 연구」, 『새국어교육』
　　　　제57호, 한국국어교육학회.

장동찬(1996), 「문학을 통해 보는 현실과 논술─「꺼삐딴 리」와 「한씨연대기」」,
　　　　『중등 우리교육』, 우리교육(중등), 제76호, 1996년 6월호.

장용호(2007), 「현직 논술강사의 고뇌와 갈등」, 『인물과사상』, 인물과사상사,
　　　　제106호, 2007년 2월호.

찾아보기

문학과 논술, 어떻게 할 것인가

2008년 8월 15일 1판 1쇄 인쇄
2008년 8월 20일 1판 1쇄 발행

지은이 • 우한용 임경순 최인자 김성진 김혜영
　　　　박윤우 남민우 양정실 류수열 유영희
펴낸이 • 한 봉 숙
펴낸곳 • 푸른사상사

등록 제2-2876호
서울시 중구 을지로3가 296-10 장양B/D 701호
대표전화 02) 2268-8706(7) 팩시밀리 02) 2268-8708
메일 prun21c@yahoo.co.kr / prun21c@hanmail.net
홈페이지 //www.prun21c.com
ⓒ 2008, 우한용 외

ISBN 978-89-5640-637-4

값 18,000원